金陵全書

丁編·文獻類

徐孝穆全集

（南朝陳）徐陵 撰

南京出版社
南京出版傳媒集團

圖書在版編目（CIP）數據

徐孝穆全集 / (南朝陳) 徐陵撰. -- 南京 : 南京出版社, 2021.4
（金陵全書）
ISBN 978-7-5533-3197-3

Ⅰ. ①徐… Ⅱ. ①徐… Ⅲ. ①中國文學－古典文學－作品綜合集－南朝時代 Ⅳ. ①I213.92

中國版本圖書館CIP數據核字（2021）第033560號

書　　名　【金陵全書】（丁編・文獻類）
　　　　　徐孝穆全集
作　　者　（南朝陳）徐陵
出版發行　南京出版傳媒集團
　　　　　南　京　出　版　社
　　　　　社址：南京市太平門街53號　郵編：210016
　　　　　網址：http://www.njcbs.cn　電子信箱：njcbs1988@163.com
　　　　　聯系電話：025-83283893、83283864（營銷）　025-83112257（編務）

出 版 人　項曉寧
出 品 人　盧海鳴
責任編輯　嚴行健
裝幀設計　楊曉崗
責任印製　楊福彬

製　　版　南京新華豐製版有限公司
印　　刷　南京凱德印刷有限公司
開　　本　889毫米×1194毫米　1/16
印　　張　30.75
版　　次　2021年4月第1版
印　　次　2021年4月第1次印刷
書　　號　ISBN　978-7-5533-3197-3
定　　價　800.00元

用微信或京東APP掃碼購書

用淘寶APP掃碼購書

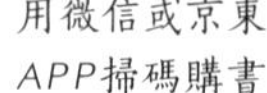

總序

南京，古稱金陵，中國著名的四大古都之一，是國務院首批公佈的國家歷史文化名城。

南京有着六十萬年的人類活動史，近二千五百年的建城史，約四百五十年的建都史，享有『六朝古都』『十朝都會』的美譽。南京歷史的興衰起伏在某種程度上可以説是中國歷史的一個縮影。在中華民族光輝燦爛的歷史長河中，古聖先賢在南京創造了舉世矚目、富有特色的六朝文化、南唐文化、明文化和民國文化，爲中華民族文化的傳承和發展做出了不朽貢獻。然而，由於時代的遞遷、戰争的破壞以及自然的損毀等原因，歷史上南京的輝煌成就以物質文化形態留存下來的相對較少，見諸文獻典籍的則相對較多。南京文獻内涵廣博，卷帙浩繁，版本複雜。截至一九四九年中華人民共和國成立，南京文獻留存下來的有近萬種，在全國歷史文化名城中名列前茅。以六朝《世説新語》《文心雕龍》《昭明文選》，唐朝《建康實録》，宋朝《景定建康志》《六朝事迹編類》，元朝《至正金陵新志》，明朝《洪武京城圖志》《金陵古今圖考》《客座贅語》，清朝《康熙江寧府志》《白下瑣言》，民國《首都計劃》《首都志》《金陵古蹟圖考》等爲代表的南京地方文獻，不僅是南京文化的集中體現，也是中華民族優秀傳統文化的重要組成部分。這些南京文獻，積澱貯存了歷代南京人民的經驗和智慧，翔實地反映了南京地區的社會變遷，是研究南京乃至全國政治、經濟、軍事、文化、外交和民風民俗的重要資料。

歷史上的南京文化輝煌燦爛，各類圖書典籍琳琅滿目。迄今爲止，南京文獻曾經有過三次不同程度的整理。

第一次是距今六百多年前的明朝永樂年間，明朝中央政府在南京組織整理出版了《永樂大典》。《永樂大典》正文二萬二千八百七十七卷，凡例和目録六十卷，分裝成一萬一千零九十五册，總字數約三億七千萬字。書中保存了中國上自先秦、下迄明初的各種典籍資料達七八千種，是中國古代最大的類書。

第二次是民國年間，南京通志館編印了一套《南京文獻》。《南京文獻》每月一期，從一九四七年元月至一九四九年二月共刊行了二十六期，收入南京地方文獻六十七種，包括元明清到民國各個時期的著作，其中收録的部分民國文獻今天已經成爲絶版。

第三次是二〇〇六年以來，南京出版社選取部分南京珍貴文獻，整理出版了一套《南京稀見文獻叢刊》點校本，到二〇二〇年，已經出版了六十九册一百零五種，時代上起六朝，下迄民國，在學術普及方面做出了一定的貢獻。

中華人民共和國成立以來，尤其是改革開放以來，南京的政治、經濟、文化建設飛速發展，但南京文獻的全面系統整理出版工作一直没有得到應有的重視，這與南京這座國家歷史文化名城的地位頗不相稱。據調查，目前有關南京的各類文獻主要保存在南京圖書館、南京市檔案館，以及全國各地的高等院校、科研院所、圖書館、檔案館、博物館，少數流散於民間和國外。一方面，廣大讀者要查閲這些收藏在全國各地的南京文獻殊爲不便；另一方面，許多珍貴的南京文獻隨着歲月的流逝而瀕臨損毁和失傳。南京文獻的存史、資治、教化、育人功能没有得到應有的發揮。

盛世修史（志）。在中華民族和平崛起和大力弘揚民族傳統文化、全力發展民族文化事業的大背景下，在建設『文化南京』的發展思路下，中共南京市委、南京市人民政府於二〇〇九年十二月做出決定，將南京有史以來的地方文獻進行全面系統的匯集、整理和影印出版，輯爲《金陵全書》（以下簡稱《全書》），以更好地搶救和保護鄉邦文獻，傳承民族文化，推動學術研究，促進南京文化建設；同時，也更爲有効地增加南京文獻存世途徑，提昇南京文獻地位，凸顯南京文獻價值。

爲編纂出能够代表當代最高學術水平和科技成就，又經得起時間檢驗的《全書》，我們將編纂工作分成三個階段進行。第一個階段爲調研階段，主要對南京現存文獻的種類、數量、保存現狀以及收藏地點等進行深入細緻的調研，召集專家學者多次進行學術論證和可操作性論證，撰寫出可行性調查報告，爲科學決策提供依據，此項工作主要由中共南京市委宣傳部和南京出版社組織完成。第二個階段爲啓動階段，以二〇〇九年十二月二十四日召開的『《金陵全書》編纂啓動工作會』爲標志，市委主要領導親自到會動員講話，市委宣傳部對《全書》的編纂出版工作作了明確部署。在廣泛徵求專家學者意見的基礎上，確定了《全書》的總體框架設計，確定了將《全書》列爲市委宣傳部每年要實施的重大文化工程，確定了主要參編責任單位和責任人，並分解了任務。第三個階段爲編纂出版階段，主要在全國範圍内進行資料的徵集、遴選和圖書的版式設計、複製、排版及印製工作。

爲了確保《全書》編纂出版工作的順利進行，中共南京市委、南京市人民政府成立了專門的編纂出版組織機構。其中編輯工作領導小組，由中共南京市委、市政府領導以及相關成員單位主要負責人組成；《全書》的編纂出版工作由市委宣傳部總牽頭；學術指導委員會，由蔣贊初、茅家琦、梁白泉等一批全國著名的專家學者組成，負責《全書》的學術審核和把關。

《全書》分爲方志、史料、檔案和文獻四大類。自二〇一〇年起，計劃每年出版四十册左右。鑒於《全書》的整理出版工作難度較大，周期較長，在具體操作中，我們採取了分工協作的方式。市委宣傳部和南京出版社負責《全書》的總體策劃，其中方志部分，主要由南京市地方志編纂委員會辦公室和南京出版傳媒集團·南京出版社共同承擔；史料和文獻部分，主要由南京圖書館承擔；檔案部分，主要由南京市檔案局（館）承擔。《全書》的編輯出版，得到了江蘇省文化廳、江蘇省新聞出版局、江蘇省檔案局（館）、南京大學、南京圖書館、南京市文廣新局、南京市社科聯（社科院）、南京市文聯、金陵圖書館以及各區委宣傳部和地方志辦公室等單位及社會各界的熱情鼓勵和大力支持，尤其是得到了中國國家圖書館和全國各地（包括港臺地區）高等院校、科研院所、圖書館、檔案館、博物館等藏書單位的鼎力相助，在此表示深深的謝意！

我們相信，在中共南京市委、南京市人民政府的長期不懈支持下，在各部門、各單位的積極配合和衆多專家學者的共同努力下，這項功在當代、利在千秋的傳世工程一定能够圓滿完成。

《金陵全書》編輯出版委員會

凡例

一、《金陵全書》（以下簡稱《全書》）收録的南京文獻，分爲方志、史料、檔案和文獻四大類。

二、《全書》按上述四大類分爲甲、乙、丙、丁四編，以不同的封面顔色加以區分；每編酌分細類，原則上以成書時代爲序分爲若幹册，依次編列序號。

三、《全書》收録南京文獻的地域範圍，包括了清代江寧府所轄上元、江寧、句容、溧水、高淳、江浦、六合。

四、《全書》收録的南京文獻，其成書年代的下限爲一九四九年。

五、《全書》收録方志、史料和文獻，盡量選用善本爲底本。《全書》收録的檔案以學術價值和實用價值較高爲原則，一般選用延續時間較長、相對比較完整的檔案全宗。

六、《全書》收録的南京文獻底本如有殘缺、漫漶不清等情況，必要時予以配補、抽换或修描，以保證全書完整清晰；稿本、鈔本、批校本的修改、批注文字等均保留原貌。

七、《全書》收録的南京文獻，每種均撰寫提要，置於該文獻前，以便讀者了解其作者生平、主要内容、學術文化價值、編纂過程、版本源流、底本採用等情況。

八、《全書》所收文獻篇幅較大時，分爲序號相連的若幹册；篇幅較小的文獻，則將數種合編爲一册。

九、《全書》統一版式設計，大部分文獻原大影印；對於少數原版面過大或過小的文獻，適當進行縮小或放大處理，並加以説明。

十、《全書》各册除保留文獻原有頁碼外，均新編頁碼，每册頁碼自爲起訖。

提要

《徐孝穆全集》六卷，南朝陳徐陵撰，清吳兆宜箋注。《備考》一卷，清徐文炳撰。

徐陵（五〇七—五八三），字孝穆，東海郯（今山東郯城）人。梁太子左衛率徐摛之子，梁武帝普通年間任晋安王寧蠻府參軍，中大通年間充東宫學士，遷尚書度支郎，後歷任上虞令、通直散騎侍郎、湘東王鎮西記室參軍等職。太清年間出使東魏，羈留不遣，從貞陽侯蕭淵明返梁，累官至秘書監。陳朝建立後，加散騎常侍，累官至中書監。後主即位，遷左光禄大夫、太子少傅，至德元年（五八三）卒，年七十七，贈鎮右將軍特進，謚曰『章』，撰有集三十卷，編《玉臺新詠》十卷。其事跡詳見唐姚思廉撰《陳書》卷二十六、唐李延壽撰《南史》卷六十二。吳兆宜，生卒年不詳，字顯令，吳江（今江蘇蘇州）人。生活在康熙年間，諸生，撰有《玉臺新詠箋注》十卷、《庾開府集箋注》十卷和《徐孝穆集箋注》六卷。其事跡詳見《清文獻通考》卷二百三十八《經籍考》。徐文炳，字大文，生卒年及仕履不詳，清代吳江人。

徐陵有集三十卷，《陳書》本傳云：『其文頗變舊體，緝裁巧密，多有新意。每一文出，好事者已傳寫成誦，遂被之華夷，家藏其本。後逢喪亂，多散失，存者三十卷。』當時徐陵集還流傳至北齊，《舊唐書·李百藥傳》云：『父友齊中書舍人陸乂、馬元熙嘗造德林宴集，有讀徐陵文者。』《隋書·經籍志》著錄『陳尚書左僕射徐陵集三十卷』，當即本傳所記載的『存者三十卷』之本。《舊唐書·經籍志》著錄同《隋書·經籍志》，大概唐末散佚不傳，《新唐書·藝文志》著錄的三十卷本徐陵集只是存錄書名，而非北宋時尚有的三十卷傳本。故《崇文總目》只著錄《徐陵文集》二卷，應該是原集三十卷本亡佚不傳後的重輯本。南宋以來的《遂初堂書目》著錄有徐陵集之目，不題卷數。《直齋書錄解題》著錄《徐孝穆集》一卷，稱：『今惟詩五十餘篇。』則此一卷本實際爲詩集，當即《宋史·藝文志》著錄的《徐陵詩》一卷。明代又重新輯錄徐陵詩文，今之所傳徐陵集即爲明人以來的重輯本，故《四庫全書總目》云：『《隋書·經籍志》載陵集本三十卷，久佚不傳，此本乃後人從《藝文類聚》《文苑英華》諸書內採掇而成。』

輯本徐陵集的內容包括詩、賦、樂府、詔、表、啓、書、序、檄、移文、頌、銘、碑銘、哀策文和墓誌等各體詩文，涵蓋了徐陵傳世的絕大多數作品，其中尤以應用類文體爲主，比如書和銘二體。徐陵文章創作有綺麗之風，與庾信齊名，世稱徐庾體。《陳書》本傳稱其爲文講究緝裁，頗爲巧妙，每出新意。入陳之後，文檄、軍書及禪授詔策，皆出自徐陵之手，文風一變綺麗之習，沉煉篤實，號爲一代文宗，是陳代文學的代表性作家。

徐陵集舊無注釋，吴兆宜既箋注庾信集，並完成徐陵集的箋注，當成書在康熙年間。所注篇目爲前五卷一百〇四篇，引用經史等典籍中的事典做注，注釋中大量引用當時諸家之説，如陳啓源、吴兆騫、吴兆宫、吴兆寬、徐樹聲、徐樹穀、徐樹本、徐樹屏、徐樹敏、沈忠柱、張尚玠、陳鍔、吴皖、吴挺和張雲章等人，同時也做有校記，《四庫全書總目》評價吴注云：『主於捃拾字句，不甚考訂史傳也。然箋釋詞藻，亦頗足備稽考，故至今與所箋庾集並傳焉。』書中卷六末附徐文炳撰《備考》一卷，將吴氏未注的卷六加以注釋，共十一篇，均爲梁陳禪代之際的詔、文和璽書。陳鋭《徐孝穆集後跋》敘《備考》編撰緣起，即云『顯令箋注徐庾兩家，獨不及禪代諸制』，又云『吴門徐子大文沉深嗜古，見徐庾箋注，心焉慕之，欲補其闕略……於是旁搜博采，以附卷末，名曰《備考》』。整體而言，儘管注釋未臻簡練賅備，但古人注徐陵集者僅此書一種，故對於研究徐陵詩文作品仍具有重要的文獻參考價值。

南京圖書館藏有該書的清刻本，據陳鋭《徐孝穆集後跋》稱：『刻既成，因書數言以報之。』《跋》末題『笠水陳鋭穎長氏識』，未署做跋時間。按陳鋭，康熙二十七年（一六八八）進士，恐此跋當作於康熙年間。該本一般著録爲『清刻本』，據卷首目録末題『揚州藝古堂重校刊』字樣，則以定爲『清揚州藝古堂刻本』更詳准。《金陵全書》收録的《徐孝穆全集》即以南京圖書館藏本爲底本影印出版。原書版框尺寸横長十三點七厘米，縱高十八點七厘米，現調整爲横長十二點六厘米，縱高十七厘米。

劉明

本傳

姚察曁子思廉撰

徐陵字孝穆東海郯人也祖超之齊鬱林太守梁員外散騎常侍父摛梁戎昭將軍太子左衛率贈侍中太子詹事諡貞子母臧氏嘗夢五色雲化而爲鳳集左肩上已而誕陵焉時寶誌上人者世稱其有道陵年數歲家人攜以候之寶誌手摩其頂曰天上石麒麟也光宅惠雲法師每嗟陵早成就謂之顔回八歲能屬文十二通莊老義既長博涉史籍縱横有口辨梁普通二年晉安王爲平西將軍寧蠻校尉父摛爲

王諮議王又引陵參寧蠻府軍事大通二年王立爲
皇太子東宮置學士陵充其選稍遷尚書度支郎出
爲上虞令御史中丞劉孝儀與陵先有隙風聞劾陵
在縣贓汙因坐免久之起爲南平王府行參軍遷通
直散騎侍郎梁簡文在東宮撰長春殿義記使陵爲
序又令於少傅府述所製莊子義尋遷鎭西湘東王
中記室參軍太清二年兼通直散騎常侍使魏魏人
授館宴賓是日甚熱其主客魏收嘲陵曰今日之熱
當由徐常侍來陵卽答曰昔王肅至此爲魏始制禮
儀今我來聘使卿復知寒暑收大慙及侯景寇京師

陵父摛先在圍城之內。陵不奉家信，便蔬食布衣，若居憂恤。會齊受魏禪，梁元帝承制於江陵，復通使於齊。陵累求復命，終拘留不遣。陵乃致書於僕射楊遵彥，遵彥竟不報書。及江陵陷，齊送貞陽侯蕭淵明爲梁嗣，乃遣陵隨還。太尉王僧辯初拒境不納，淵明往復致書，皆陵辭也。及淵明之入，僧辯得陵大喜，接待饒遺，其禮甚優。以陵爲尚書吏部郎，掌詔誥。其年，高祖率兵誅僧辯，仍進討韋載。時任約、徐嗣徽乘虛襲石頭，陵感僧辯舊恩，乃往赴約。及約等平，高祖釋陵不問，尋以爲貞威將軍、尚書左丞。紹泰二年，又使於

齊。還除給事黃門侍郎祕書監。高祖受禪。加散騎常
侍左丞如故。天嘉初。除太府卿。四年遷五兵尚書領
大著作。六年除散騎常侍御史中丞。時安成王頊、爲
司空。以帝弟之尊。勢傾朝野。直兵鮑僧叡假王威權。
抑塞辭訟。大臣莫敢言者、陵聞之。乃爲奏彈。導從南
臺官屬引奏案而入。世祖見陵服章嚴肅。若不可犯。
爲斂容正坐、陵進讀奏版。時安成王殿上侍立。仰視
世祖。流汗失色。陵、遣殿中御史引王下殿。遂劾免侍
中中書監。自此朝廷肅然。天康元年。遷吏部尚書領
大著作。陵、以梁末以來。選授多失其所。於是提舉綱

維。綜覈名實。時有冒進求官。諠競不已者。陵乃為書宣示。自是眾咸服焉。時論比之毛玠。廢帝即位。高宗入輔。謀黜異志者。引陵預其議。高宗纂曆。封建昌縣侯。邑五百戶。大建元年。除尚書右僕射。二年。遷尚書左僕射。陵抗表推周弘正王勱等。高宗召陵入內殿曰。卿何為固辭此職而舉人乎。陵曰。周弘正從陛下西還。舊藩長史。王勱太平相府長史。張種帝鄉賢戚。若選賢與舊。臣宜居後。固辭累日。高宗苦屬之。陵乃奉詔。及朝議北伐。高宗曰。朕意已決。卿可舉元帥。眾議咸以中權將軍淳于量位重。共署推之。陵獨曰。不

然吳明徹家在淮左悉彼風俗將略人才當今亦無
過者於是爭論累日不能決都官尚書裴忌曰臣同
徐僕射陵應聲曰非但明徹良將裴忌即良副也是
日詔明徹爲大都督令忌監軍事遂克淮南數十州
之地高宗因置酒舉杯屬陵曰賞卿知人陵避席對
曰定策出自聖衷非臣之力也其年加侍中餘並如
故十年領國子祭酒南徐州大中正以公事免侍中
僕射尋加侍中給扶又除領軍將軍八年加翊右將
軍太子詹事置佐史俄遷右光祿大夫餘並如故十
年重爲領軍將軍尋遷安右將軍丹陽尹十三年爲

中書監領太子詹事。給鼓吹一部。侍中將軍右光祿中正如故。陵以年老累表求致仕。高宗亦優之。乃詔將作爲造大齋。令陵就第攝事。後主即位。遷左光祿大夫太子少傅餘如故。至德元年卒。時年七十七。詔曰。慎終有典。抑乃舊章。令德可甄。諒宜追遠。侍中安右將軍左光祿大夫太子少傅南徐州大中正建昌縣開國侯陵弱齡學尚。登朝秀穎。業高名輩。文曰詞宗。朕近歲承華。特相引狎。雖多臥疾。方期克壯。奄然殞逝。震悼於懷。可贈鎮右將軍特進。其侍中左光祿鼓吹侯如故。并出舉哀。喪事所須量加資給。謚曰章。

陵器局深遠容止可觀性又清簡無所營樹祿俸與親族共之大建中食建昌邑邑戶送米至於水次陵親戚有貧匱者皆令取之數日便盡陵家尋致乏絕府僚怪而問其故陵云我有車牛衣裳可賣餘家有可賣不其周給如此少而崇信釋教經論多所精解後主在東宮令陵講大品經義學名僧自遠雲集每講筵商較四座莫能與抗目有青睛時人以爲聰慧之相也自有陳創業文檄軍書及禪授詔策皆陵所製而九錫尤美爲一代文宗亦不以此矜物未嘗詆訶作者其於後進之徒接引無倦世祖高宗之世國

家有大手筆皆陶草之其文頗變舊體緝裁巧密家有新意每一文出于好事者已傳寫成誦遂被之華夷家藏其本後逢喪亂多散失存者三十卷有四子儉南史儉一名報陳書云儉一名衆非份儀傳

徐孝穆全集目錄

卷一

與王吳郡僧智書

荅李顒之書

爲陳武帝作相時與北齊廣陵城主書

爲陳武帝作相時與嶺南酋豪書

爲陳武帝與周宰相書

爲陳主與周冢宰宇文護論邊境事書

爲陳主荅周主論和親書

在吏部尚書荅諸求官人書

同前

荅周處士書

卷六

徐孝穆全集目錄終

揚州藝古堂重校刊

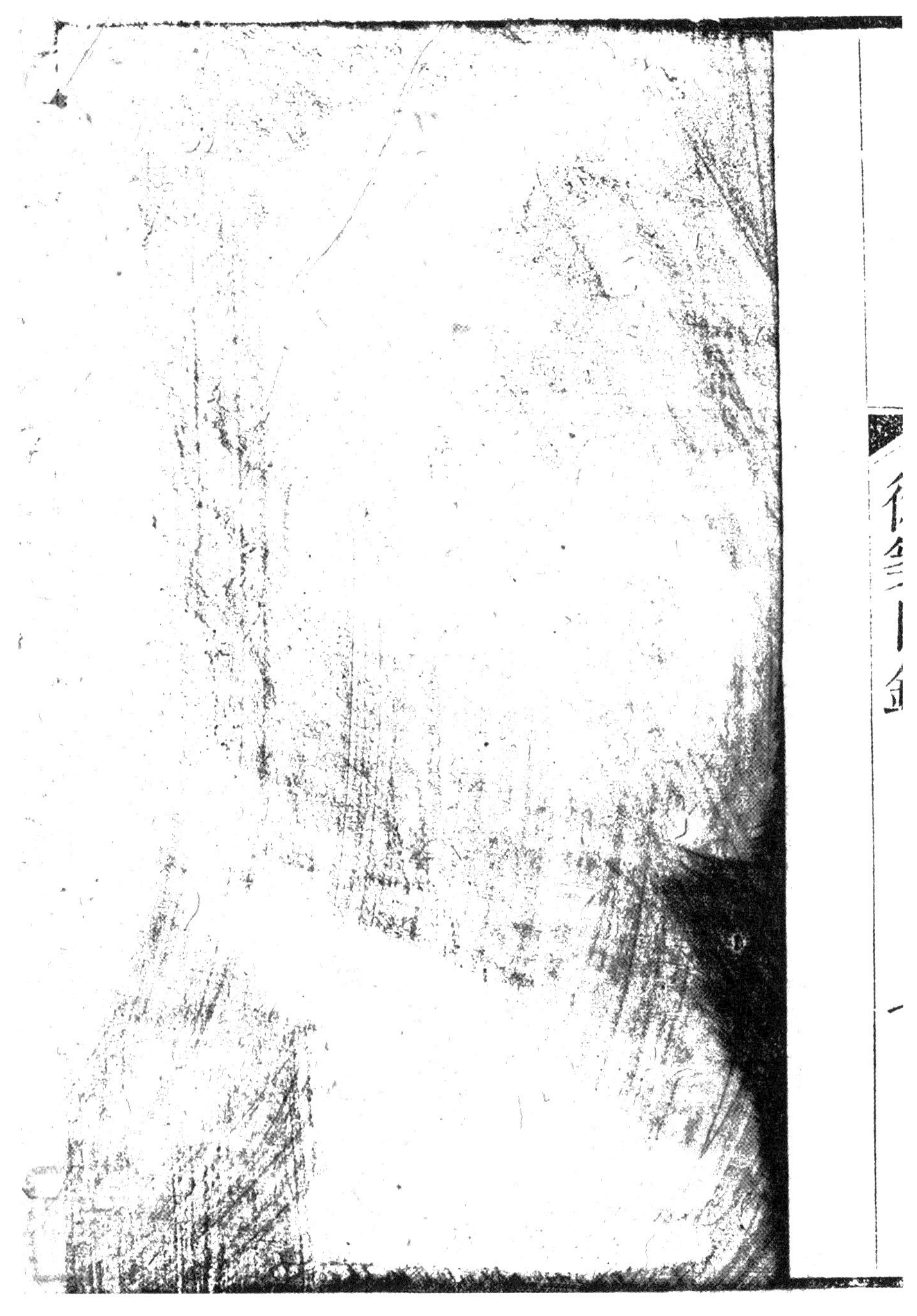

徐孝穆全集卷之一

吳江吳兆宜顯令箋注

賦

鴛鴦賦

飛飛兮海濱。去去兮迎春。炎皇之季女。〔漢張良傳注〕師古曰。赤松子仙人號也。神農時爲雨師。服水玉。教神農。能入火自燒。至昆山上。常止西王母石室。隨風雨上下。炎帝少女追之。亦得仙去。織素之佳人。〔古詩〕新人工織縑。故人工織素。織縑日一匹。織素五丈餘。將縑來比素。新人不如故。未若宋王之小史。含情而死。〔列異傳〕宋康王埋韓馮夫妻。宿夕文梓生。有鴛鴦雌雄各一。恆栖樹上。晨夕交頸。憶少婦之生離。恨新婚之無子。〔玉臺新詠〕漢建安中。焦仲卿妻劉氏。爲仲卿母所遣。其家逼嫁。沒水。仲卿亦縊。人哀

之爲詩云中有雙飛鳥自名爲鴛鴦既交頸於千年亦相隨於萬里山
雞映水那自得〔異苑〕山雞愛其毛羽映水則舞孤鸞照鏡不成雙〔范泰
鸞鳥詩序〕昔罽賓王結罝峻卯之山獲一鸞鳥王甚愛之三年不鳴其夫人曰嘗聞鳥見其類而後鳴何
不照鏡以映之鸞觀影悲鳴而絕天下眞成長合會無勝比翼兩鴛
鴦觀其弄吭浮沈〔左思蜀都賦〕弄吭清渠輕軀瀺灂〔張衡南都賦〕汰瀺灂
兮船容裔拂荇戲而波散排荷翻而水落特訶鴛鴦鳥長
情眞可念許處勝人多何時肯相厭聞道鴛鴦一鳥
名教人如有逐春情不見臨邛卓家女祇爲琴中作
許聲〔玉臺新詠琴歌序〕相如遊臨邛富人卓王孫有女文君新寡竊於壁間窺之相如鼓琴歌以挑
之其歌曰同緣交頸爲鴛鴦胡頡頏兮其翱翔

樂府

驄馬驅

白馬號龍駒〔晉陸雲傳〕閔鴻見而奇之曰此兒若非龍駒定是鳳雛雕鞍名鏤

衢〔三輔決錄〕平陵公孫奮富聞京師梁冀知奮慳以鏤衢鞍遺奮從貸五千萬諸兄二千

石徐樹穀曰〔後漢循吏傳〕秦彭字伯平扶風茂陵人也六世祖襲爲潁川太守與羣從同時爲二千石

者五人故三輔號曰萬石秦氏小婦字羅敷〔古樂府〕秦氏有好女自言名羅敷倚端

輕埽史一晉吏末詳〔漢高五王傳〕魏勃少時欲求見齊荀曹參家貧無以自通乃常獨早埽齊相

舍人門外舍人怪之以爲物而伺之得勃於是舍人見勃曹參因以爲舍人言之悼惠王拜爲內史召

募擊休屠〔漢霍去病傳〕上曰票騎將軍收休屠王祭天金人塞外多風雪城

中絕詔書空憶長楸下〔曹植名都篇〕走馬長楸間連蹀復連蹀〔文君

白頭吟）今日十酒會明旦溝水頭蹀躞御溝上溝水東西流按蹀音鍱馬蹀跡也

中婦織流黃（玉臺新詠古樂府相逢行日）大婦織羅綺中婦織流黃小婦無所作

挾瑟上高堂

落花還一作飛井上春機當戶前帶衫行幛口覓釧枕檀一作入壇邊數攝疑作躡經無亂（魏志）舊綾機五十綜者五十躡六十綜者六十躡扶風馬鈞患其喪功費日皆易以十二躡新蠶緯易牽（古今注）莎雞一名催織一名絡緯催織謂鳴聲如急織絡緯謂其聲如紡績也蜘蛛夜伴織（張協雜詩）蜘蛛網四屋百舌曉驚眠（易緯通卦）百舌者反舌鳥也能反覆其舌隨百鳥之音封用黎陽土（東觀漢記）鄧訓故吏知訓好青泥封書從黎陽步推鹿車過易陽載青泥一襆遺訓書因計吏船（揚雄荅劉歆書）天子上計孝廉會者雄當提三寸弱翰筆以問其異語欲知夫壻處

古樂府東方千餘騎夫壻居上頭今督水衡錢漢書本始二年春以水衡錢爲平陵徙民起第宅注應劭曰水衡與少府皆天子私藏

出自薊門門行樂府遺聲都邑三十四曲有出自薊北門行鮑昭出自薊北門行注薊故燕國

薊北聊長望黃昏心獨愁屈原離騷曰黃昏以爲期燕山對古刹代郡隱一作倚城樓屢戰橋恆斷長冰塹不流天雲如地陣漢月帶胡秋漬土泥函谷顧有孝曰後漢隗囂傳王元曰元請以一丸泥爲大王東封函谷關接繩縛涼州朱鶴齡曰漢西域傳烏秅國其西則有縣度縣度者石山也谿谷不通以繩索相引而度云平生燕頷相會自得封侯後漢班超傳相者指曰生燕頷虎頸飛而食肉此萬里侯相也後以西域五十餘國悉皆納質封定遠侯

隴頭水

（崔豹古今注橫吹胡樂也張騫入西域傳其法唯得摩訶兜勒一曲李延年因造新聲二十八解魏晉以來不存見用黄鵠隴頭折楊柳等十曲）

別塗聳千仞，離川懸百丈。攢荆夏不通，積雪冬難上。枝交隴底暗，（漢地理志隴西郡注應劭曰有隴坻在其西也）石礙波前響。回首咸陽中，（三輔黄圖秦孝公始都咸陽咸陽在九嵕山渭水北山水俱在南故名咸陽）唯言夢時往。

折楊柳

嫋嫋河堤樹，（漢溝洫志哀平𥘉平當使領河堤張衡西京賦周以金堤樹以柳杞）依依魏主營。（徐炯曰魏文帝集柳賦序云昔建安五年上與袁紹戰於官渡時余始植斯柳自彼迄今十有五載矣感物傷懷乃作斯賦）江陵有舊曲，洛下作新聲。（未詳於晉書[illegible]

窺石能爲洛下書生詠。妾對長楊苑。三輔黄圖長楊榭在長楊宫。秋冬較獵其下。天子登
此以觀。君登高柳城。後漢靈帝紀護烏桓校尉出高柳。春還應其見。蕩
子太無情。枚乘雜詩昔爲倡家女。今爲蕩子婦。

關山月二首樂府解題關山月傷別離也。

關山三五月。張尚瑗曰禮記月三五而盈三五而闕。客子憶秦川。思婦
高樓上。當窗應未眠。星旗映疏勒。晉書左旗九星在河鼓兩旁右旗亦
如之。河鼓居中。後漢耿恭傳。恭以疏勒城旁有澗水可固。乃引兵據之。雲陣上祁連。漢書
注。師古曰。天山卽祁連山也。匈奴謂天爲祁連。戰氣今如此。從軍復幾年。

月出柳城東。微雲掩復通。蒼茫紫白暈。漢書高帝七年。月暈圍參
畢七重。是歲高皇帝爲冒頓所圍。七日乃解。蕭瑟帶長風。羌兵燒上郡。胡

騎獵雲中〔漢五行志〕文帝後六年匈奴大入上郡雲中烽火通長安將軍擁節起

戰士夜鳴弓

洛陽道二首〔玉臺新詠〕梁簡文帝元帝樂府題皆有洛陽道

綠柳三春暗紅塵百戲多〔後漢安帝紀〕延平元年罷魚龍曼延百戲東門

向金馬〔張瑩漢南記〕馬援奏曰武帝時善相馬者鑄作銅馬法獻之有詔立馬於魯班門外則更名曰金馬門南陌接銅駝〔洛陽記〕兩銅駝在宮之南街東西相向高八尺洛陽人謂之銅駝街

華軒翼葆吹〔江淹詩〕許史乘華軒〔說文〕軒曲輈轓車也〔蜀志〕先主少時戲言吾必當乘此羽葆蓋車飛蓋響鳴珂〔通俗文〕馬勒飾曰珂〔本草〕珂貝類皮黃黑而骨白可爲馬飾生南海曹植公讌詩清夜遊西園飛蓋相追隨

潘郎車欲滿無奈擲花何〔晉書〕潘岳字安仁爲河陽令美姿儀少常挾彈出洛陽道婦人遇之者皆連手縈繞投之以果滿車而歸

洛陽馳道上。〔漢賈山傳〕曰秦爲馳道於天下。道廣五十步。三丈而樹。厚築其外。隱以金椎。樹以青松。〔三輔黃圖〕蔡邕曰。馳道。天子所行道也。春日起塵埃。濯龍望如霧。〔後漢馬皇后紀〕太后詔曰。前過濯龍門上。見外家問起居者。車如流水。馬如游龍。河橋渡似雷。〔晉書〕杜預以孟津渡險。請建河橋於富平津。聞珂知馬蹀。見上傍幰見甍開。〔儀制令〕諸車。一品青油纁通幰。朱裏。朱絲絡網。三品以上。青通幰。朱裏。五品以上。青偏幰。碧裏。六品以下皆不得用幰。〔謝惠連雪賦注〕甍。屋棟也。相看不得語。密意眼中來。

長安道

〔玉臺新詠〕庾肩吾有賦得橫吹曲長安道。

輦道乘雙闕。〔三輔黃圖〕武帝作建章宮。宮在未央宮西。長安城外。帝於未央宮營造日廣。以城中爲小。乃於宮西跨城池作飛閣。通建章宮。構輦道以上下。〔古歌〕云。長安城西有雙闕。豪雄被五都。〔尹文子〕魏王得玉。召玉工相之。工曰。此無價以當之。五城之都。僅可一觀。橫橋象天漢。〔三輔黃圖〕秦始皇兼天下。都咸陽。渭水貫都。以象天漢。橫橋南渡。以法牽牛。法駕應坤圖。疑作輿〔三輔黃圖〕鹵簿天子出。車駕次第謂之鹵簿。有大駕。有法駕。有小駕。大駕則公卿奉引。大將軍參乘。太僕御。屬車八十一乘。作三行。尚書御史乘之。備千乘萬騎。出長安郊祠天於甘泉備之。百官有其儀注。名曰甘泉鹵簿。法駕京兆尹奉引。侍中參乘。奉車郎御。屬車三十六乘。北郊明堂則省副車。小車祠宗廟用之。〔繫辭〕坤為大輿。韓康賣良藥。〔後漢逸民傳〕韓康字伯休。嘗采藥名山。賣於長安市。不二價。董偃鬻明珠。〔漢東方朔傳〕董偃與母以賣珠為事。偃年十三。隨母出入主家。誼誼擁車騎。非但執金吾。〔後漢百官志〕執金吾一人。中二千石。〔注〕胡廣曰。衛尉巡行宮中。則金吾徼於外。相為表裏。以擒姦討猾。

梅花落〔鮑照吳均江總樂府題〕皆有梅花落。

對戶一株梅。新花落故栽。燕拾還蓮井。〔風俗通〕殿堂象東井形刻作荷菱荷蕖。水物也。所以厭火。風吹上鏡臺。〔魏武雜物疏〕鏡臺出魏宮中有純銀參帶鏡臺一純銀七子貴人公主鏡臺四倡家怨一作愁思妾。樓上獨褰回。啼看竹葉錦。〔龍輔女紅餘志〕桓谿女字女幼製綠錦衣帶。作竹葉樣。遠視之無二。故無瑕詩云。帶葉新裁。作簪花巧製蘭。女幼庾宜婦也。簪一作篸又梁簡文帝冬曉詩帷牽竹葉帶義同罷未能裁。

紫騮馬〔樂府鼓角橫吹十五曲〕有紫騮馬

玉鐙繡纏鬃。〔齊武帝諸子傳〕盧陵王子卿作銀鐙金薄裹箭脚。按鐙音凳。馬鞍踏鐙。鬃音叢。爲鬣也。金鞍錦覆幪。徐樹敏曰〔初學記〕宋劉義恭啓賜臣供御金梁橋鞍。制作精巧。按幪音蠓。覆蓋也。風驚塵未起。〔揚雄羽獵賦〕林叢爲之生塵。草淺埒猶空。〔晉書〕王濟常買地爲馬埒。角弓連一作穿兩兎。〔詩〕騂騂角弓。珠彈落雙鴻。〔呂氏春秋以隋侯之珠彈于仞之雀世必笑之。日斜馳逐罷，連翩還上東。

劉生

劉生殊倜儻，〔漢禮樂志〕志俶儻，精權奇。任俠徧京華。〔漢游俠傳〕郭解父任俠。解為俠益甚。戚里驚鳴筑，〔漢書〕高祖召石奮姊為美人，徙其家長安中戚里。〔又〕上擊筑自歌曰：大風起兮雲飛揚，威加海內兮歸故鄉，安得猛士兮守四方。平陽吹怨笛。未詳。按馬融長笛賦序：融獨臥郿縣平陽鄔中，有洛客舍逆旅，吹笛。俗儒排左氏。〔漢儒林傳〕劉歆白左氏春秋可立，哀帝納之，以問諸儒，皆不對。歆於是數見丞相孔光，為言左氏，以求助，光卒不肯。〔後漢賈逵傳〕侍中劉歆欲立左氏，不先暴論大義，而輕移太常，恃其義長，詆挫諸儒，諸儒內懷不服，相與排之。新室忌漢家。〔漢元后傳〕王諫欲諂莽，上書言皇天廢去漢而命立新室，太皇太后不宜稱尊號，當隨漢廢，以奉天命。高才被擯壓，自古共憐嗟。

烏棲曲二首〔樂録〕烏棲曲者。烏獸二十一曲之一也。

卓女紅妝期此夜。見鴛鴦賦胡姬酤酒誰論價。吳兆宜曰〔辛延年羽林郎詩〕胡姬年十五。春日獨當壚。

風流荀令好兒郎。偏能傳粉復熏香。〔世說〕劉季和嘗言荀令君至人家坐處。嘗三日香。見〔襄陽記〕。

繡帳羅帷隱燈燭。一夜千年猶不足。惟憎無賴汝南雞。天河未落猶爭啼。〔後漢百官志注〕蔡質漢儀衛士甲乙徼相傳。甲夜畢傳乙夜相傳盡五更。衛士傳言五更未明三刻後雞鳴。衛士踵丞郎趨嚴上臺。不畜宮中雞。汝南出雞鳴衛士候朱雀門外。當傳雞鳴於宮中。

雜曲

徐樹聲曰〔陳后妃傳〕後主自居臨春閣。張貴妃居結綺閣。龔孔二貴嬪居望仙閣。並複道交相往來。以宮人有文學者袁大捨等爲女學士。後主每引賓客對貴妃等游宴。則使諸貴人及女學士與狎客共賦新詩采其尤豔麗者以爲曲調選宮女有容色者歌之其曲有玉樹後庭花臨春樂等大抵所歸皆美張貴妃孔貴嬪之容色

傾城得意已無儔洞房連閣未消愁〔漢李延年歌〕傾城復傾國佳人難再得〔後漢梁冀傳〕堂寢皆有陰陽奧室連房洞戶

宮中本造鴛鴦殿〔飛燕外傳〕帝居鴛鴦殿便房省帝簿嬺上簿嬺因進言飛燕有女弟合德美容體性純粹可信不與飛燕比爲誰新起鳳皇樓〔三輔黃圖〕楊震關輔古語云長安民俗謂鳳皇闕爲貞女樓

綠黛紅顏兩相發千嬌百念情無歌舞衫回袖勝春風歌扇當窗似秋月碧玉宮伎自翩妍〔樂府〕有情人碧玉歌一云劉碧玉宋汝南王妾絳樹新聲最可憐〔魏文帝集〕荅繁欽書今之妙舞莫巧於絳樹

張星舊在天河上〔天官書注〕星經云柳星張周之分野三河也從來張姓本連天

〔諾皋記〕天翁姓張名堅字刺渴漁陽人〔漢張放傳〕放取皇后弟平恩侯許嘉女上爲放供張賜甲第充以乘輿服飾號爲天子取婦皇后嫁女大官私官竝供其第兩宮使者冠蓋不絕

二八年時不憂度〔宋玉招魂〕二八齊容起鄭舞些旁邊得寵誰相妒立春曆日自當新〔晉禮志〕大史每歲上年歷立春讀五時令服各隨其方色帝御座尚書已下就席讀訖賜酒巵正月春幡底須故〔續漢書〕立春之日夜漏未盡五刻京都百官皆衣青立春旛施土牛耕人於門外流蘇錦帳挂香囊織成羅幌隱燈光〔晉摯虞決疑要注〕天子帳流蘇爲飾〔古詩〕紅羅複斗帳四角垂香囊只應私將琥珀枕〔吳兆騫曰〕〔宋武帝紀〕寧州嘗獻琥珀枕光色甚麗價盈百金冥冥來上珊瑚牀〔本草〕珊瑚似玉紅潤生海底盤石上一歲黃三歲赤海人先作鐵網沈水底貫中而生絞網出之失時不取則腐

長相思二首〔樂府〕怨思二十五曲其一曰長相思

長相思。望歸難。傳聞奉詔成皋蘭。〔漢霍去病傳〕鏖皋蘭下。師古曰。皋蘭山名。龍城遠。〔漢書〕將軍衛青出上谷至龍城。鴈門寒。〔山海經〕鴈門山者。鴈飛出於其間。愁來瘦轉劇。衣帶自然寬。〔枚乘雜詩〕相去日已遠。衣帶日已緩。念君今不見。誰爲抱腰看。〔玉臺新詠〕惠帝時童謡曰。鄴中女子莫千妳。前至三月抱胡腰。

長相思。好春節。夢裏恆啼悲不洩。帳中起。窗前髻。柳絮飛還聚。〔本草經〕柳花一名絮。遊絲斷復結。〔沈約詩〕遊絲映空轉。欲見洛陽花。〔董嬌嬈詩〕洛陽城東路。桃李生路旁。花花自相對。葉葉自相當。如君隴頭雪。

詩

同汪詹事登宮城南樓

元良屬上德。率土被中孚。〔書〕一人元良。萬邦以貞。〔老子〕上德不德。〔詩〕率土之濱莫非王臣中乎見周易漢幄朝無怠東觀漢記曰時明帝年十二在幄後周門夕復趨文王世子文王之爲世子朝於王季日三雞初鳴而衣服至於寢門外問內豎之御者曰今日安否何如內豎曰安文王乃喜及日中又至亦如之及莫又至亦如之桓經既受業後漢書孝明皇帝光武第四子十九年立爲皇太子師事博士桓榮學尚書賀拜且尊儒晉書賀循世爲儒宗除太子太傅命皇太子親往拜之壯志諧風雅高文會斗樞西京雜記揚子雲曰廊廟之下朝廷之中高文典冊用相如鏗鏘叶舞蹈照爛等琨瑜河水慙雄伯漳川仰大巫吳書張紘見陳琳作武庫賦歎之琳荅曰僕在河北少文人易爲雄伯故使僕有此談今是下子布在彼所謂小巫見大巫神氣殫矣鮑魚寧入俎賈誼書文王使太公望傅太子發嗜鮑魚公不與曰鮑魚不登俎豈有非禮而可養太子哉釣鼈匪充庖晉潘尼集鼈賦序皇太子遊於玄遂命釣魚有得鼈而獻之者令侍臣

賦之叔譽恆詞屈。〔汲冢周書晉平公使叔譽聘於周見晉太子與之言五稱而三窮〕圍防年〔疑作嚴〕豈濫誅。〔後漢馬援傳援謂司馬呂种曰國家諸子竝壯而舊防未立則多通賓客則大獄起矣後帝收捕諸王賓客更相牽引死者以千數种亦豫其禍〕

走筆戲書應令

此日乍殷勤。〔繁欽定情詩何以致殷勤〕相嫌不如春。今宵花燭淚。非是夜迎人。〔何遜看新婚詩何如花燭夜輕扇掩紅妝〕舞席秋來卷。歌筵無數塵。曾經新代故。那惡故迎新。片月窺花簟。〔南史王摛傳尚書令王儉嘗集才學之士總校虛實類物隸之謂之隸事唯盧江何憲爲勝乃賞以五花簟白團扇〕輕寒入錦巾。〔吳任臣曰魏武帝紀注傅子曰漢末王公多委王服以幅巾爲雅是以袁紹崔豹之徒雖爲將帥皆著縑巾魏太祖以天下凶荒資財匱乏擬古皮弁裁縑帛以爲帢合於易簡隨時之

義以色別其貴賤於今施行可謂軍容非國容也秋來應瘦盡偏自著腰身

春情

風光今旦動雪色故年殘薄夜迎新節當壚却晚寒

奇一作故香分細霧一作篆石炭擣輕紈竹葉裁衣帶見樂府梅花奠酒盤未詳按四時寶鏡立春日春餅生菜號春盤年芳袖裏出

春色黛中安欲知迷下蔡宋玉登徒子好色賦嫣然一笑惑陽城迷下蔡先將過上蘭三輔黃圖上林苑有上蘭宮

奉和詠舞

玉臺新詠梁簡文帝詠舞詩戚里多妖麗重聘滅秦余逐節工新舞嬌態似凌虛納花承襵概垂翠逐璫舒扇開衫影亂巾度履行疎徒勞交甫憶自有專城居

十五屬平陽因來入建章主家能教舞漢衛皇后傳后字子夫子

夫爲平陽主謳者既飲謳者進帝獨說子夫主因奏子夫送入宮城中巧畫妝〔後漢馬廖傳〕長安語曰城中好高髻四方高一尺城中好廣眉四方且半額城中好大袖四方全匹帛低鬟向綺席〔漢郊祀志注〕師古曰〔漢舊儀云〕祭天用六綵綺席六重用玉几玉飾器凡七十女樂卽〔禮樂志〕所云使童男童女倶歌也舉袖拂花黃燭送空回〔一作窗邊〕影衫傳篋裏香當[illegible]好留客故作舞衣長〔景差大招〕長袖拂面善留客只

和簡文帝賽漢高帝廟〔原注〕聲偶作徐摛詩彙作庾肩吾並誤尚暖

曰梁簡文帝集漢高帝賽神詩玉軑朝行動閶闔旦應開白雲蒼梧上丹鳳咸陽來日正江無影城斜漢屢迴瞻流知地脉望須匹天台欲祛九愁恨聊舉十千杯

山宮類牛首〔三輔黃圖〕牛首池在上林苑中西頭漢寢若龍川〔漢地理志〕南海郡龍川縣〔注〕裴氏廣州記本博羅縣之東鄉也有龍穿地而出卽穴流泉因以爲號玉盌無秋

酎（張載酒賦中山夏啓醇酎秋發）金燈滅夜煙（後漢李尤有金羊燈銘）丹帷迫靈獄（未詳）紺席下羣仙（徐樹屏曰漢舊儀皇帝自行羣臣從齋皆百日紫壇帷幄高皇帝配天居堂下西南紺幄紺席）堂虛沛筑響叙低戚舞妍（陳鋭曰西京雜記高帝戚夫人善鼓瑟擊筑帝常擁夫人倚瑟而絃歌畢每泣下流漣夫人善爲翹袖折腰之舞歌出塞入塞望歸之曲聲入雲霄）何殊后廟裏子建作華篇（魏曹植集漢高帝贊屯雲斬蛇靈母告祥朱旗既抗九野披攘禽嬰克羽掃滅英雄承機帝世著功武湯）

山齋

桃源驚往客（晉陶潛集有桃花源記詳與宗室書）鶴嶠斷來賓（會稽記射的山南有白鶴山此鶴爲仙人取箭漢太尉鄭弘嘗采薪得一箭頃有神人至問何所欲弘曰嘗患若耶溪載薪爲難願旦南風暮北風後果然）復有風雲處蕭條無俗人山寒微

有雩石路本無塵竹徑蒙籠巧茅齋結構新燒香披道記〔後漢襄楷傳注〕南陽張津爲交州刺史常著絳袙頭鼓琴焚香讀邪俗道書云以助化懸鏡厭山神〔抱朴子〕道士以明鏡九寸懸於背老魅不敢近砌水何年溜簷桐幾度春雲霞一已絕寧辨漢將秦

詠柑〔藝文〕〔初學〕竝作徐陵乃劉孝綽舊集載此或誤收也

朱實挺江南包品擅珍淑〔張衡西京賦〕朱實離離〔禹貢〕揚州厥包橘柚錫貢上林雜嘉樹〔西京雜記〕初脩上林苑羣臣遠方各獻名果異樹江潭間修竹〔東方朔七諫〕便娟之修竹寄生於江潭萬室擬封侯千株挺荊國〔漢貨殖傳〕蜀漢江陵千樹橘渭川千畝竹此其人與千戶侯等〔吳志〕李衡遣客於武陵龍陽況州上作宅種甘橘千株敕兒曰有木奴千頭不青汝衣食歲上一匹絹綠葉萋以布〔左思吳都賦〕布濩皐澤

素榮芬且郁，得陳終宴歡。良垂雲雨育。

侍宴

園林才有熱，夏淺更勝春。嫩竹猶含粉，初荷未聚塵。承恩預下席，應阮獨何人。〔魏王粲傳〕文帝為五官將，及平原侯植皆好文學。粲與北海徐幹字偉長、廣陵陳琳字孔璋、陳留阮瑀字元瑜、汝南應瑒字德璉、東平劉楨字公幹，並見友善。

奉和山池

〔梁簡文帝有山池詩〕日暮芙蓉水，聊登鳴鶴舟。飛艫飾羽龍，長幔覆緹油。停輿依柳息，住蓋影空留。古樹橫臨沼，新藤上挂樓。游魚向暗集，戲鳥逗槎流。

羅浮無定所，〔後漢郡國志〕南海郡博羅縣〔注〕有羅浮山，自會稽浮往博羅山，故置博羅縣。鬱島屢遷移。未詳。按〔魏志〕邴原將家屬入海，住鬱林洲山中。不覺因風雨，何時入後池。樓臺非一勢，臨翫自多奇。〔楚辭〕層臺累榭臨高山。雲生對戶石。猨挂入櫚枝。

山池應令

畫舸圖仙獸。陳啓源曰〔晉書〕王濬畫鷁首怪獸於船首以懼江神飛艎挂采斿。〔曹植〕〔左傳〕楚大敗吳師。獲其乘舟餘皇。〔顔延之詩〕祥飈被綵斿。〔注〕綵旒。旗名。榜人事金槳。〔曹植朔風詩〕誰忘汎舟。媿無榜人。〔注〕刺船之人也。釣女飾銀鉤。細萍時帶檝。低荷乍入舟。猨啼知谷晩。蟬咽覺山秋。

別毛永嘉〔英華〕作別毛尚書。銳曰〔南史〕毛喜字伯武。滎陽陽武人也。魏平江陵。喜與宣帝俱遷長安。及宣帝即位。歷丹陽尹吏部尚書。委政於喜。益見親重。喜言無回避。時皇太子好酒德。喜常言之宣帝。太子遂銜之。即位後稍見疏遠。至德元年。授永嘉內史。

顧子厲風規。歸來振羽儀。嗟余今老病。此別空長離。

白馬君來哭。〔後漢范式傳〕張劭喪至壙，將窆而柩不肯進，見有素車白馬號哭而來，其母曰：是必范巨卿也。黃泉我詎知。〔繆襲挽歌〕朝發高堂上，莫宿黃泉下。〔陸機挽歌〕呼子子不聞，泣子子不知。徒勞脫寶劍，空挂隴頭枝。〔列士傳〕延陵季子解寶劍挂徐君墓柏樹。

秋日別庾正員〔藝文〕作張正見

征途愁轉旆，連騎慘停鑣。朔氣凌疏木，江風送上潮。青雀離帆遠，〔古詩〕青雀白鵠舫。朱鳶別路遙。〔後漢郡國志〕交阯郡十二城，一名朱鳶。惟有當秋月，夜夜上河橋。〔見樂府〕

新亭送別應令〔晉祖逖傳〕晉時南渡，過江人士，新亭飲宴。

風吹臨伊水，時駕出河梁。野燎村田黑，江秋岸荻黃。隔城聞上鼓，迴舟隱去檣。神襟愛〔一作憂〕遠別，流睇極

清漳（地志漳水二一出上黨沾縣大黽谷名清漳一出上黨長子縣鹿谷山名濁漳）

和王舍人送客未還閨中有望

倡人歌吹罷對鏡覽紅顏拭粉留花稱（疑作勝北堂書鈔釋名花勝言者之則勝御覽金勝一名金稱）除釵作小鬢（釋名又枝也因形名之也）綺燈停不滅高屏掩未開良人在何處光惟見月還

為羊兖州家人苔餉鏡（兆壽曰南史羊侃傳侃字祖忻泰山梁父人也）

魏正光中為征東大將軍東道行臺領泰山太守初其父祉恒使侃南歸侃至是將舉濟河以成先志魏帝聞之使授侃驃騎大將軍司徒泰山郡公長為兖州刺史侃斬其使人同三司至建鄴授徐州刺史累遷侍中都官尚書侃性豪侈姬妾列侍窮極奢靡有彈箏人陸大喜著鹿角爪長七寸舞人張靜婉腰圍一尺六寸時人咸推能掌上舞又有孫荆

王能反腰帖地銜得席上玉簪敬賓歌人丑娥見東宮亦賓歌者屈膝之故妙盡奇曲一時無對

信來贈寶鏡亭亭似團月鏡久自逾明人久情逾歇取鏡挂空臺于今莫復開不見孤鸞鳥香魂何處來見鴛鴦賦

詠織婦

纖纖運玉指脈脈正蛾眉振躡開交縷停梭續斷絲兆宮曰異苑陶侃嘗漁雷澤得一織梭簷前初月照洞戶朱帷垂一作未垂帷弄機行掩淚彌令織素遲見鴛鴦賦

內園逐涼

昔有北山北。〔後漢逸民傳〕法真字高卿，扶風人也。太守請見，欲任以功曹。真曰：以明府見待有禮，故敢自同賓末。若欲吏之，真將在北山之北，南山之南矣。今余〔一作求〕東海東。〔見本傳〕納涼高樹下。直坐落花中。狹徑長無迹。茅齋本自空。提琴就竹篠。酌酒勸梧桐。

鬭雞

季子聊爲戲。〔左傳〕季郈之雞鬭，季氏芥其雞，郈氏爲之金距。平子怒。陳王欲騁才。〔藝文類聚〕魏陳思王植有鬭雞詩。花冠已衝加。〔南越志〕雞冠四開如蓮花。鳴聲清徹。芥爪復驚媒。鬭鳳羞衣錦。兆震曰〔鄴中記〕錦署有鳳皇錦。雙鸞聰鏡臺。見鴛鴦賦。陳倉若有信。爲覓寶雞來。〔晉太康地志〕秦文公時陳倉人獵得獸如彘不知名，牽以獻之。逢二童子曰：此名爲媦，媦亦語曰：二童名陳寶，得雄曰王，得雌者霸。陳倉

〔人乃逐之化爲雌雉上陳倉北阪爲石祭祀之〕

詠日華

朝暉燭曲池。夕照滿西陂。復有當晝景。江上鑠光儀。時從高浪駛。作逐細波移。一在雕梁上。〔梁武帝碧玉歌杳梁日始照〕詎比扶桑枝。〔淮南子日拂於扶桑〕

詠雪

瓊林玄圃葉。〔淮南子崑崙山中有曾城九重有珠樹玉樹〕桂樹日南華。〔廣志桂出合浦冬夏常青其類自爲林林間無雜樹交阯置桂園〕豈若天庭瑞。〔揚雄劇秦美新上陳天庭〕輕雲帶風斜。三農喜盈尺。〔謝惠連雪賦盈尺則呈瑞於豐年〕六出儛崇花。〔韓詩外傳凡草木之花多五出雪花獨六出〕明朝闕門外。應見海

神車。樹屛日金匱武王伐紂都洛邑雨雪十餘日深
丈餘甲子平旦有五丈夫乘五車從兩騎止門
外尚父告武王曰五車兩騎
四海之神與河伯雨師耳。

春日

岸煙起暮色，岸水帶斜暉。徑狹橫枝度，簾搖驚燕飛。
落花承步履，吳兆宜曰釋名履禮也飾足以爲禮。流澗寫行衣。何殊九
枝蓋，薄暮洞庭歸。未詳

奉和簡文帝山齋 梁簡文帝集山齋詩玲瓏繞竹澗間關通槿藩缺岸新成浦危石久爲門北榮下飛桂南柯吟夜猿暮流澄錦磧晨冰照彩鸞

架嶺承金闕，飛橋對石梁。竹密山齋冷，荷開水殿香。
山花臨舞席，水影照歌牀。闕

表

勸進梁元帝表（梁書曰：大寶二年五月，相東王繹命王僧辯等東擊侯景。十月，太宗遇侯景僭位。其明年二月，王僧辯平侯景，奉表勸進。荅曰：淮海長鯨，雖云授首；襄陽短狐，未全革面。太平玉燭，爾乃議之。五月，司空南平王恪等復勸進，湘東王猶不受。八月，兼散騎常侍聘魏使徐陵於鄴奉表勸進。九月，四方征鎮王公卿士復勸稱尊號，猶謙讓未許。表三上，乃從之。十一月丙子，即皇帝位於江陵，詔改太清六年爲承聖元年。）

臣聞：封唐有聖，還承帝嚳之家；（帝王世紀：帝嚳崩，摯於兄弟最長，得登帝位。封異母弟放勳爲唐侯。後政微弱，而唐侯德盛，乃造唐而致禪。）居代維賢，終纂高皇之祚。（漢書：諸呂既誅，諸大臣謀曰：代王高帝子，最長，仁孝寬厚。乃迎立之。）無爲稱於革舄，（漢書東方朔曰：孝文皇帝身衣弋綈之衣，履革舄。）至治表於垂衣。（繫辭：黃帝

（堯舜垂衣裳，而天下治。）而撥亂反正。非間前古。（〔漢高帝紀〕羣臣曰：帝撥亂世反之正。）至如金行重作。（〔晉五行志〕董養曰：自者金色，國之行也。中興書：有晉金行，奄君四海。）源出東莞。（〔晉書〕元帝父琅邪恭王覲，祖琅邪武王伷。武帝踐祚，封東莞郡王。）炎運猶興。（〔漢高帝贊〕漢承堯運，協于火德。）枝分南頓。（〔後漢光武紀〕南頓令欽生光武。）當得掩顯姓於軒轅。（〔帝王世紀〕黃帝二十四子，得姓有十四人。皇甫謐曰：黃帝居軒轅之丘，故因以爲名。又以爲號。）非才子於顓頊。（〔左傳〕顓頊氏有不才子，天下之人謂之檮杌。）蓋不因時多難。（〔左傳〕司馬侯曰：或多難以固其國。）俱繼神宗者也。（〔書大禹謨〕正月朔旦，受命于神宗。）伏惟陛下出震等於勛華。鳴謙同於旦奭。握圖（一作袠）秉鉞。（〔春秋合誠圖〕黃帝遊玄扈洛水上，鳳皇銜圖置帝前，帝再拜受圖書。王左杖黃鉞，右秉白旄以麾。胡渭生曰：孝經援神契：舜龍顏重瞳大口，手握褒。〔宋均注〕手中有褒字。）將在御天。〔易〕時乘六龍以御天。玉勝珠衡。〔春秋命曆序〕神農戴玉理。〔宋均〕曰玉理。玉英。玉勝也。〔孝經援神契〕伏羲大目山準。日角而連珠衡。〔注〕衡中有骨表如連珠。象玉衡星。〔漢書音義〕眉上曰衡。徐樹本曰〔海錄碎事〕顏淵山庭日角。曾子珠衡犀角。先彰元后。〔書〕元后作民父母。神祇所命。非惟大寶。之。祥。〔左傳〕楚共王無冢適。曰當璧而拜者神所立也。乃與巴姬密埋璧於大室之庭。使五人齊而長入拜。平王弱。抱而入。再拜皆壓紐。圖牒斯歸。何止。堯。門。之。瑞。〔班固典引〕應圖合牒。窮祥極瑞。〔漢書〕孝。倢伃居鉤弋宮。生昭帝。任身十四月乃生。上曰。昔聞曉十四月而生。今鉤弋亦然。乃命其所生門曰堯母門。〔南史〕元帝諱繹。武帝第七子也。帝夢眇目僧執香爐稱託生王宮。及生帝。舉室中非常香。有紫胞之異。封湘東王。鎮江陵。任臣曰梁書元帝背生黑子。巫媼見曰。此大貴兆。當不可言。若夫大孝聖人之心。中庸君子之德。見〔中庸〕固以作訓生民。貽風多士。一日二日。研覽萬幾允文允武，包羅羣藝。見書擬茲三大，〔老子〕故道大天大地大王亦大域中有四大而王居其一焉賓是四門。〔舜典〕賓于四門歷試諸難，〔書序〕虞舜側微堯聞之聰明將使嗣位歷試諸難作舜典咸熙庶績，見書斯無間而稱也。〔論語〕禹吾無間然矣〔南史〕累遷鎮西將軍都督荊州刺史機務煩多軍書羽檄文章詔誥點毫便就殆不游手

自无妄為象，〔繫辭〕无妄災也鍾禍上京。梟獍虔劉，〔晉書〕崔懿之謂靳準曰汝心如梟獍必為國患〔左傳〕呂相絕秦曰虔劉我邊垂宗社蕩墜。銅頭鐵額，興暴皇年。〔魚龍河圖〕黃帝攝政有蚩尤兄弟八十一人竝獸身人語銅頭鐵額威振天下封豨修蛇，行災中國。〔左傳〕申包胥曰吳為封豕長蛇以薦食上國靈星所宅，〔漢郊祀志〕三星為泰乙鋒旗命曰靈旗為兵禱大史奉以指所伐國下武其興。〔詩〕下武維周紫極而行號。〔爾雅〕北極謂之北辰〔春秋合誠圖〕北辰其星五在紫微中　滑生曰〔漢書〕李尋

紫宮極掘通位帝紀劉琨勸進表莫不叩心絕氣行號巷哭瞻丹陵而殞慟帝王世紀
堯母慶都孕十四月而生堯於丹陵南史東魏高歡卒侯景與高澄不協奉表以河南十三州降梁遂據
壽陽作亂攻陷臺城家冤將報天賜黃鳥之旗墨子天錫武王黃鳥之旗國
害交誅神奉玄狐之籙黃帝出軍決帝伐蚩尤乃歸夢西王母遣道人被玄狐之
裘以符授之南史王僧辯討侯景次於大雷軍人杜稷夢雷池君周何二神乘朱航陳甲仗稱下討侯景
屯李軼於河津後漢書馮異為孟津將軍軍河上以拒朱鮪李軼等初軼與光武首結謀
約及更始立反共陷伯升欲降不自安乃與異通書光武故宣露之鮪怒殺軼征陶謙於海
岱魏志曹操父嵩避難在琅邪操迎之嵩輜重百餘兩陶謙別將守陰平掩襲嵩於華費間殺之掠引
兵擊謙攻拔十餘城皆屠之南史武帝為景所制憂憤成疾口苦索蜜不得再日荷荷遂崩文立簡文帝
尋使彭儁進土囊而弒之滕公擁樹雄氣方嚴漢書夏侯嬰為滕令奉車故號滕公

項羽大破漢軍漢王不利馳去見孝惠魯元載之漢王急馬罷虜在後常蹶兩兒棄之嬰常收載行面雍樹馳卒得脫

張繡交兵風神彌勇魏志張繡與曹操戰殺操長子昂操中流矢敗走南史世子加等討河東王譽軍敗死之

忠誠貫於日月渭生曰戰國策唐雎曰專諸之刺王僚也彗星襲月聶政之刺韓傀也白虹貫日此皆有志之士懷怒未發休祲見於天

孝義感於冰霜冰霜用王祥鄉行事

如雷如霆見詩

非貔非虎牧誓尚桓桓如虎如貔

前驅效命詩為王前驅

元惡斯殲胤征殲厥渠魁

既挂膽於西州世說姜維死時見剖膽大如斗

火燃臍於東市後漢書董卓築塢於郿號萬歲塢及誅暴屍於市守吏為大炷置臍中燃之光明達曙

蚩尤三冢窮謂嚴誅雲笈七籤軒轅本紀所殺蚩尤身首異處帝閔之令葬其首冢於壽張其肩髀冢在山陽其髀冢在鉅鹿

王莽千剸非云明罰漢王莽傳莽在漸臺商人杜吳殺莽校尉公賓就斬首軍人分裂莽身支

節肌骨齧分之傳首詣宛陳沂震曰禮記公族有罪則殲剸**青羌赤狄**英雄記董卓說校尉賈龍擊劉焉出青羌與戰通鑑注青羌羌之一種漢書晉文公攘戎狄居西河圁洛之間號曰赤翟白翟**同畀豺狼**詩投畀豺虎**胡服夷言**趙世家武靈王胡服騎射左傳衛侯輒歸效夷言**咸為京觀**左傳楚子曰古者明王伐不敬取其鯨鯢而封之於是乎有京觀南史王僧辯入據建康侯景奔吳羊侃子鵾殺景送屍建康傳首江陵暴屍於市民爭食之并骨皆盡**邦畿濟濟還見隆平宗祀愔愔方承多福**詩邦畿千里又濟濟多士班固東都賦卽上之中有周成隆平之治焉孝經宗祀文王於明堂以配上帝束皙補亡詩愔愔我王紹文之緒善曰左傳祈招之愔愔杜預曰愔愔安和貌詩綏以多福**自氤氳混沌之世驪連栗陸之君**繫辭天地絪縕萬物化生三皇本紀自人皇已後有五龍氏燧人氏大庭氏柏皇氏中央氏卷須氏栗陸氏驪連氏赫胥氏尊盧氏混沌氏昊英氏有巢氏朱襄氏葛天氏陰康氏無懷

氏。蓋三皇已來有天下者之號。封起龍圖。〔三皇本紀〕宓犧氏有龍瑞以龍紀官號曰龍師始畫八卦。文因鳥迹。〔晉衛恆書勢〕黃帝之史沮誦蒼頡眺彼鳥迹始作書契雲師火帝。非無戰陣之風。〔三皇本紀〕炎帝神農氏以火德王。故曰炎帝以火名官。〔五帝本紀〕黃帝軒轅氏脩德振兵。以與炎帝戰於阪泉之野。三戰然後得其志。官名皆以雲命爲雲師堯誓湯征。咸用干戈之道。〔大禹謨〕禹乃會羣后誓于師曰濟濟有衆。咸聽朕命。〔仲虺之誥〕東征西夷怨。南征北狄怨。星躔東井。時破嶓潼。〔漢書〕漢元年冬十月。五星聚於東井。東井秦之分野。沛公至霸上。秦王子嬰素車白馬。係頸以組。奉皇帝璽降於軹道傍。雷震南陽。祅孖尋邑。〔後漢光武紀〕世祖奔二公陣。二公兵走。北殺司徒王尋昆陽城中兵亦鼓譟而出。會大風雷雨。二公大衆遂潰。若有擾三靈之已墜。〔文選注〕三靈天地人也救四海之羣飛。〔揚雄劇秦美新〕海水羣飛〔注〕喻大亂也赫赫明明。龔行天罰。見書如當今之盛者也。於是卿雲似蓋。晨㬢姚。卿（呂氏春秋虞舜卿雲歌曰卿雲爛兮糺縵縵兮日月光華旦復旦兮（孔安國曰）瞽叟妻握登見大虹感而生舜於姚墟故姓姚

甘露如珠。朝霏原寢。（後漢書）明帝永平中甘露降於原陵按光武葬於原陵。芝

房感德。咸出銅池。（漢書）武帝作芝房之歌（又）宣帝時金芝九莖產於函德殿銅池中

蓂莢伺晨。無勞銀箭。（帝王世紀）堯時有草夾階而生隨月生死以古日月之數名日蓂莢（尸子）使雞伺晨陸倕新漏刻銘云每旦晨興屬傳漏之音聽雞人之響又金徒抱箭（南史）大寶二年十月辛丑朔紫雲如蓋臨江陵城

重以東漸。玄菟。（漢武帝紀）朝鮮斬其王右渠降以其地為樂浪臨屯玄菟真番郡

西踰白狼。（晉地理志）高雲以并州刺史鎮白浪

高柳生風。（後漢郡國志）代郡卄一城一名高柳

扶桑徂日。（十州記）扶桑在碧海中樹長數千里一千餘圍。張尚玠曰（淮南子）日拂於扶桑

蓂不編名。屬國歸貢。鴻臚（後漢百官

志承秦有典屬國別主四方夷狄朝貢侍子成帝省并於大鴻臚荒服來賓國語蠻夷要服戎狄荒服遐邇同慶南史大寶二年九月己亥盤盤國獻馴象其文昭武穆左傳富辰曰管蔡郕霍魯衛毛聃郜雍曹滕畢原酆郇文之昭也邘晉應韓武之穆也跗萼也如彼詩常棣之華鄂不韓韓箋承華者曰鄂拊鄂足也天平地成書地平天成功業也如此久應旁求掌故漢舊儀大常博士弟子試射策中乙科補掌故司馬相如封禪文宜命掌固悉奏其儀而覽焉咨詢天官周禮天官冢宰斟酌繁昌魏志文帝受禪爲壇於繁陽黃初元年改潁陰之繁陽亭爲繁昌縣經營高邑後漢光武紀命有司設壇場於鄗南千秋亭即皇帝位因改鄗曰高邑宗王啟霸非勞武德之侯魏志明帝紀帝諱叡年十五封武德侯黃初七年立爲皇太子丁巳即皇帝位清蹕無虞中華古今注秦制出警入蹕何事長安之邸後漢安帝紀帝父清河孝王慶殤帝崩太后與兄車騎

將軍鄧騭定策拜帝爲長安侯即皇帝位揚龍旂以饗帝〔魯頌〕龍旂承祀御鳳展以承天〔周禮〕掌次職王大旅上帝則張氈案設皇邸〔鄭司農曰〕皇羽覆上邸後板也玄謂後板屏風與染羽象鳳皇羽色以爲之〔疏〕言後板者謂爲大方板於坐後畫爲斧文言屏風者據漢法混之曆數在躬〔大禹謨〕帝曰天之曆數在汝躬疇咨爲讓〔堯典〕帝曰疇咨若時登庸去月二十日兼散騎常侍柳暉等至鄴〔齊神武帝紀〕神武以孝武既西恐逼崤陝洛陽復在河外接近梁境如向晉陽形勢不能相接乃議遷鄴伏承聖旨謙沖爲而不宰〔老子〕生而不有爲而不宰是謂玄德或云洛陽未復〔杜氏通典〕魏文帝受禪後脩洛陽宮室權都許昌宮殿狹小元日於城南立氈殿青帷以爲門設樂饗食後還洛陽依漢舊事函谷無泥見樂府旋駕金陵〔初學記〕江寧縣楚之金陵邑也吳晉宋齊梁陳六代都之於膺天眷〔南史〕十一月丙子帝即位於江陵下詔將還建康胡僧祐等諫止之愚謂

大庭少昊非有定居左傳注杜預曰大庭氏古國名在魯城內帝王世紀少昊帝名
摯降居江水邑於窮桑以登帝位都曲阜號金天氏漢祖殷宗皆無恆宅漢高帝紀
帝西都洛陽戍卒婁敬說上都關中張良勸上是日車駕西都長安殷本紀盤庚之時殷已都河北盤庚
渡河南居西亳復居成湯之故居遷五遷無定處登封岱嶽且置明堂漢武帝紀
上登封泰山降坐明堂陳鍔曰孝經援神契明堂者天子布政之宮上員下方八窗四闥在國之陽
兆寬曰大戴禮明堂凡有九室一室而有四戶八牖總三十六戶七十二牖以茅蓋屋巡狩荊
州時行司隸後漢竇武傳桓帝巡狩南陽以武府掾胡騰為護駕從事騰上言臣請以荊州
刺史比司隸校尉臣自同都官從事帝從之自是肅然莫敢有所干何必西瞻虎踞
乃建王宮蜀志諸葛亮曰鍾山龍盤石城虎踞南望牛頭方稱天闕一統
志牛頭山在應天府一名牛首山有二峰東西相對晉元帝初作宮殿王導指雙峰曰此天闕也故又名

天闕山抑又聞之玄圭既錫〔禹貢〕禹錫玄圭蒼玉無陳〔周禮〕大宗伯之職蒼玉禮天黃琮禮地亦棫樸之徵期〔詩〕芃芃棫樸非苞茅之不貢〔左傳〕管仲對楚曰爾貢苞茅不入寡人是征雲和之瑟久廢甘泉孫竹之管無聞加澤〔周禮〕大司樂孤竹之管雲和之琴瑟雲門之舞冬日至於地上之圜丘奏之則天神皆降孫竹之管空桑之琴瑟咸池之舞夏日至於澤中之方丘奏之則地示皆出〔漢郊祀志〕武帝作甘泉宮中爲臺室畫天地泰乙諸鬼神置祭具以致天神豈不懼歟伏願陛下因百姓之心振萬邦之命〔賈逵國語注〕振救也豈可逡巡固讓〔公羊傳〕齊侯逡巡而謝樹敏曰〔漢外戚傳〕耿育疏太伯見歷知適逡循固讓加於石戶之農〔魏隸高士傳〕石戶之農與舜爲友舜以天下讓之石戶夫負妻攜子入海高謝爲君〔左思魏都賦〕高謝萬邦徒弘箕山之客〔高士傳〕許由字武仲聞堯致天下而讓焉乃遯於頴水之

陽箕山之下未知上德之不德惟見聖人之不仁〔老子〕上德不德是以有德〔又〕聖人不仁以百姓爲芻狗率士翹瞻〔詩〕率土之濱廣雅翹舉也蒼生何
望〔書〕益稷帝光天之下至於海隅蒼生背蘇季張儀違鄉負俗尚傍招
三方以事趙請六國以尊秦〔史記〕蘇秦傳秦字季子東周洛陽人爲從約長
并相六國北報趙王行過雒陽車騎輜重擬於王者
秦喟然歎曰使吾有雒陽負郭田二頃豈能佩六國
相印乎〔張儀傳〕儀魏人也入秦惠王以爲客卿與謀
伐諸侯〔漢書〕武帝語士或有負俗之累〔會稽典錄〕范
蠡字少伯越之上將軍也本是楚宛三戸人佯狂倜
儻負俗〔李斯〕上秦王書惠王用張儀之計散六國之
從使之西面事秦
泥臣等顯奉皇華〔詩〕皇皇者華遣使臣之詩也親承朝
命珪璋特達〔聘義〕以珪璋聘重禮也通聘河陽〔曹植送應氏詩〕置酒此河陽
地理志河內郡領河陽縣貂珥雍容〔漢官〕云秦置散騎又置中常侍漢因之皆銀璫附蟬爲文

謂之貂璫。尋盟漳水，〔左傳〕會於葵丘，尋盟且脩好也。〔魏都賦〕北臨漳滏。加牢
貶館，〔左傳〕士鞅來聘，加四牢焉，爲十一牢。隨世汙隆。〔禮記〕道隆則從而隆，道汙則從而汙。
瞻望鄉關，誠均休戚。〔盧諶詩〕義等休戚。但輕生不造，〔謝朓詩〕輕生諒
昭洒。〔詩〕遭家不造。命與時乖，忝一介之行人，同三危之遠擯。
〔左傳〕晉行人子員對鄭曰：不使一介行李告於寡君。
〔禹貢〕三危既宅。〔注〕三危在雍州之西南境，即舜竄三
苗之地。山有三峯，高從甚危，故名三危。〔本傳〕太清三
年，兼通直散騎常侍使魏。陵累求復命，終拘留不遣。
承聞內殿，事絕耿弇之恩。〔後漢書〕蕭王幸溫明殿，耿弇請間曰：王郎雖破，天下
兵革乃始耳。聖公敗必不久。王曰：卿勿妄言，我告
斬卿。弇曰：大王哀厚弇如父子，故敢披赤心耳。封
奏邊城，私等劉琨之哭。〔晉書〕劉琨、段匹磾相與歃血同盟，翼戴晉室，遣右司馬溫
嶠奉表詣建康勸進。不勝區區之至，謹拜表以聞。

讓五兵尚書表〔本傳〕天嘉四年遷五兵尚書領大著作

臣聞仲尼大聖。猶云書不盡言。見〔繫辭〕士衡高才。常稱文不逮意。語見〔文賦〕臣比衰疴自積。思緒茫然。頻託朋遊。為裁章表。雖復陳琳健筆。未盡愚懷。〔魏文帝書〕孔璋章表殊健孫惠詞人。頗加繁飾。〔晉書〕孫惠好學有才識。以書干東海王越。為記室參軍所以高天緬邈。〔陸機擬古詩〕緬邈若飛沉。弗降昭回。〔詩〕倬彼雲漢。昭回于天。瞻拜絲綸。更增憂懼。臣雖不敏。弱冠登朝。伊昔承華。〔初學記〕〔太子之門曰承華〕豫遊多士。晚逢興運。爰濫寵私。爾時四郊多壘。見禮記七雄分爭。〔正義〕王赧卒後天下無主三十五年七雄竝爭至秦始皇立天下一統國家制度。日不暇給。〔班固兩都賦序〕大漢初定。日不暇給。趙宮論受命之空隨邑奏升壇之禮未詳而參聞祕計弗解單于之兵漢陳平傳高帝至平城爲匈奴所圍七日不得食用平奇計使單于閼氏解圍以得開其計祕世莫得聞飛箭馳書未動聊城之將魯仲連傳田單攻聊城歲餘不下魯連乃爲書約之箭以射城中燕將自殺不期枚乘老叟忽降時恩漢枚乘傳武帝以安車蒲輪徵乘馮唐暮年見申明主漢書武帝求賢良舉馮唐時年九十餘不能爲官擢宰京邑朝坐棘林周禮朝士掌建邦外朝之法左九棘孤卿大夫位焉右九棘公侯伯子男位焉面三槐三公位焉遂致洛陽無雨東觀漢記永初二年三月京師旱至五月和熹鄧太后幸洛陽省獄舉冤未還宮澍雨大降非比長安多盜漢張敞傳以敞守京兆時長安市偷盜尤多百賈苦之上問敞故以爲可禁其空屏錮用寘嚴科獄處名僚久爲叨竊但著書天祿雖如劉向漢劉

向傳向嘗校書天祿閣夜有老人以青藜火照之曰太乙之精聞卯金之子好學故下觀朔望登朝轉同王隱未詳案漢張禹傳禹領尚書代王商為丞相封安昌侯罷就第以列侯朝朔望位特進其於朽知尚可從容司會文昌邈然非據周禮天官司會之職鄭玄曰會大計也司會主天下之大計計言之長若今之尚書矣樹聲曰晉荀綽晉百官表注尚書為文昌天府

讓散騎常侍表本傳天嘉六年除散騎常侍

臣聞五十知命宗師之格言見論語六百辭滿通賢之高槩姜宸英曰漢兩龔傳鄭漢兒子曼容為官不肯過六百石輒自免去其名過出於漢昔墨子諸生褰裳救楚淮南子楚將攻宋墨子聞之自魯趨而往一日一夜足重繭而不休息裂裳裹足至郢見楚王魯連隱士高論却秦魯仲連傳仲連新垣衍以秦為帝

秦策爲却況乎謬蒙知己。〔戰國策〕士爲知己死女爲悅己容寧無感激洪
私過誤。寘以通班。司憲文昌。見上遂諧常伯。〔晉職官志〕侍中於周
爲常伯之伍令者昆吾小器。諦視不見玄黃。未詳鈞天並奏。
靜聽能聞鐘鼓。〔趙世家〕簡子病二日而寤。曰我之帝所甚樂與百神遊於鈞天廣樂九奏
萬舞。雖神農分藥。〔補三皇本紀〕神農以赭鞭鞭草木。始嘗百草。始有醫藥。岐伯提
鍼。〔司馬相如賦〕詔岐伯使尚方。張揖曰。岐伯者黃帝太醫。屬使主方藥也。冥衆因緣。難
可匡救。陛下嗣臨寶曆。光闡大猷。屬意銓衡。留情標
棫。〔詩〕芃芃棫樸薪之槱之燕臺裝玉。儻不精真。〔闕子〕宋愚人得燕石以爲大寶
藏。以華篋十重緹巾十襲。客見掩口盧胡而笑。齊客吹竽。諒空澄簡。〔韓子〕齊宣王使
人吹竽必三百人。南郭處士請爲王吹竽。宣王悅之。廩食以數百人。南郊奉乘。當求鄭

徐箋卷一　五

默之才（晉鄭默傳默爲散騎常侍武帝出祀南郊詔使默參乘）西省文辭應用

羅含之學（晉羅含傳含累遷散騎常侍侍中少嘗晝卧夢鳥入口藻思日新謝尚稱爲湘中之

琅玕）

讓左僕射初表（本傳大建元年除尚書右僕射二年遷左僕射陵抗表推周弘正王勱等固辭累日陵乃奉詔）

臣聞七十之歲揚雄擬經（漢書揚雄以經莫大於易故作太玄）六十之年平津對策（漢書公孫弘對策金馬門後爲丞相封平津侯）若斯強壯無歎者老臣勵（當作勱詳碑）則胄華軒冕才允卿相出納流譽（舜典帝曰龍命汝作納言夙夜出納朕命惟允）朝野共瞻臣弘正（南史周弘正字思行至江陵王僧辯飛騎迎之相見歡甚卽日啟元帝授黄門侍郎直中書省俄遷左戶尚書加散騎常侍太

平元年授侍中領國子祭酒遷太常卿都
官尚書陳宣帝即位遷特進領國子祭酒
國老儒宗
〔左傳〕季孫謂仲尼曰子爲國老
曰〔後漢書〕樓望教授不倦世稱儒宗
樹本
情尚虛簡玄
風勝業獨王當年臣鍾
當作種〔南史〕張種字士苗承
從孫也種少恬靜居處雅正
傷無造請景平初司徒王僧辯以狀奏請爲中從事
陳武帝受禪爲太常卿歷位左戶尚書侍中中書令
金紫光
祿大夫
氣懷沈密文史優裕
〔漢書〕東方朔曰臣朔年
十二學書三冬文史足
用
東南貫秀朝廷親賢竝見壯猷
〔詩〕方叔元老
克壯其猷
皆宜
左執若漢武好少則微臣已老
〔漢書〕顏駟龐眉皓髮
爲郎武帝問之對曰
陛下好少
臣已老
若周文愛老則有此羣才
〔齊世家〕呂尚年
老以漁釣干西
伯
伏願天明更謀梓匠求其妙選稱是能官

讓右僕射初表
〔本傳〕大建元年
除尚書右僕射

加以言尋盟。好仍屬亂離。先零盜其牛馬。漢蘇武傳武字子卿單于幽武置大窖中絶不與飲食武臥齧雪與旃毛并咽之至海上杖漢節牧羊後丁零盜武牛羊武復窮厄。烏孫竊其印綬。漢常惠傳惠從吏卒十餘人隨昆彌還未至烏孫烏孫人盜惠印綬節。子卿茹雪。叔向爲凶。未詳雖復東歸。備罹此厄。昔李廣遺恨。不值漢初。漢李廣傳文帝曰。惜廣不逢時。令當高祖世。萬戶侯豈足道哉。甯戚自悲。不逢堯禪。呂氏春秋甯戚飯牛歌南山矸白石爛生不逢堯與舜禪臣隨望聖運。實在權輿。爾雅權輿始也時參決勝之籌。漢書高帝曰運籌帷幄之中決勝千里之外吾不如子房頻奏發兵之讖。後漢光武紀同舍生彊華奉赤伏符至曰。劉秀發兵捕不道。當塗錫命。非無董昭之誡。魏志董昭傳昭與列侯諸將議以丞相宜進爵國公九錫備物以彰殊勳典午禪文。蜀志譙周常書版示文王曰典午忽兮。典午者。謂司馬也。〔魏書〕云。陳留王咸熙二年二月詔羣公卿士具儀設壇於南郊。使使者奉皇帝璽綬冊禪位於晉。嗣王。如漢魏故事。不降張華之實。

為王儀同致仕表

尺波歸海。恆歎不居。〔陸機長歌行〕尺波豈徒旋。〔注〕喻年命流行。曾無止息也。爝火為薪。猶悲假續。〔高士傳〕堯舜致天下而讓許由曰。十日並出。而爝火不息。其光不亦難乎。況復星回日薄。通人有乞告之言。〔劉勰新論〕天迴日轉。其謝如矢。顧瀜日〔古樂府〕白日薄西山。鐘鳴漏盡。前史有夜行之誡。〔魏志〕田豫答司馬宣王曰。年過七十而居位。譬猶鐘鳴漏盡而夜行不休也。五陵鼎族。家傳軒冕。〔班固西都賦〕〔注〕高。惠。景。武。昭。帝五陵在北。士人多宅於此。四姓卿侯。榮由恩澤。〔後漢明帝紀〕四姓小子侯。〔注〕尚書以上為甲姓。九卿方伯為乙姓。散騎常侍大中大夫為丙姓。吏由正員郎為丁姑，虛名靡實，世官非才。〔書〕官人以世 年力方強，不能辭退。
今三元肇慶，〔玉燭寶典〕正月一日爲元日，亦云三元。 六呂司春，得奉萬
壽之杯。〔漢〕兒寬傳：武帝東封泰山，還登明堂，寬上壽曰：臣寬奉觴再拜，上千萬歲壽。 預參
百辟之禮，便釋朝衣，謹遵初服，同孔光之杖，載遊戶
庭。〔漢〕孔光傳：光稱疾辭位，太后詔曰：太師光，聖人之後，賜太師靈壽杖，入省中用杖。 廣德之
車，方懸私館。〔漢書〕薛廣德爲御史大夫，免，賜安車駟馬，歸沛。沛以爲榮，縣其安車，示子孫。

爲始興王讓琅邪二郡太守表〔隋書〕南海郡曲江縣，〔注〕舊置始
興郡。東海郡朐山縣，〔注〕舊曰朐，置琅邪郡。
烱曰〔南史〕文帝諸子傳：始興王伯茂，字鬱之，
文帝第二子也。初，武帝兄始興昭烈王道談
仕梁，爲東宮直閤將軍，侯景之亂，援臺中流
矢卒。紹泰二年，贈南兗州刺史，封義興郡公，
謚曰昭烈。武帝受禪，重贈太傅，改封始興郡

王道誕生文帝及宣帝宣帝以梁承聖末遷於長安至是武帝遂以宣帝襲封始興嗣王以奉昭烈王祀武帝崩文帝入纂帝位時宣帝在周未還文帝以本宗乏饗徙封宣帝爲安成王封伯茂爲始興王以奉昭烈王祀

甫離懷袖〔班倢伃怨歌行〕出入君懷袖裁脫綺紈〔漢書〕班伯在綺襦紈袴之間〔注〕貴戚子弟服適荷隆私使膺珪組執玉不趨摳衣未勝〔曲禮〕執玉不趨〔又〕兩手摳衣去齊尺〔論語〕執圭鞠躬如也如不勝自甘泉通火〔漢書〕文帝時匈奴使騎兵入燒回中宮烽火及甘泉宮細柳屯兵〔漢書〕周亞夫軍細柳〔注〕長安有細柳聚旁帶戎臣頗同疆埸〔左傳〕疆埸無主則啓戎心言瞻漢草廼日中州〔未詳按〕漢書胡中草白昭君冢草獨青遙望胡桑已成邊郡〔曹植豔歌〕出自薊北門遙望胡地桑誠復居藩體國應思馬駿之功〔晉書〕扶風王駿鎮關

中善撫御有威恩

論地惟親室慕曹彰之勇（魏志）任城王彰少善射御膂力過人手格猛獸太祖持彰鬚曰黃鬚兒竟大奇也

移檄

爲護軍長史王質移文（南史王質傳）質字子貞梁世以武帝甥封甲口亭侯陳宣帝輔政爲司徒左長史（北史附庸傳）後梁蕭巋嗣位之五年陳湘州刺史華皎巴州刺史戴僧朔並來附皎送其子玄響爲質於巋仍請兵伐陳巋上言其狀武帝詔衞公直督荆州總管權景宣大將軍元定等赴之巋亦遣其柱國王操率水軍二萬會皎於巴陵既而與陳將吳明徹等戰於沌口直軍不利元定遂沒巋大將軍李廣等亦爲陳人所虜長沙巴陵並陷於陳初華皎戴僧朔從衞公直與陳人戰率其麾下數百人歸於巋巋以皎爲司空封江夏郡公

其疑作某

比金風已勁，玉露方團，宏及窮秋，幸踰高塞，當使孤旌不反，隻騎無還〔公羊傳〕秦伯將襲鄭，晉人與姜戎要之殽而擊之，匹馬隻輪無反者。非止湯羅〔帝王世紀〕湯出見羅者，命解其三面而置其一面。漢南諸侯聞之，咸曰湯澤及禽獸，歸者三十六國。豈知堯德〔堯典〕克明峻德。其承比年民墊〔書〕下民昏墊。仍歲蘊隆〔詩〕旱既太甚，蘊隆蟲蟲。粒粟貴於隨珠〔說苑〕墨子謂滑氂曰：今凶年有欲與子隨侯之珠者，又欲與子一鍾粟者，與子將何擇？滑氂曰：粟可取也。分糜乏於齊鼎〔封氏見聞錄〕青州南城佛寺有二大鑊，大者容四十石，小者容三十石。舊傳寺即孟嘗君宅，鑊即用以待食客者，後毀爲兵器。且氐羌旅拒〔後漢馬援傳〕援曰：黠羌欲旅拒。已跨伊瀍〔漢書〕三川〔注〕河洛伊也。〔隋書〕豫州河南郡河南縣〔注〕有瀍水。胡羯憑陵〔後漢吳漢傳〕居上黨武鄉羯室，因號羯胡。〔左傳〕憑陵我城郭。方踰汾潞〔隋書〕冀州文城郡〔注〕東魏置南汾州，後周改爲汾州上黨郡注後周置潞州刺虎之勢。時期卞生。陳軫傳卞莊子欲刺虎館豎子曰。此兩虎方且食牛。食甘必爭。爭則鬬。鬬則大者傷。小者死。從而刺之。莊子果有雙虎之功。拾蜂之機。彌驗蘇子。戰國策趙且伐燕。蘇代謂惠王曰。今者來過川。蜂方出曝。而鷸啄之。兩不相舍。漁者得而并禽之。但國家體茲明信。左傳苟有明信。有同皎日。詩王風謂予不信。有如皎日。豈惟風雨之旦。猶救匹夫。宵夢之言。無欺幽壤。未詳。按列士傳羊角哀與左伯桃爲友。俱往任楚。至梁山逢雪糧盡。度不兩全。遂并糧與哀。至楚。楚用爲上卿。後收葬伯桃。伯桃墓逼荊將軍陵。而伯桃告云。吾日夜被荊將軍伐之。哀乃加兵未勝。云。我向地下看之。遂自刎死。琴操其思革子對楚王曰。臣友三人。石文子叔從子。竊慕大王高義。欲俱來。謂至於嶔巖之間。逢飄風暴雨。衣寒糧乏。度不能俱活。二子不以臣爲不肖。推糧與臣。二子遂凍飢而死。賊華皎近以臨藩有譴。作牧無董。疑作勤既懼檻車之徽。〔魏鄧艾傳〕詔書檻車徵艾便憂齊斧之戮。〔魏文帝紀注〕令曰方將整以齊斧遂乃治兵楚夢。〔漢司馬相如傳〕楚有七澤其小者爲雲夢方九百里竊載干戈。〔樂記〕倒載干戈傍引西戎。〔禹貢〕西戎即敘共謀東夏。〔左傳〕聞君將靖東夏僞周遣其衛國公宇文直等總統獯獫。爲其羽翼。〔漢張良傳〕上曰羽翼已成難動矣醜徒濟岸。來攻郢城。逆豎浮舟。同趣夏浦。〔本傳〕周武帝遣柱國長湖公元定攻圍郢州梁明帝授任蠻奴巴陵內史潘智虔岳陽太守章昭裕桂陽太守曹宣湘東太守錢明並隸於皎又長沙太守曹慶等本隸皎下因爲之用王師艤權素桂中流。羣帥爭驅。應時殲蕩。〔左傳〕門官殲焉〔注〕杜預曰殲盡也〔本傳〕慮皎先發乃前遣明徹率衆三萬乘金翅直趣郢州又遣撫軍大將軍淳于量率衆五萬乘大艦繼之羌胡寶馬。〔史記〕李斯上書曰中廄之寶馬臣得賜之縱橫七澤之中。見上荊楚樓船。彌滿三江之上。〔漢武帝紀〕路博德等皆將罪人江淮以南樓船十萬人〔山海經注〕江湘沅水。皆會巴陵。洞庭陂。號三江口。俘禽所獲水陸無遺。華皎擺自舫微。〔本傳〕皎起自下吏。叨居藩翰。情態犬馬。罔顧恩靈。翻執干戈。自圖家國。聞諸間諜。〔左傳〕晉人獲秦諜。〔注〕諜。間也。今謂之細作。具彼鄰謀。乃授冬官。〔周禮〕冬官大司空之職。以佐王富邦國。卽為鄉導。〔魏志〕太祖北征烏丸。令田疇將其衆為鄉導。雖傷仁義之俗。非敢有私。期和與國之情。猶冀無失。

移齊文〔南史淳于量傳〕華皎構逆。以量為征南大將軍。西討大都督。總率大艦自郢州樊浦拒之。皎平。并降周將長湖公元定等。詳前移。

獲去月二十日移。承羯寇平殄。同懷慶悅。眷言鄰睦。

淡副情佇。夫天網之大。〔老子〕天罔恢恢疏而不漏固無微而不禽。神武之師。〔魏王粲詩〕所從神且武安得久勞師本無征而不克。至如戎王傾其部落〔漢匈奴傳〕秦昭王時宣太后詐而殺義渠戎王於甘泉遂起兵伐滅義渠逆豎道其鄉關。非厥英圖。殆難戡戮。況復洞庭遐曠。兵食殷阜。西窮版屋。北罄氈廬。〔詩〕在其版屋〔漢書〕匈奴法漢使不去節不以墨黥其面不得入穹廬聲冠苻姚。勢兼聰勒。苻秦姚後秦聰漢勒後趙俱東晉僭國見〔晉書〕庸蜀寶馬。彌山不窮。巴漢樓船。陵波無際。〔曹植洛神賦〕凌波微步〔木華海賦〕萬里無際詳前後我之元戎上將。協力同心。承稟朝謨。致行明罰。爲風爲火。殪彼蒙衝。〔吳志周瑜傳〕與曹公遇於赤壁黃蓋取戰艦數十艘實以薪草灌膏油其中同時發火時風甚猛悉延燒岸上營落軍遂敗退如霆如雷（語見詩）擊其舟艦羌兵楚賊赴水沉沙棄甲則兩岸同奔橫尸則千里相枕江川盡滿譬雎水之無流（漢高帝紀羽敗漢兵雎水上水爲之不流）原隰窮胡等陰山之長哭（漢匈奴傳郎中侯應曰冒頓單于依陰山治兵器後武帝奪其地匈奴過者未嘗不哭）於是黑山叛邑（見與王僧辯書）諸城洞開（陸機漢高祖功臣頌胡馬洞開）白虜連羣（未詳後漢段熲傳雜種羌屯聚白石注白石山今蘭州東銳曰北史鄧至者白水羌也世爲羌豪因地名號自稱鄧至）投戈請命（揚雄解嘲解甲投戈）長沙鵩鳥靡復爲妖（漢書賈誼爲長沙王傳三年有鵩鳥飛入誼舍止於坐隅鵩不祥鳥也）湘川石燕自然還儛（湘中記零陵有石燕遇雨則飛止還爲石）克翦無算縲禽不貲欲計軍俘終難巧曆（莊子巧歷不能得）所獲龍駒驥子百千其羣更開苜蓿

之園
述異記張騫苜蓿園今在洛中苜蓿本胡中菜也騫於西戎得之
方廣駒騄之廄
漢百官公卿表注漢舊儀云天子六廄未央承華駒騄騎馬輅軨大廄也馬皆萬匹
於是衛霍甘陳虬髭瞋目
衛衛青霍霍去病陳陳湯甘甘延壽見漢書晉桓溫傳劉琰稱溫曰溫鬚如蝟毛磔蜀志張飛據水斷橋瞋目橫矛曰身是張益德也可來共決死敵
心馳隴路志飲河源乘勝長驅未知所限豈如桓溫不武棄彼關中
晉書桓溫入關王猛被褐詣之捫蝨而談當世之務旁若無人溫曰公不遠數千里深入敵境今長安咫尺而不度灞水百姓未知公心所以不至初溫指秦麥以爲糧既而秦人悉芟麥清野以待之溫軍乏食徙關中三十餘戶而歸
殷浩無能長茲羌賊
晉書殷浩連年北伐師徒屢敗糧械都盡桓溫因朝野之怨上疏請廢之朝廷不得已免浩爲庶人徙之信安浩既廢黜雖愁怨不形辭色常書空作咄咄怪事四字
方且西踰酒郡抵我境而置邊亭

東略鹽池爲齊朝而反侵地〔史記大宛傳〕燉煌置酒泉都尉西至鹽水往往有亭〔漢地理志〕酒泉郡〔注〕武帝太初元年開應劭曰其水若酒故曰酒泉也〔又〕河東郡安邑縣〔注〕鹽池在西南此政亦翦妖氛未窮巢窟便聞慶捷媿佩良深

檄周文〔南史吳明徹傳〕太建九年詔明徹北征軍至呂梁周徐州總管梁士彥率衆拒戰

主上恭膺寶歷嗣奉瑤圖既稟聖人之抃兼富神武之略又安兆庶共靖戎華用戢干戈〔詩〕載戢干戈永銷鋒鏑〔後漢陳龜年傳〕疏曰守塞候望懸命鋒鏑況復追惟在楚無忘玉帛之言軫念過曹猶感盤飧之惠〔左傳〕晉公子重耳及曹僖負羈乃饋盤飧置璧焉公子受飧反璧及楚楚子饗之曰公子若反晉國則何以報不穀對曰子女玉帛則君有之其何以報

君〔陳宣帝諸子傳〕始興王叔陵魏克江陵宣帝遷關右宣帝之遷以後主及叔陵爲質天嘉三年隨後主還朝梁承聖中生於江陵年馳玉節之使〔周禮〕掌節守邦國用玉節悧日〔公羊傳〕陳乞謂陽生曰吾不立子者所以生子者也走矣與之玉節而走之歲降銀車之恩〔未詳〕庶使懷音微悟知感而反其藏匿招我叛臣〔謂華皎等也詳前移〕翊從瀟湘空竭關隴荊梁左右漢沔東西〔隋書〕荊州沔陽郡沔陽縣〔注〕梁置沔陽營陽州城三郡籲地呼天〔後漢張奐傳〕冤則呼天窮則叩心望佇哀救夫一人掩泣猶愴滿堂〔說苑〕聖人於天下也譬猶滿堂飲酒有一人向隅而泣則一堂之人皆不樂百姓爲心彌切宸扆〔老子〕聖人無常心以百姓爲心大都督吳明徹台司上將德茂勳高威著荊湘〔本傳〕宣帝詔授明徹都督湘州刺史仍與征南大將軍淳于量等討平華皎化聞膺寵〔本傳〕文帝詔以

明徹爲江州刺史。隋書：梁州隆山郡隆山縣，注：舊曰犍爲，置江州。叱咤而平宿豫，吹噓而定壽陽。漢韓信傳：項王喑啞叱咤，千人皆廢。隋書：徐州下邳郡宿豫縣，注：舊置宿豫郡。後漢鄭泰傳：孔公緒噓枯吹生。隋書：揚州淮南郡領壽春縣。按壽陽，晉郡名，治壽春縣。樹屏曰：後漢皇甫嵩傳：閻忠曰：指撝足以振風雲，叱咤可以興雷電。陳宣帝紀：太建五年三月，以開府儀同三司吳明徹都督征討諸軍事，略地北邊。冬十月，吳明徹克壽陽城，斬王琳，傳首建業。本傳：齊遣王琳拒守也。七年進攻彭城，軍至呂梁，又大破齊軍。八年進位司空。席卷江淮，無淹弦望。李陵與蘇武詩：安知非日月，弦望自有時。

啓

安成王讓錄尚書表後啓

梁宗室傳：安成康王秀，字彥達，文帝第七子也。仕齊爲太子舍人。天監元年，封安成郡王。六年，爲江州刺史，尋遷荆州刺史，加都督魏縣弧城人灰殺豫州刺史司馬懷悅引司州刺史馬仙琕仙琕籤荆州求應援衆咸謂宜待臺報秀即遣兵赴之十三年爲郢州刺史加都督郢州夏口嘗爲戰地多暴露骸骨秀於黃鶴樓下祭而埋之時司州叛蠻田魯生魯賢超秀據蒙籠來降武帝以魯生爲北司州刺史魯賢北豫州刺史超秀定州刺史爲北境扞蔽而魯生超秀互相讒毀有去就心秀撫喻懷納各得其用當時賴之遷雍州刺史在路薨喪至都贈司空謚曰康〔隋書〕揚州廬陵郡安復縣〔注〕舊置安成郡

臣聞閒平就國，乃盛漢之常儀，後漢光武十王傳東平王蒼建武十七年進爵蒼自以至親輔政意不自安上疏歸職永平五年乃許還國〔章帝八王傳〕河間孝王開以永元三年封延平元年就國奉遵法度吏人敬之郕霍無官，實宗周之明典。〔左傳〕五叔無官豈尚年哉何則？皇季之重，非待歷階；王爵之隆，自高羣辟況臣戢翼要荒吳越春秋扶同曰鷙鳥將搏必卑飛戢翼詳勸進表亟離寒暑見詩進斬趙勝能定楚從趙平原君傳毛遂謂楚王之左右曰取雞狗馬之血來毛遂奉銅盤而跪進之楚王曰王當歃血而定從次者吾君次者遂遂定從於殿上毛遂左手持盤血而右手招十九人曰公相與歃此血於堂下公等錄錄所謂因人成事者也退匪齊文馳免秦厄史記齊田文自秦逃歸王悔追之關法雞鳴乃出客時尚早追者將至客有善為雞鳴者野雞皆應之乃號固以內切皇心外貽家恥甘輸重餌降禮單于漢賈誼傳試以臣為屬國之官以主匈奴請必係單下之頸而制其命眞德秀曰新書以主匈奴下陳三表五餌而史削之列城十五如請和璧趙藺相如傳秦王欲以十五城易趙王和氏璧藺相如奉璧見秦王秦王無意償趙城相如因給氏璧卻立倚柱曰臣觀大王無意償趙城故臣復取璧大王必欲急臣臣頭與璧俱碎於柱矣因持璧睨柱秦王恐破璧乃謝相如市鄉三

十聊同寶劍（越絶書越王句踐有寶劍五其一日純鈎客有直之者有市之鄉二駿馬千匹千戶之都二）武夫力而獲諸原微臣還而反諸敵贍言馬駿著隴右之功（見讓表）追念曹彰克烏桓之虜（魏志代郡烏丸反彰乘勝逐北至於桑乾）前王子弟若此勳庸偏其反而（見論語）豈可勝媿

謝救賚燭盤賞荅齊國移文啓

昔班彪草移（後漢班彪傳竇融曰所上章奏皆從事班彪所爲）阮瑀裁書（魏文帝書云元瑜書記翩翩致足樂也按瑀字元瑜）馳譽當年遂無加賞非常大賚始自今恩雖賈逵之頌神雀（東觀漢記永安中神爵集京師帝敕蘭臺給筆札令賈逵作神爵頌拜爲郎）竇攸之對鼮鼠（竇氏家傳世祖與百寮大會靈臺得

鼠身如豹文。炎之光。澤世祖問羣臣莫知。惟倣對曰。名鼮鼠見（爾雅）賜帛百匹。漢臣射覆之言。（漢書）上嘗使諸數家射覆東方朔連中。輒賜帛。魏士投壺之賦。（魏略）邯鄲淳作投壺賦千餘言。文帝賜帛千匹。方其寵錫。獨有光前。官燭斯燃。更慙良吏。（謝承後漢書）巴祇為揚州刺史。與客坐闇中。不燃官燭。宵光可學。乃會者年。（說苑）師曠曰。老而學者。如秉燭之光。臣職居南史。（左傳）南史氏聞太史盡死。執簡以往。身典東觀。（後漢和帝紀）永元十三年。帝幸東觀覽書林。閱篇籍。博選術藝之士以充其官。謹述私榮。傳之方策。

謝敕賜祀三皇五帝餘餕啓

竊以甘泉之殿。舊禮義軒。（漢郊祀志）武帝作甘泉宮。畫天地泰一諸鬼神而置祭具。甘泉。更置前殿。宣帝即位。立黃帝天神帝原水凡四。何於虞。施成帝時。匡衡奏罷之。（又）公孫卿言黃帝接萬靈明庭。明庭者甘泉也。長樂之宮。本圖堯舜。〔漢官儀〕帝祖母稱長信宮。帝母稱長樂宮。皇后稱長秋宮。樹屏日〔藝文類聚〕陳思王畫贊序〕昔明德馬皇后。帝嘗從觀畫。前見陶唐之像。后指帝曰。嗟乎。羣臣百僚。恨不得為君如是。帝顧而笑。自東京晚世。曠代無聞。西漢盛儀。復睹今日。金壺流十旬之氣。〔韻書〕九醞十旬。酒名。玉案備千品之羞。〔楚漢春秋〕淮陰侯曰。漢王賜臣玉案之食。昔絳羅為薦。既延王母。〔漢武故事〕帝齋於尋真臺。設紫羅薦。夜二更後。西王母至。紫蓋為壇。允招太乙。〔漢郊祀志〕武帝時。亳人繆忌奏祀泰一方。曰。天神貴者泰一。泰一祝宰則衣紫及繡。成帝時。丞相衡言。甘泉泰畤紫壇八觚。宜通象八方。〔又〕紫壇有文章采鏤黼黻之飾。及玉女樂。同斯爽號。理致衆星。臣以餘年。豫聞清祀。如陪瑤席。〔沈約集賽蔣山廟文〕揚玉桴。布瑤席。遂飲瓊漿。〔真誥〕明星玉女者。居華山。服玉漿。

謝兒報坐事付治中啓

夫拾金樵路，高士所羞。〔吳越春秋〕延陵季子出遊於齊，見道傍遺金，有披裘采薪者，季子呼薪者取彼地金。薪者曰：吾當夏五月而薪，豈取金者哉。整冠李下，君子斯慎。〔古詩〕君子防未然，不處嫌疑間。瓜田不納履，李下不整冠。兒報不能謹潔，敢觸嚴網。右趾鐵繫，事允法科。〔漢食貨志〕敢私鑄鐵器鬻鹽者，釱左趾。韋昭曰：釱以鐵爲之，著左趾以代刖也。左校論輸，實繇恩宥。〔後漢皇甫規傳〕以餘寇不絕，論輸左校。〔漢官儀〕左校署屬將作大匠。老臣過庭之訓，見論語。多謝古賢；折笄之杖，〔國語〕范文子曰：有秦客廋辭於朝，大夫莫之能對也，吾三知焉。武子擊之以杖，折其委笄。有媿前達。

謝賚麝啓

臣昨既陪羽獵，仍宴上林，因謝長卿之文，彌慙子雲之賦。〔漢書〕司馬相如字長卿，有上林賦；揚雄字子雲，有羽獵賦。預割鮮禽，已同鹽浦。〔司馬相如子虛賦〕鶩於鹽浦，割鮮染輪。頻蒙大臠，更異梁王。〔晉書〕梁孝王彤謂王銓曰：我從兄為尚書令，不能啖大臠。銓曰：大臠為誰？曰：盧播。詰旦歸來，猶為飽飫。虞衡所獻，復降令恩。〔周禮冬官〕山虞林衡川衡澤虞掌山林川澤之政令。賜細君以為歡。〔漢東方朔傳〕朔曰：拔劍割肉，一何壯也；割之不多，又何廉也；歸遺細君，抑何仁也。非屠門而大嚼。〔桓譚新論〕關東鄙語曰：知肉味美，則過屠門而嚼。

謝東宮賚蛤蜊啓

船俗嚴戈。〔漢南粵傳注〕粵人於水中負人船，又有蛟龍之害，故置戈於船下。漁人賚設。〔詩〕魚網之設。于彼海童。〔左思吳都賦〕海童於是宴語。〔注〕海童，海神也。冒茲水豹。望樓闕之氣。得波潮之下。〔漢書〕海傍蜃氣象樓臺。

謝賚蛤啓

鴻化□□雀入猶新。〔月令〕季秋之月爵入太水爲蛤纔變秋成。已聞冬々獻。

徐孝穆全集卷之一終

徐孝穆全集卷之二 書上

吳江吳兆宜顯令箋注

書

爲貞陽侯與太尉王僧辯書〔梁宗室傳〕蕭明字靖通長沙王懿之子也封貞陽侯王僧辯納之改承聖四年爲天成元年及陳霸先殺僧辯復奉晉安王以明爲太傅明年齊人徵明霸先遣使送明疽發背殂後齊文宣遣兵納永嘉王莊主梁祀追謚明曰閔皇帝〔南史〕王僧辯字君才承聖三年二月詔以僧辯爲太尉車騎大將軍

昔自天狼炳曜非無戰陣之風參虎揚芒便有干戈之務〔天官書〕參爲白虎三星直者是爲衡石下有三星兊曰罰爲斬艾事其東有大星曰狼狼角變色多盜賊至於夏鍾夷羿〔左傳〕魏莊子曰昔有夏之衰也后羿自鉏遷於窮石因夏人而

代夏政。周厄犬戎。周本紀申侯與繒西夷犬戎攻幽王殺之驪山下索隱曰在新豐縣南故
驪戎國也漢委珠囊。初學記鄭玄注日月遺其珠囊。云珠謂五星。遺其珠囊者。日月失度也。
秦亾寶鏡。尚書考靈耀秦失金鏡。鄭玄注金鏡。喻明道也。彰於史籍可得而
聞。未有國家殲危。遂若當今者也。我大梁膺龍圖而
受命。帝王世紀神農本起烈山故曰烈山氏一曰厲山氏黃帝代之於時河出龍圖御鳳邸
以承天。見勸進表軒頊比於諸侯。五帝本紀黃帝居軒轅之丘而娶於西陵之女
是爲嫘祖嫘祖爲黃帝正妃生二子其後皆有天下其一日玄囂是爲青陽降居江水其二日昌意降居
若水注索隱曰降下也言帝子爲諸侯湯武方於兒戲。漢書文帝曰向者霸上棘門如
兒戲耳三光有乂。見勸進表四海無波。韓詩外傳成王時有越裳氏重三譯而朝
曰天之不迅風雨海之不波溢也三年於茲矣意者中國有聖人乎盍往朝之靈貺咸臻。後漢

光武贊〔靈〕晛白甄　表裏禔祜〇〔顔延年詩序〕上膺萬壽下禔百福　非日非月〇蒼
生仰其照臨〇〔詩〕日居月諸照臨下土　如雲如雨〇天下蒙其恩蔭〇
〔易〕雲行雨施天下平也　而屯亨有數〇〔易〕屯〇剛柔始交而難生〇　剝極爲災〇〔後漢
董卓傳贊〕過剝成災〇　梟獍豺狼〇〔晉崔懿之傳〕懿之謂靳準曰汝心如梟獍〇必爲國患〇〔後漢書〕張
綱遷侍御史埋車輪於洛陽都亭曰豺狼當道安問狐狸遂奏大將軍梁冀兄弟罪惡京師震悚　肆
逞兇逆〇後主誕資上聖〇光啓中興〇大鄭仇讎〇〔左傳〕令令尹不
壽諸仇讎　方平宗社〇謂元帝滅侯景　雖復瀟湘舉斧〇〔梁元帝集〕歎王僧辯曰〇黑
泰違盟〇忽便舉斧〇樹穀曰〔南史〕王琳爲湘州〇自疑吸禍〇使長史陸納率部曲赴州〇身詣江陵〇王下琳吏〇
納據湘州以叛〇王僧辯蕭循等討平之〇　庸蜀彎弓〇〔漢〕匈奴傳士能彎弓炯曰〔南史〕武陵王紀
武帝第八子也〇大寶二年〇僭王於蜀〇率衆東下〇王僧辯陸法和等討平之〇　凡厥兇徒〇誰不

殲撲豈圖天未悔禍喪亂薦臻羌虜無厭乘此多難虔劉我南國蕩覆我西京謂于謹陷江陵奉聞驚號肝膽崩潰雖復金行版蕩火政淪亾見勸進表綠林青犢之羣〔後漢書〕王莽末新市人王匡王鳳及馬武王常成丹等起兵藏於綠林山中〔又〕鄧禹說大司馬曰今山東未安赤眉青犢之屬動以萬數黑山白馬之卒〔魏志〕張燕慓悍捷速過人軍中號爲飛燕衆至百萬號曰黑山〔英雄記〕公孫瓚每聞邊警輒厲色作氣常乘白馬又選數十白馬爲騎射之士號曰白馬義從胡人甚畏之相告曰避白馬長史八王故事曾未混殽〔八王故事〕書名也紀載晉事按晉書司馬氏骨肉相殘政亂朝危如汝南王亮楚王瑋趙王倫齊王冏長沙王乂成都王穎河間王顒東海王越九州春秋誰云禍亂司馬彪作〔九州春秋〕紀漢末事昔隆周徙播皆憑晉鄭之功〔左傳〕周之東遷晉鄭焉依彊漢阽危終假

虛牟之加。（漢高五王傳。朱虛侯章東牟侯興居欲從中與大臣為內應。誅諸呂。）今者武皇之子。無復一人。藐是孤孫。（北史于謹傳。初梁元帝於江陵嗣位。其兄子岳陽王詧時為雍州刺史。以梁元帝殺其兄。詧遂結隙。據襄陽來附。乃命謹出討。）還同三叛。（周本紀。周公當國。管叔蔡叔羣弟疑周公。與武庚作亂畔周。）等子頹而為暴。（左傳。衛師燕師伐周。立子頹。鄭伯遂以王歸。處於櫟。鄭伯將王自圉門入。虢叔自北門入。殺王子頹。遂納王。）同劉芳而入關。（漢紀。劉芳。安定三川人。本姓盧。王莽末。天下咸思漢。芳由是詐自稱武帝後。變姓名為劉文伯。後與三川屬國羌胡起兵北邊。）乞命諸戎。勢何支久。孤宗室之長。爰自布衣。（南史。宣武王懿。東昏賜藥。與弟融俱殞。又宣武之難。業與二弟俱逃匿免。）皇運之初。彌承天德。何則。據鞍輟哭。雖紹霸圖。（吳書。孫策為許貢客所害。權悲號未見事。張昭曰。孝廉此寧哭時耶。乃易權服。扶上馬。使出巡軍。按策追謚長沙桓王。）

獨居掩涕。終討家怨。（後漢書）光武長兄縯，字伯升，爲更始所害。光武自縯亡，每獨居，輒不御酒肉，枕席有涕泣處。孤二三昆季。技（南史）懿長子業，字靜曠。業弟藻，字靖二，藻弟歎歎，弟朗，字靖徹，朗弟明也。方矢戴天。（禮記）父之讎，弗與共戴天。彼此恩慈如何酬荅。所以徐彭之役。不忝輕軀。（梁蕭淵明傳）武帝既納侯景，大舉北侵。詔督諸軍趣彭城。淵明師次呂梁十八里，作寒山堰以灌彭城，水及於堞不沒者三版。哀荷之誠久聞朝聽。（南史）魏人求和親，以貞陽侯換侯景。況復邦家不造。見勸進表。至此橫流。（孟子）當堯之時，天下猶未平，洪水橫流。詳卷四。宗社無依。何所逃責。（班固諸侯王表）有逃責之臺，被竊鈇之言。然天下謂之共主，強大弗之敢傾。因以提戈負劒。（晉中興書）桓溫父被害，溫枕戈泣血經年，乃提刀直進，手刃仇人。（刺客傳）王負劒。臥泣行號。（說文）泣，無聲出涕也。（左傳）號而出之。（注）號，哭也。言念荊巫。（張載詩）西瞻岷山嶺嵯峨。

以至。判志雪讎恥。（史記自序：為弱燕報強齊之讎，雪其先君之恥。）大齊觀書有洛。輯瑞榮河。（尚書中候：成王觀於洛河，沈璧禮畢，王退，候至於日昧，榮光並出，休氣塞河，青雲浮洛，青龍臨壇，銜圓甲之圖，吐之而出。）功格蒼旻。德滿天地。慈孝之道。通於百靈。（抱朴子：黃帝役使百靈。）仁信之風。覃於萬國。（易：萬國咸寧。）是以日月所照。舟車所通。（見中庸。）候海水以來賓。（注見上。）瞻蒼雲以奉貢。（十洲記：天漢三年，月氏獻神香，使者曰：國有常占，東風入律，百旬不休，青雲于呂，連月不散，意中國有好道君，故搜奇異而獻神香。）自昔軒農炎昊。曾無宣國之規。虞夏商周。非有伐戎之略。豈知華夷仰德。遠近同心。穀價無堯湯之憂。（漢鼂錯論貴粟：堯禹有九年之水，湯有七年之旱。）糧儲同水火之賤。（孟子：聖人治天下，使有菽粟如水火。）精兵利器。勢勇

雷霆。〔漢英布傳〕布兵精甚　樹敏曰〔後漢虞詡傳〕不遇盤根錯節無以別利器〔詩〕如霆如雷　天
馬龍媒。量比山谷。〔漢禮樂志〕天馬徠龍之媒　樹聲曰〔貨殖傳〕烏氏求奇繒物間獻戎
王戎王寻畜畜至用谷量牛馬　斯固開闢以來。未之有也。至於親鄰
之道。夙契逾深。無改曩懷。增感彌篤。以爲興亾繼絕。
見論語　事炳前經。推擇庸虛。命守宗祧。方欲仰憑神武。
清我寇讎。旨喻難違。諸懷更恧。明公誕膺時運。光贊
木朝。勤瑞姜璜。〔尚書中候〕王至磻溪之水呂尚釣于厓王下拜尚答曰得玉璜刻曰姬受
命呂佐檢德來昌來提撰爾雒鈐報在齊及佐周克殷封于齊　書名何鼎。〔梁虞荔鼎銘〕蕭何爲
丞相鑄一鼎自表其功。其文曰紀功鼎　故以通期管樂。〔蜀志〕諸葛亮瑯邪人躬耕南陽
自比管仲樂毅好爲梁父吟先主凡三顧乃見先主曰孤之有孔明猶魚之有水　冥契風雲。

〔世說〕支道林喪法虔之後謂人曰冥契既逝兆宮曰〔魏吳質牋〕臣幸得值風雲之會戮不世之渠兇。殲滔天之巨寇。〔堯典〕共工象恭滔天重以三湘放命〔寰宇記〕湘潭湘鄉湘源是爲三湘〔書〕鯀方命圮族七國連從。見勸進表征旅東西。必覇妖逆。雖復棧道木閣。田單之奉舊齊。〔戰國策〕貂勃謂齊王曰棧道木閣而迎王與后於城陽。今國已定。民已安矣。王乃曰單。單且嬰兒之計不爲此。綰璽將兵。周勃之扶隆漢。〔漢書〕薄太后謂文帝曰絳侯始誅諸呂。綰皇帝璽將北軍。中宗佐命。俱畫丹青。〔漢書〕宣帝以戎狄賓服。思股肱之美。乃圖畫其人於麒麟閣。霍光至蘇武凡十一人光武功臣。皆懸星象。〔後漢書〕明帝思中興功臣。乃圖二十八將於南宮雲臺〔范曄論〕前世以爲上應二十八宿非貔非虎之封。〔書〕尚桓桓如虎如貔。如熊如羆于商郊同心同德之勞。〔書〕予有臣三千同心同德校彼功庸。曾何髣髴。但與存與亡，期於體國。〔書〕仲虺之誥：推亡固存，邦乃其昌。喪君有君，寧庸無主。〔左傳〕呂甥曰：征繕以輔孺子，諸侯聞之，喪君有君。夙承所立，猶則孱蒙。天步方難，〔詩〕天步艱難。寧可弘濟。自淹留大國，志荷恩私，朝夕宮闈，預奉顏色。黃河白日，亟宣誠言。〔左傳〕晉公子曰：所不與舅氏同心者，有如白水。投其璧於河。〔又〕殖綽顧曰：爲私誓。州綽曰：有如日。分災卹患，事非虛旨。〔左傳〕凡諸侯救患分災討罪，禮也。但善相小國，終資大賢。〔左傳〕君子謂合左師善守先代，子產善相小國。定我邦家，繫公是賴。淮流不竭，豈獨琅邪。〔晉書〕淮發源屈曲，不類人工。王導使郭璞筮之，曰：淮水絕，王氏滅。望能喻此衷懷，思之無忽。近陸居士有啓，陳其禍亂。〔北史〕陸法和傳：法和不稱臣，其啓文朱印名上，自稱居士。初仕梁元帝，江陵陷，入齊。朝旨即命河東疑作清河按（齊書）清河王岳字洪略高祖從父弟也太昌初封清河清河郡公天保初進封清河郡王王岳等，勒率熊羆，便相抵赴。道阻且長。見詩雖無之及，所聞西浮夏首，（楚辭哀郢）過夏首而西浮便當險隘之衝，南扞巴陵，方拒窺窬之寇。（魏書）公孫淵上書曰方今二敵窺窬上黨王皇齊寵弟，是號宗英，（漢書序傳）禮樂是脩，為漢宗英。親御戎軒，遠於將送。（詩）遠于將之（北史齊文宣帝紀）天寶六年春，清河王岳度江克夏首，梁司徒郢州刺史陸法和請降。詔以貞陽侯蕭明為梁主，遣尚書右僕射上黨王渙送之江南。尚琊曰（齊神武諸子傳）上黨剛肅王渙，字敬壽，神武第七子也。力能扛鼎，材武絕倫，讀書頗知梗槩，而不甚耽習。（隋書）冀州上黨郡上黨縣（注）舊置上黨郡。襲侍中英起淮南，貴族兼事戎行，躍冀馬者千羣，（後漢劉表傳）冀馬雲屯。披燕犀者萬隊，來自河陽，曾不旬日，持節徐武潼三州諸軍事散騎常侍明遠將軍東徐州刺史始興郡開國侯湛海珍等（〔梁書〕武帝紀太清三年東徐州刺史湛海珍舉州附於魏。〔隋書〕徐州彭城郡〔注〕舊置徐州下邳郡夏丘縣〔注〕後齊置并置夏丘郡尋立潼州下邳郡下邳縣〔注〕舊曰歸政置武州下邳郡梁改縣為下邳置郡不改改州曰東徐）並前朝舊將夙著勳庸推轂海邊（〔漢〕馮唐傳上古王者遣將也跪而推轂）屬是喪亂（〔詩〕天降喪亂）雖復投身有道志雪朝怨咸預戎行共指鄉國江淮舊隸悉已招攜（〔左傳〕管仲曰招攜以禮）方稟英謨共翦讎難去月將晦便屆壽春（〔隋書〕揚州淮南郡領壽春縣）已具舟師將臨江浦使人入境行陳所懷撥日覘光（未詳）遲在還牘當使宗祊有主余同小白之勳加（〔左傳〕宋司馬子魚曰齊桓公存三亡國以屬諸

侯

家國無虞。公保阿衡之貴。（詩商頌實維阿衡實左右商王）何其美也。豈不休哉。言念此私。但以號咽。

爲貞陽侯荅王太尉書

姜常侍尉至。復枉去月三十日告。具公所懷。良以慨息。孤雖庸薄。不及通賢。猶曰生民。寧無心識。自皇家禍亂。亟積寒暄。九州萬國之人。蟠木流沙之地。（史記顓頊紀西至於流沙東至於蟠木動靜之物大小之神日月所照莫不砥厲）莫不行號臥泣。想望休平。何況孤預在宗室。家荷報雪之恩。身蒙鞠養之愛者。先皇之慈也。（南史武帝兄長沙宣武王懿爲東昏所殺信至武帝便舉義兵。史臣曰梁武帝時逢昏虐家遭冤禍既地居勢勝乘機而作）烝嘗不絕於私廟。〔詩〕顧予烝嘗子弟得嗣於南藩者。後主之惠也。〔南史蕭韶傳〕韶字德茂。懿之孫也。初封上甲某都鄉侯。湘東王改韶繼宣武王。封長沙王。遂至郢州刺史。朱方之地。〔漢地理志〕會稽郡丹徒縣〔注〕師古曰、即春秋云朱方也。建業之都。〔宋州郡志〕晉武帝太康二年、丹陽移治建業、誰家丘陵。誰家宮廟。豈有爲人臣子荷此恩靈。親執干戈。自殉家國。〔檀弓〕戰于郎公孫禺人與其鄰重汪踦往皆死焉魯人欲勿殤重汪踦仲尼曰能執干戈以衛社稷雖欲勿殤也不亦可乎公之忠孝。信感人神。公之盟誓。事同懸象。〔繫辭〕懸象著明莫大乎日月、雖復宗盟不造。〔左傳〕周之宗盟異姓爲後骨肉爲讎。安可相期。蠢如蕭詧耶。〔梁元帝紀〕雍州刺史岳陽王詧自稱梁王。藩於魏。二年九月。魏使柱國萬紐于謹來攻。十月魏軍至襄陽。梁王詧率衆會之。城陷帝被執。如詧營。甚見詰辱。十二月辛未魏人殺帝。古者天子六軍是爲萬乘今日凶荒致闕斯禮偏裨將校尚握精兵州郡官曹各有交吏未有居稱扆座〔明堂位〕天子負斧依南向而立行曰乘輿〔後漢輿服志〕殷瑞山車金根之色漢乘秦制御爲乘輿所謂孔子乘殷之輅者也遂無五尺之童〔孟子〕雖使五尺之童適市高謝千夫之長〔書〕千夫長於公明允〔舜典〕惟明克允意復云何國家凋荒既乏屯衞皇齊與睦幸惠優矜何乃自起趑趄〔易〕其行次且苟違鄰德克戡禍亂欲立功名咸自軍師豈在芻隸湛海珍等前朝舊將差匪齊人分給羸兵即是梁甲非云背信〔左傳〕慶鄭曰棄信背鄰患孰恤之豈曰渝盟〔左傳〕公及鄭伯盟曰渝盟無享國朝野羣雄何所攜貳且公天資命世再造皇家梁代之桓

文蕭宗之伊管。誰其遠近。不稟英謨。如有姦回。正速齊斧。見移文尚何憂于共工。疑作驩兜何畏于有苗哉。見皋陶謨所覽來書。既爲疑難。上黨王恭承朝旨。不敢相同。方篤鄰和。不容全興。如須減損。更遲行人。張廷尉種等所具。見讓表此無多及。

爲貞陽侯重與王太尉書

廣威卿等還。枉此月十四日告。披覽未周。良深慨息。昔長平建策。猶聞蝕昴之徵。漢鄒陽傳注。蘇林曰。白起爲秦伐趙。破長平軍。欲遂滅趙。遣衛先生說昭王益兵糧。爲應侯所害。事用不成。其精誠上達於天。故太白爲之蝕昴。疏勒效忠。時致飛泉之感。後漢耿恭傳。恭以疏勒城傍有澗水可固。五月乃引兵據之於城中穿井十五丈不得泉乃鑿衣冠再拜爲吏士禱有頃水泉奔出豈在余涼德左傳史嚚曰虢多涼德書不盡言見繫辭遂使吾賢猶迷所執斯故銜哀掩淚仍復披陳者也孤以庸薄寧有霸圖侯服于郿見詩常懼盈滿易人道惡盈而好謙書滿招損謙受益豈望身居黃屋班固典引子嬰度次得嗣冠玉冠佩華紱車黃屋蔡邕曰黃屋者天子車翠羽蓋以黃繒爲裏是爲黃屋手御青綸後漢輿服志百石青紺綸一采宛轉繆織長丈二尺揖讓而對三靈見勸進表端委而朝百辟左傳子貢曰泰伯端委以治詢知圉牧莫不皆知左傳芋尹無宇辭曰王臣公公臣大夫大夫臣士士臣皁皁臣輿輿臣隸隸臣僚僚臣僕僕臣臺馬有圉牛有牧以待百事爰誓神明固自無爽左傳公孫舍之曰昭大神要言焉若可改也大國亦可叛也但大齊仁信之道關於至誠睦鄰

之懷。由於孝德。遂蒙殊獎。歸嗣本朝。拜首陳辭。敦誘彌廣。既而仇讎未殄。見前書方憑大國之威。宗祏阽危。左傳。原繁對曰。命我先人典司宗祏。尤仰親仁之德。左傳。五父諫曰。親仁善鄰。國之寶也。僶俛恩寄。號諷惟深。而教諭分明。信誓殊重。詩。信誓旦旦。乃云邦家有乂。社稷無虞。凡廣陵歷陽。隋書。揚州江都郡。江陽縣。注。舊曰廣陵。後齊置廣陵江陽二郡。歷陽郡。歷陽縣。注。舊置歷陽郡。皆許見還。白水黃河。屢奉然諾。漢書。廷尉以貫高辭聞。洩公曰。此固趙國立名義不侵爲然諾者也。詳與王僧辯書。至於夏藩衝要。控遏上流。且命強兵。爲我臨據。若其自有精甲。能扞醜徒。並用還梁。皆如前旨。以孤頻經忝竊。屢守淮淝。門生故吏。徧於江右。後漢袁紹傳。袁氏樹恩四世門生故吏徧於天下。凡諸部曲並使招攜。〔漢書音義〕大將行有五部部有曲也。
投赴戎行。〔陸機辯亾論〕拔呂蒙於戎行。前後雲集。霜戈雪戟。〔左思吳都
賦〕霜刃染。無非武庫之兵。〔洛陽記〕建始殿東有太倉。倉東有武庫藏兵之所。龍印
犀渠。〔古詩〕解佩襲犀渠。皆是雲臺之仗。〔晉書〕武帝太元八年。翟斌克雲臺戍收萬
餘人甲仗。文物以紀之。聲名以發之。見左傳。斯實不世之隆
恩。寧曰循常之恆禮。則公固天所授。弘濟本朝。曲阜
同功。營丘等烈。〔史記〕成王封師尚父於齊營丘。封周公旦於魯曲阜。若夫伊尹
庖廚賤宰。〔殷本紀〕伊尹負鼎俎以滋味說湯。致於王道。霍光階闥小臣。〔漢霍
光傳贊〕霍光起結髮內侍。起於階闥之間。諸葛亮無應變之才。〔蜀諸葛亮傳〕陳壽評
曰。應變將略非其所長。管夷吾非王者之佐。〔論語〕管仲之器小哉。論其世

業較彼勤勞書契以來罕有明德且程嬰之義自古爲難〔史記晉程嬰抱趙氏孤匿山中十五年韓厥言於晉景復立趙氏後是爲趙武武既冠嬰曰下宮之難我非不能死欲存趙後也今宊下報宣孟杵臼遂自殺〕荀息之忠良以喜慰〔左傳晉獻公使荀息傅奚齊公疾召之稽首而對曰臣竭其股肱之力加之以忠貞其濟君之靈也不濟則以死繼之〕但先朝乘玉鏡之符〔尚書帝命期桀失玉鏡用其噬獸注玉鏡喻清明之道〕御金輪之寶〔法華經優曇華鉢名瑞應三千年一現現則金輪王出〕菩薩之化行於十方〔樓炭經有十品菩薩〕仁壽之功霑於萬國〔漢王吉傳歐一世之民躋之仁壽之域〕兇人侯景遂殄邦家何况於今亦有吳會江東如掌差匪虛言〔後漢岑彭傳辛臣諫田戎曰洛陽地如掌耳不如按甲以觀其變〕淮陽在面方此非局〔漢賈誼傳淮陽之比大諸侯廑如黑子之著面〕

不稼不穡。見詩多歷歲時。大東小東。全無機杼。詩小東大東杼柚其空闗中醜虜。寧非冒頓之鋒。漢書匈奴單于有太子名冒頓作鳴鏑習勒其射騎而令之曰鳴鏑所射而不悉射者斬。齊國強兵。便是軒轅之陣。史記五帝本紀軒轅氏教熊羆貔貅貙虎。與炎帝戰於阪泉之野。三戰然後得志。以西南當扼喉之勢。東北承撫背之機。漢書婁敬傳。敬說曰。夫秦地被山帶河所謂搤天下之亢而撫其背也。首尾交侵。華夷俱斃。而中人數歲。復子方賒。書洛誥周公拜手稽首曰。朕復子明辟。德未感於黎烝。威不加於將帥。斯等鞅鞅非少主臣。漢書景帝目送周亞夫曰此鞅鞅非少主臣也。安有祿因人成事。見表後啓公之才具。晉書高崧時謝萬方臥在室。崧爲敘刑政之要萬起呼崧小字曰阿酃有才具。雖復明允。勢何如於天監時。何若於大同〔俱梁武帝年號〕乘輿國之隆恩。〔孟子〕我能爲君約與國。當滔天之猛寇。〔見前書〕匡救之德。翻有未從。忠許之謀。誰其相曉。臥薪待火。方此非危。〔賈誼傳〕譬猶厝火置之積薪而寢其上。繫草從風。儔之非切。〔書君陳〕爾惟風下民惟草。若能思其上策。審此英圖。見引軨獵之車。〔漢霍光傳〕太僕以軨獵車迎曾孫就齋宗正府入未央宮見皇太后封爲陽武侯已而光奉上皇帝璽綬謁於高廟是爲孝宣皇帝。還向長安之邸。〔見勸進表〕一則二則。惟在大賢。〔吳張昭傳〕策曰昔管子相齊一則仲父二則仲父而桓公爲霸者宗。外相內相。〔詳未〕終當相屈。正當攜諸舊隸。率我賓游。朝服簪纓。直拜園寢。梁人望國。俱登赤馬之舟。〔漢劉熙釋名〕輕疾者曰赤馬舟其體正直赤如馬也。齊帥臨江。仍轉蒼龍之旆。〔考工記〕龍旂九旂以象大火。鳥旟七旒以象鶉火。大火蒼龍宿之心。鶉火朱鳥宿之柳。分袂南浦（江淹別賦）送君南浦。傷如之何。揚鞭北風。民不疲勞。軍無怨讟。見左傳。如其執事。尚秉前言。將恐戎旌。便濟江表。何則西浮夏首。（水經）夏水在江夏。西冬竭夏流。故名夏水。詳與王僧辯書。已據咽喉。東進彭波。（禹貢）東匯澤為彭蠡。次指心腹。廣陵京口。烽煙相望。魯柝聞邾。方之尚遠。（左傳）魯伐邾。及范門。猶聞鐘聲。大夫諫不聽。茅成子請告於吳。不許。曰魯擊柝聞於邾。吳二千里。不三月不至。何及於我。胡桑對薊。匹此為遙。（曹植豔歌）出自薊北門。遙望胡地桑。枝枝自相值。葉葉自相當。水陸爭前。龍虎交至。則揚都蕩定。（晉文苑傳）庾闡作揚都賦。功自齊師。江左臣民。非關梁國。豈不追慙後主崇寄之恩。還負齊朝親鄰之意。東門黃犬。固以長悲。史記李斯顧謂中子曰我欲與若復牽黃犬出上蔡東門逐狡兔豈可得乎南陽白衣。何可復得。諸葛亮出師清臣本布衣躬耕南陽苟全性命於亂世不求聞達於諸侯立茲幼弱。非日大勳。滅我宗祊。何所逃釁。今復遣前吉州刺史馬嵩仁至彼。更具往懷。想不遠而復。無貽祇悔也。見易若英謨有在。加興。祀夏之功。左傳伍員諫吳子曰少康復禹之績祀夏配天不失舊物明監如違。便等。過殷之歎。尚書大傳微子朝周過殷故墟見麥秀之蘄蘄兮禾黍之蠅蠅也曰此故父母之國乃爲麥秀之歌存亾社稷。一在於公。臨紙崩號。不復多及。

爲貞陽侯荅王太尉書

義。嵩至柾。不具公忠義之懷。家國喪亂。於今積年。三后蒙塵。【左傳臧文仲對曰天子蒙之於外敢不奔問官守】四海騰沸。【詩百川沸騰】天命元輔。匡救本朝。弘濟艱難。建我宗祏。至於丘園版築。【易賁于丘園孟子傅說舉於版築之間】尚想來儀。公室皇枝。豈不虛遲。聞孤還國。理會高懷。但近再命行人。或不宜其公既詢謀卿士。訪逮藩維。沿泝往來。理淹旬月。使乎屆止。殊副所期。便是再立我蕭宗。重與我梁國。億兆黎庶。咸蒙此恩。社稷宗祧。會不相媿。近軍次東關。頻遣信袭之橫。處示其可否。荅對驕凶。殊駭聞矚。上黨王陳兵見衞。欲敘安危。無識之徒。忽然逆戰。前旌未舉。卽自披猖。驚悼之情。彌以傷惻。上黨王湙自矜嗟。

不傳首級。更蒙封樹。飾棺厚殯。務從優禮。（見裴君墓志）使齊朝大德。信感神明。方仰藉皇威。敬憑元宰。討逆賊於咸陽。（謂北周）誅叛子於雲夢。（謂後梁）同心協力。克定邦家。覽所示權景宣書。（北史周權景宣傳）孝閔帝踐祚。除基鄀硤平四州五防諸軍事江陵防主。上流諸將。本有忠略。棄親向歸。庶當不爾。防奸定亂。終在於公。今且頓東關。更待來信。未知水陸。何處見迎。夫建國立君。布在方策。入盟出質。（左傳宣公十三年。楚子圍鄭。潘尫入盟。子良出質。）有自來矣。若公之忠節上感蒼旻。羣帥同謀。必匪攜貳。則齊師返旆。義不陵江。如致爽言。誓以無克。韜旗側席。（漢陳湯傳。谷永疏曰。臣聞楚有子玉得臣。文公爲之席南而坐。遲復行人。曹沖奉表齊都郎，押送也。渭橋之下。惟遲敘詔。[漢文帝紀]使宋昌先之長安觀變。昌至渭橋，丞相以下皆迎。昌還報。代王乃進至渭橋，羣臣拜謁稱臣。氾水之陽。預有號擢。[漢高帝紀]二月甲午，上尊號，漢王即皇帝位於氾水之陽。

為貞陽侯重荅王太尉書

王尚書通至。[南史]王通字公達，仕梁為黃門侍郎。敬帝承制，以為尚書右僕射。復枉手。知欲遣賢弟子世珍以表誠質。[南史王僧辯傳]遣弟七子顯，顯所生劉并弟子珍往充質。具悉憂國之懷。復以庭中玉樹。[晉書]謝玄與從兄朗為叔父安所器，玄曰：如芝蘭玉樹，欲使生於階庭爾。掌內明珠。[江淹傷愛子賦]痛掌珠之愛子。無累胷懷。志在匡救。豈非劬勞我社稷。弘濟我邦家。慙歎之懷。用忘興寢。晉安王[南史]晉安王諱方智，字慧相，小字法真，元帝第九子也。承聖元年封晉安郡王。〔隋書〕揚州建安郡閩縣。〔注〕舊曰東侯官。置晉安郡。東京貽厥之重。〔詩〕詒厥孫謀西都繼體之賢。〔史記外戚世家序〕自古繼體守成之君。嗣守皇家。寧非民望。〔左傳〕崔子曰民之望也舍之得民但世道喪亂宜立長君。以其蒙孽。難可成業。〔漢賈誼疏〕雖有愚幼不肖之嗣猶得蒙業而安至明也。成。昭。之德。自古希儔。〔周本紀〕成王少周公當國成王長周公反政成王〔漢昭帝紀〕上官桀安父子與大將軍光爭權欲害之。詐使人爲燕王旦書。言光罪。上年十四。覺其詐。沖。質。之危。何代無此。也。〔後漢書〕孝沖皇帝諱炳。順帝之子即。皇帝位年二歲。崩年三歲。孝質皇帝諱纘。肅宗玄孫。沖帝崩即皇帝位年八歲。大將軍梁冀鴆弑。崩年九歲。孤身當否運。志不圖生。忽荷不世之恩。仍致非常之舉。自惟虛薄。〔後漢明帝紀〕制曰。朕以虛薄。何以享斯。兢懼已洊。若建承華。〔初學記〕太子之門曰予本歸皇胄心口相誓惟擬晉安〔南史王僧辯傳〕遣吏部尚書送啓因華求以敬帝爲皇太子明報書許之如或虛言神明所殛〔左傳襄公十一年載書曰〕明神殛之俾失其民隊命亾氏踣其國家覽今所示深遂本懷戢慰之情無寄言象但公憂勞之重既稟齊恩忠義之懷復及梁貳華夷兆庶豈不懷風宗廟明靈豈不相感正爾回旆仍向歷陽所期質累便望來彼衆軍不渡已著盟書斯則大齊聖主之恩規上黨英王之然諾〔漢張敖傳〕上賢貫高能自立然諾得原失信終不爲也〔左傳僖公二十五年冬晉侯圍原命三日之糧原不降命去之諜出日原將降矣軍吏曰請待之公曰信國之寶也民之所庇也得原失信何以庇之所亾滋多退一舍而原降〕惟遲相見使在不賒鄉國非遙觸

目號咽。

又爲貞陽侯荅王太尉書

周尚書弘正、張廷尉種、姜常侍嵩等至。（南史王僧辯傳：遣左戶尚書周弘正至歷陽迎明，詳讓表。）枉此月二十六日告，并遣賢弟子世珍、賢子顯等（書見前）具忠款之至。公養孤之恩，愛甚鄧攸（晉書：石勒過泗水，鄧攸曰：吾弟早亡，理不可絕，止離自棄我兒。繫之於樹而去。時人語曰：天道無知，信鄧伯道無兒。攸殁，弟子綏服喪三年。）少子之懷，情深張禹（漢書：張禹數視其小子，上郎禹牀下拜爲黃門郎給事中。）豈非憂勞社稷，用忍肌膚（班彪王命論：高祖高四皓之節，割肌膚之愛。）天下含靈，誰無悲媿。余遭家不造，敬累吾賢。言念忠誠，益以號咽。但皇齊大德，過見優矜。

徼借輕兵以垂將送意謂江東凋弊累積兵瘡供膳資解理當多闕輒白上黨王止請三千人二百匹而已（南史王僧辯傳貞陽求度衞之三千）凱衆人殊尚有疑難將恐諸士未喻雅懷今復命周尚書及姜常侍還彼具陳一二夫以受爲寇非有晉邦（左傳趙宣子曰我若受秦秦則賓也不受寇也）不送爲讎終無楚國（左傳晉公子及楚楚子饗之乃送諸秦）五千步卒既謝李陵（漢書陵對願以步兵五千涉單于庭）三千羸兵亦等無忌（平原君傳李同遂與三千人赴秦軍秦軍爲之却三十里）公之明義理不爲嫌行人失辭（左傳鄭子以爲諂使趙括從而更之曰行人失辭）尚停然諾（見前書）臨江總轡企望音郵惟遲來書此不多具

爲貞陽侯與陳司空書 陳武帝紀諱霸先字興國小字法生吳興長城下若里人承聖三年三月進帝位司空

軒轅既作遇蚩尤之兵 見勸進表 顓頊爲君阻共工之亂 列子共工氏與顓頊爭爲帝怒而觸不周之山折天柱絕地維 雖復摇山蕩谷驅電乘雷殘厥兇渠會靡遺孽未有時當至治世在欽明元惡滔天遂陷邦家者也我大梁開金繩之寶牒 初學記封禪注儀曰特凡三十人上發壇上石碱蓋尚書令北向跪藏玉牒畢持禮覆石碱尚書令封上十石檢檢亦纏以金繩泥以金泥四方各依其色 紐玉鏡之珍符 見與王太尉書 功烈與造化相侔德施與風雲俱遠戴日之族何向不賓太平之基無遠弗屆 爾雅距齊州以南戴日爲丹穴東至日所出爲大平西至日所入爲

太蒙〔注〕崦去也。嵫中也。大蒙即蒙汜。逆賊侯景，殲亂本朝，釁重聰彌。見移齊文及與王僧辯書。凶逾羿浞。〔帝王世紀〕寒浞殺羿於桃梧而烹之，以食其子。後主天經地緯，〔左傳〕晉成鱄曰：經緯天地曰文。義冠人靈，驅馭熊羆。〔書〕如熊如羆。遂翦勃盜，少康祀夏，何可對揚。見與王太尉書。大戊興殷，彌無等級。〔殷本紀〕亳有祥桑谷共生於朝，一暮大拱。大戊脩德，三日祥桑枯死。商道復興，號稱中宗。不圖天未悔禍，喪亂薦臻，羌賊憑陵，侵蕩荊漢。乘輿幽辱，既陷兇徒。〔梁元帝紀〕帝被執，詧使尚書傅準監行刑，進土囊而殞之。詳前書。黎獻崩騰，莫不淪沒。〔書益稷〕萬邦黎獻，共惟帝臣。兆寬曰：〔梁元帝紀〕于謹盡俘僕射王褒以下。以故以哀窮兆庶，痛極蒼旻者也。夫諸侯釋位，寧非禍亂之朝。〔左傳〕諸侯釋位，以間王室。服虔曰：言諸侯釋其私政，以佐王室。宗子維城。本濟殷憂之日。〔詩〕宗子維城。王室維寧。武皇遺胄。皆陷虜庭。乞命偷生。何能支久。〔梁元帝紀〕于謹盡俘汝南王大封以下。孤宗室之長。爰自布衣。見與王僧辯書辛癸之朝。容身靡託。〔史記〕夏帝履癸爲桀殷帝辛謂紂指東昏。追惟先業。大庇生民。既雪伯升之怨。仍紹桓王之霸。見與王僧辯書孤二三昆季。情禮獲申。等預藩枝。偏承皇德。近歲彭都之役。得備戎昭。〔左傳〕戎昭果毅以聽之謂禮詳與王僧辯書鞍甲之勞。庶訓天寵。〔易〕在師中吉承天寵也況復邦家不造。至此横流。凶狡猶存。何所逃責。固以提戈負劍。臥泣行號。言念荆巫。志雪讎恥。見與王僧辯書大齊德並天地。明符日月。隆禮詔俗。張樂被民。義感華夷。仁侔造化。玉羊銀甕。嘉瑞必彰。瑞應圖師曠鼓琴玉羊白鵠翾翔投墜。孝經援神契神靈滋液。有銀甕不汲自滿。澤馬山車。禎符總集。拾遺記軒轅泛河沉璧。有澤馬羣鳴山車滿野。若夫中原猛士。本自無窮。見樂府沙塞精兵。斯何有量。見與王僧辯書是以家國之富。文景所未儔。漢景帝紀贊周云成康漢言文景美矣兵馬之強。秦漢所未敵。但親鄰之道。既篤夙私明發之懷。詩明發不寐有懷二人彌敦先姊。以爲興亾繼絕。見論語聖典通規。爰命無虧。蒯守社稷。既方憑大國。庶討仇讎。恩喻難違。諸懷慙嘆。公體茲懋德。毗奉中興。歸自番禺。隋書揚州南海郡南海縣注舊分置番禺縣志在討亂。至於雲行電邁。班固西都賦雷奔電激。谷靜山空。後漢段熲傳張奐又言羌一氣所生不可誅盡。山谷廣大。不可空靜。扼鵲尾而定王畿。登牛頭而掃天闕。漸臺僞師。將傳首於帝京。郿塢元兇。肯橫尸於軍市。見勸進表高庸茂烈。振古希儔。承此欣然。淡所嘉歎。今者殷憂未巳。陸機歎逝賦。在殷憂而弗違。禍難相尋。宗社無依。奧主宏立。左。叔向曰。國有奧主。夙承所眷。尚在沖年。書金縢。惟予沖人弗及知。王室猶難。何以康濟。書蔡仲之命。康濟小民。董侯幼弱。終覆漢朝。魏紀春秋佐助期曰。漢以蒙孫亡。說者以蒙孫漢二十四帝童蒙愚昏以弱亡。或以雜文爲蒙其孫當失天下以爲漢帝非正嗣。少時爲董侯。名不正。蒙亂之荒惑。其子孫以弱亡。獻帝諱協。協母王美人爲何后所鴆殺。董太后養協。號曰董侯。自馬業童蒙。仍傾晉室。晉書太子德樂幼而不慧。口不能言。至於寒暑飢飽亦不能辨。武帝遇弒即位。是爲安帝。所謂前事之不忘。後事之龜兆也。孤過荷恩靈。預奉帷幄。[見讓表]黃河白日。亟降誠言。分災卹患。事非虛旨。[見與王僧辯書]但當小國之禮。無失敬恭。[左傳]子駟曰、敬共幣帛、以待來者、小國之道也。闔境人民。具勞寤寐。方窮人爵之重。[孟子]公卿大夫、此人爵也。以報非常之功。[漢武帝紀]詔曰、蓋有非常之功、必待非常之人。惠覽今書。希能留意也。上黨王文高劉德。[漢書]德字路叔、武帝謂之千里駒。武冠曹彰。[見爲始興王表]爰降宗英。遠於將送。[見與王僧辯書]褒侍中英。起贊奉師德。俱事戎間。月壘連營。[吳孫綝傳]朱異遣將軍任度等築偃月壘。樹屏日[宋臧質傳]云、質舉兵反孝武、遣柳元景等屯梁山、洲兩岸築偃月壘、水陸待之。雲旗蔽野。[司馬相如上林賦]靡雲旗。同集江淮。翼我歸旆。湛海珍等。[南史]貞陽侯明傳、魏平江陵、齊文宣使送明至梁并前所獲梁將湛海珍等皆聽從明歸令上黨王渙率衆送之詳與王僧辯書竝前朝舊將夙著勳庸江左氣妖投身齊國今者皆蒙恩獎竝在戎行歸附明公共翦讎難去月將晦便留壽春已具舟艫將臨濼浦後漢獻帝紀注壽春縣屬九江郡隋書荊州九江郡湓城縣注有巢湖若公爲內主於同國子之勳左傳叔向曰齊桓有國高以爲內主余以定家得免臧孫之歎左傳臧昭伯見平子平子曰苟使意如得改事君所謂生死而肉骨也昭子從公於齊與公言平子有異志冬十月辛酉昭子齊於其寢使祝宗祈死戊辰卒豈不功名富貴共保無疆前望鄉關惟增號哭

爲貞陽侯重與裴之橫書南史魏克江陵齊遣上堂王高渙挾貞陽侯明攻東關晉安王承制以之橫爲徐州刺史都督衆軍出守蘄城本傳之橫遂之兄子

也

張佛奴昨還，得去月二十六日書，覽以增慨。昔桓公始反，管仲親射其軌；（齊世家：魯使管仲別將軍遮莒道，射中小白帶鉤。）重耳初還，呂郤終焚其室。（左傳：秦伯納公子重耳於晉，呂郤畏偪，將焚公宮而弒晉侯。）頃家國多患，頻遘閔凶，前事不忘，便為龜兆。所以皇齊大德，禮秩兼常，威武紛紜，洪恩汪濊。（司馬相如文：威武紛云，湛恩汪濊。）況復旌旗照日，鼓吹從風，文物俱華，羽衛相鬱，書契以來，斯未有也。卿天監之始，門宦有成。（南史：裴邃，河東聞喜人。祖壽孫，寓居壽陽。會刺史張叔業以壽陽降魏，邃遂隨北徙。梁天監初，自拔南還，以功封夷陵縣子，歷官豫州刺史，督鎮合肥，大敗魏軍。卒，贈侍中、左衛將軍，進爵為侯。于之禮嗣，為西豫州刺史。之禮卒於少府卿之高邈兄中散大夫髦之子也除梁郡太守封都成縣男之高第五弟之平以軍功封費縣侯之橫之高第十二弟也承聖之初，身名俱泰。見墓志正應勤王效命，酬二后之恩；憂國如家，報三靈之寵。見勸進表何有方規異志，苟樹童蒙。見與陳司空書阻地險於長川，【易】地險山川丘陵也孤昔忝藩維，非無游士。【書】天討有罪五刑五用哉忘天討之應，及五刑平原之館，乃乏如錐。【史記】趙平原君謂毛遂曰賢士之處世也譬如錐處囊中其末立見田文之家，差有彈鋏。【史記】馮驩在孟嘗君門下爲客每給疏飯驩乃倚柱彈鋏而歌雖李廣麾下，莫不封侯。【漢李廣傳】廣與望氣王朔語曰自漢擊匈奴廣未嘗不在其中而諸部校尉以下才能不及中以軍功取侯者數十人廣不爲後人然終無尺寸功以得封邑者何衛青故人，多懷彼此。【漢霍去病傳】青日衰而去病日益貴青故人門下多也去事去病輒得官爵惟獨任安不肯去豈可文辭簡略。禮等平交。拔封伸紙。益多歎異。相鼠無儀。表詩人之作。詩相鼠有皮人而無儀人而無儀不死何爲茅鴟刺傲。彰魯史之文。左傳叔孫穆子食慶封慶封汜祭穆子不說使工爲之誦茅鴟亦不知宿昔相期。不應如此。衆軍卽便頓江歸。相見在近。不復多及。

爲貞陽侯與北齊北齊二字疑羨文荀昂兄弟書南史荀朗字深明潁川潁陰人也侯景之亂據巢湖無所屬臺城陷沒後深簡文帝密詔授朗豫州刺史令與外藩討景魏克荊州陳武帝入輔齊遣蕭軌東方老等來寇據石頭朗自宣城來赴與侯安都等大破之武帝受禪賜爵興寧縣侯以朗兄昂爲左衞將軍弟晷爲太子右衞率

張佛奴至。未枉還告。但以勞悒。夫興亾繼絕。往帝之通規。分災恤患。聖王之恆典。（見與王僧辯書）自敦龐既散。（國語虢文公曰敦厖純固於是乎成）詐偽萌生。時託親鄰。信有澆愿。大齊道冠三皇。風高九代。仁信之本。關於至誠。言與之恩。由於孝德。孤謬蒙殊獎。還嗣本朝。敕諭分明。言誓殊重。若使邦家克定。境內無虞。凡廣陵歷陽。皆許見還。白水黃河。（見與王僧辯書）屢奉然諾。（見答王太尉書）彝章禮數。莫不優華。斯乃不世之殊恩。寧是悠長之恆事。王太尉動踰呂望。德冠伊衡。凡厥英謀。算靡遺策。豈容當滔天之巨寇。違大國之隆恩。計彼賢明。必當不爾。卿維見及弟莫非雄才。江左風塵。不染兇寇。賈氏三虎。豈獨貴於前脩。（後漢賈彪傳彪字偉節時號賈氏三虎偉節最怒）荀家八龍。信服在於今日。（後漢荀淑傳淑有子八人儉緄靖燾汪爽肅瞻茲有名稱時人謂之八龍）近者州司不道。或致流言。朝聽矜明。已如前及。想謀元宰。善保良圖。南道主人。以相付也。（後漢書耿弇聞光武在盧奴乃馳北上謁光武留署門下吏。弇因求歸上谷發兵以定邯鄲。光武指弇曰。是我北道主人也。）見所荅東海徐湛書。粗具來意。昔桓憑莒衆。文用秦攻。是假鄰國之威。以備非常之變。（左傳莊公九年。桓公自莒先僖公二十四年。秦伯送衛於晉。實紀綱之僕。）若。使江東宰匠。具領齊恩。時命封疆。遠相迎接。故當攜諸舊隸。率我賓游。朝服簪纓。直拜園寢。

梁人望國。自合水而浮。舟齊帥言歸。指滄江而回旆。如其彼相。論語則將焉用彼相矣。未悟良機。將恐戎麾遂戕京邑。若其求成取敗。豈謂和風。龍馬雲旗。見爲貞陽侯書。差不相涉。一二復令張佛奴口與相見在近。此不多及。

在北齊與楊僕射書北史楊愔字遵彥弘農華陰人楊津子也小名秦王見童時口若不能言而風度溪敏天保初詔監太史遷尚書右僕射

陵叩頭叩頭。夫一言所感。凝暉照於魯陽。淮南子魯陽公與韓酣戰日暮援戈一揮之日反三舍一志冥通。飛泉涌於疏勒。見與王沉太尉書復元首康哉。股肱良哉。見書鄰國相聞。風教相期者也。天道窮剝。鍾亂本朝。情計馳惶。公私哽懼。而骸骨之

請〔漢疏廣傳〕卽日乞骸骨徒淹歲寒。顛沛之祈。〔論語〕顛沛必於是空盈
卷軸。是所不圖也。非所仰望也。孰事不聞之乎。昔分
鼇命扈之世。〔三皇本紀〕女媧氏鍊五色石以補天。斷鼇足以立四極。聚蘆灰以止滔水。〔左傳〕
九扈爲九農政。〔注〕扈有九種也。春扈如鶠。夏扈竊玄。秋扈竊藍。冬扈竊黃。棘扈竊丹。行扈唶唶。宵扈嘖嘖。
桑扈竊脂　老扈鷃鷃以九扈爲九農政之號。樹敏曰〔爾雅〕扈字作鳸。觀河拜洛之年。
〔帝王世紀〕後年二月堯率羣臣刻璧爲書東沈洛水〔竹書紀年〕舜設壇於河依堯故事至於下昃榮光休
至黃龍負圖出於壇畔則有日烏流災。風禽騁暴。〔淮南子〕堯時十日竝出。又
有大風爲民害。堯使羿繳風射日。萬民大悅。天傾西北。地缺東南。〔列子〕地不滿東
南百川歸焉盛旱坼三川。〔說苑〕湯之時大旱。雒坼以竭。長波含五岳。〔書〕湯
湯洪水方割。蕩蕩懷山襄陵。我大梁應金圖而有亢。〔帝王世紀〕少昊卽圖讖所

謂白帝朱宣者也。稱少昊號金天氏。故纂玉鏡而猶屯。見與王太尉書何則。聖人不能爲時。斯固窮通之恆理也。至如荆州刺史湘東王。幾神之本。無寄名言。陶鑄之餘。猶爲堯舜。見莊子雖復六代之舞陳於總章。周禮天子祭祀用六代之樂。周書明堂西方曰總章九州之歌登於司樂。未詳。按周禮大司樂大合樂以致鬼神示以和邦國以諧萬民以安賓客以說遠人以作動物虞。夔。拊。石。舜與夔曰於予擊石拊石百獸率舞晉。曠。調。鐘。淮南子師曠之欲調鐘以爲後有知音也未足頌此英聲。封禪文蜚英聲無以宣其盛德者也。詩序頌者美盛德之形容若使郊禋楚翼。寧非祀夏之君。郊特牲注郊者祭天之名。國語精意以享曰禋。天官書注星經云翼軫楚之分野也。詳與王太尉書。誠哉。定鼎郟鄏。便是匡周之霸。豈徒幽王徙雍。朞月

為都 吳越春秋古公去邠處岐周居三月成城郭一年成邑二年成都而民五倍其初 姚帝遷河周年成邑 史記五帝本紀虞舜一年而所居成聚二年成邑三年成都 方今越裳藐藐馴雉北飛 韓詩外傳周公居攝二年制禮作樂天下和平越裳氏以三象重譯而獻白雉 肅慎茲茲風牛南偃 家語武王滅紂肅慎來獻石砮楛矢左傳齊侯伐楚楚子使與師言曰君處北海寡人處南海唯是風馬牛不相及也 吾君之子 見孟子 含識知歸而荅旨云何所投身斯其未喻一也 又晉熙等郡 隋書地理志揚州同安郡懷寧縣注舊置晉熙郡 皆入貫朝去我潯陽經途何幾 任昉哭范僕射詩與子別幾辰經途不盈旬 至於鐺鐺曉漏 司馬彪續漢書云孔壺為漏浮箭為刻下漏數刻以考中星昏明生焉 的的宵烽 漢書音義冬積薪寇至即燔之望其煙日燧晝則燔燧夜則舉烽 隔潊浦而相聞 楚辭出潊浦而

遭迴臨高臺而可望。〔渚宮故事〕宋臨川王義慶鎮江陵。於羅公洲立觀甚大。而惟一柱。

泉流寶盌。遙憶溢城。〔藝林伐山〕寶盎泉在江州。吳秩臣尹。〔尋陽記〕盆水出清盆山。因以爲名。滯山雙流而右灌潯陽。東北流入江。峯號香爐。依然廬岳。〔釋慧遠廬山記〕東南有香爐山。其上氣氳氳若香煙。日者鄱陽嗣王。〔南史梁鄱陽王世子範傳〕太清元年。大舉北侵。初謀元帥。貞陽侯明請行。而以範爲征北大將軍總督漢北征討諸軍事。侯景敗於渦陽。退保壽春。乃改範爲合州刺史鎮合肥。治兵匯派。屯戍淪波。〔爾雅〕大波爲瀾。小波爲淪。

朝夕牋書。春秋方物。〔周書旅獒〕無有遠邇。畢獻方物。吾無從以躡屩。〔戰國策〕蘇秦去秦而歸。羸縢履蹻。樹本曰〔史記虞卿傳〕虞卿躡蹻檐簦說趙孝成王。賜黃金百鎰。白璧一雙。再見爲趙上卿。故號虞卿。彼何路而齊鑣。〔魏應璩集遺句云〕鴛鸞不齊鑣。豈其

然乎。斯不然矣。又近者邵陵王通和此國。〔周楊忠傳〕梁元帝逼

其兄邵陵王綸北度，與其前西陵郡守羊思達要隨陸土豪段珍寶、夏侯珍洽合謀，送質於齊，欲來寇掠。汝南城主李素，綸故吏也，開門納焉。郢中上客，〔楚世家〕王始都郢。雲聚魏都鄴下名卿。見勸進表。風馳江浦，豈盧龍之徑，於彼新開；〔魏志〕曹公北征烏桓，軍次無終，濱海洿下，濘亦遮守，溪要，軍不得進。問田疇，疇曰：此道秋夏有水，淺不通車馬，深不載舟船，可回軍從盧龍口越白檀之險，出空虛之地，路近而便。軍還，論功行封，疇以爲豈可賣盧龍之塞以易爵賞，遂不受。銅駝之街，於我長閈。見樂府。何彼途甚易，非勞於五丁。〔史記〕天爲蜀王生五丁力士，能徙山。秦王獻美女與蜀王，遣五丁迎女，見一大蛇入山穴中，五丁共引蛇，山崩，厭殺五丁，秦女皆上山化爲石。我路爲難，如登於九折。〔漢書〕王陽爲益州刺史，行部至邛郲九折阪，歎曰：奉先人遺體，奈何數乘此險。及王尊爲刺史，至其阪，問吏曰：此非王陽所畏道邪？吏對曰：是。尊叱其馭曰：速驅之，王陽爲孝子，王尊爲忠臣。地不私載。

何其爽歟。而荅旨云還路無從。斯所未喻二也。晉熙廬江義陽安陸。隋書地理志。揚州廬江郡廬江縣（注）舊置廬江郡。荊州澧陽郡安鄉縣（注）舊置義陽郡。安陸郡安陸縣（注）舊置安陸郡。皆云款附。非復危邦。計彼中途。便當靜晏。自斯以北。桴鼓不鳴。漢酷吏傳。長安剽劫行者。死傷橫道。桴鼓不絕。自此以南。封疆未壹。如其境外。脫殯輕軀。幸非邊吏之羞。何在匹夫之命。又此段賓遊。通無貨殖。論語。賜不受命。而貨殖焉。忝非韓起。聘鄭。私買玉環。左傳。宣子有環。其一在鄭商。宣子謁諸鄭伯。子產弗與。曰非官府之守器也。寡君不知。韓子買諸商人。既成價矣。商人曰必告君大夫。韓子請諸子產。對曰僑若獻玉。不知所成。敢私布之。韓子辭玉。不吳札過徐。躬要寶劍。史記。延出季子將聘晉。帶劍以過徐君。徐君欲之乎子爲有上國之事。未獻也。然心許之矣。反則徐君也。

刻於是以劍挂其墓樹而去由來宴錫凡厥囊裝行役淹留皆已
虛罄散有限之微財供無期之久客斯可知矣且據
圖列首愚者不爲〔後漢馬融傳〕融常飢困謂友人曰古人有言左手據天下之圖右手
刎其喉愚夫不爲所以然者生貴於天下也運斧全身庸流所鑒〔莊子〕郢人堊漫
其鼻端若蠅翼使匠石斲之匠石運斤成風聽而斲之盡堊而鼻不傷郢人立不失容何則生
輕一髮自重千鈞不以賈盜明矣骨肉不任充鼎俎
漢項籍傳今人方爲刀俎吾爲魚肉皮毛不足入貨賄盜有道焉〔莊子〕盜亦
有道吾無憂矣又以公家遣使脫有資須本朝非隆平之
時遊客豈皇華之勢〔詩序〕皇皇者華君遣使臣也輕裝獨宿非勞
聚欜之儀〔周禮挈壺氏〕凡軍事縣壺以序聚欜〔注〕軍中遇夜則擊欜以備守有更漏則擊欜者

（可更迭矣）微騎間行。寧望輜軿之禮。（漢陳平傳平身間行杖劍亡降漢文選注輜車朱軒使者之車也）歸人將從。私具驢騾。緣道亭郵。唯希蔬糲。若曰留之無煩於執事。遣之有費於官司。（左傳臧僖伯曰官司之守非君所及也）或以顛沛為言。或云貧裝可懼。固非通論。皆是外篇。（漢淮南王安傳招致賓客方術之士數千人作為內書二十一篇外書甚衆又有中篇八卷言神仙黃白之術亦二十餘萬言）斯所未喻三也。又若以吾徒應還。侯景侯景凶逆。殲我國家。天下含靈。人懷憤厲。既不能投身社稷。衞難乘輿。三家磔蚩尤。千刀剸王莽。（見勸進表）安所謂俛首頓膝。歸奉寇讎。佩弭腰鞬。為其皁隸。（左傳晉公子對楚子曰其左執鞭弭右屬櫜鞬以與君周旋又叔向曰欒郤胥原狐續慶伯降在皋隷日者通和方敦曩睦凶人駔詐漢諸侯王表秦騁駔詐之兵遂駭狼心左傳叔向妻生伯石姑曰狼子野心非是莫喪羊舌氏矣頗疑宋萬之誅左傳宋人請猛獲於衛亦請南宮萬於陳以賂陳人使婦人飲之酒而以犀革裹之比及宋手足皆見皆醢之彌懼荀罃之請左傳晉人歸楚公子穀臣與連尹襄老之尸於楚以求知罃於是荀首佐中軍矣故楚人許之詳爲貞陽侯書所以奔蹄勁角漢書武帝詔曰馬或奔踶而致千里專恣憑陵凡我行人偏膺讎憾政復葅筋醢骨史記淖齒擢湣王筋懸之廟屋宿昔而死抽舌揆肝張璠漢記董卓於衆坐生斬人手足又鑿目截舌　沈忠柱曰韓詩外傳狄人殺衛懿公盡食其肉獨舍其肝弘演使還哭畢呼天因自出其肝納懿公之肝於彼凶情猶當未雪海內之所知也君侯之所具焉又聞本朝王公陳書作公主都人士女風行雨散王粲

徐庾卷二

詩風流雲散一別如雨東播西流京邑丘墟蓤蓬蕭瑟偃師南望漢官典職德陽殿周旋容萬人自偃師去宮三十五里望朱雀闕其上鬱與天連咸爲草萊霸陵回首王粲七哀詩南登霸陵岸回首望長安俱霑霜露漢書伍被曰臣亦將見宮中生荊棘露霑衣也此又君之所知也彼以何義爭免寇歸我以何親爭歸委質左傳狐突對曰策名委質背鉅平貴將懸重於陸公晉羊祜傳及五等建祜封鉅平子邑六百戶帝有滅吳之志以祜爲都督荊州諸軍事祜與陸抗相對使命交通抗嘗病祜饋之藥抗服之無疑心人多諫抗抗曰羊祜豈酖人者叔向名流淺知於鬷蔑左傳晉叔向適鄭鬷蔑惡欲觀叔向從使之收器者而往立於堂下一言而善叔向將飲酒聞之曰必鬷明也下執其手以上吾雖不敏常慕前脩不圖明庶有懷翻期陳書作其以此量物昔魏氏將亡羣凶

挺爭。諸賢戮力。想得其朋。為葛榮之黨耶。為邢杲之徒耶。〔北史〕魏葛榮引兵圍鄴。爾朱榮以侯景為前驅。擒葛榮斬之。五州皆平。〔北周宇文貴傳〕貴從爾朱榮擒葛榮於滏口。加別將。又從元天穆平邢杲。轉都督。如曰不然。斯所未喻。四也。假使吾徒還為凶黨。侯景生於趙代。家自幽恆。居則台司。行為連率。〔後漢馬援傳注〕莽法典郡者公為牧侯稱卒正伯稱連率其無封爵者為尹也山川形勝。軍國彝章。不勞請箸為籌。〔漢書〕酈食其謀撓楚權。勸漢王立六國後。張良曰陛下事去矣。臣請借前箸以籌之。便當屈指能算。〔漢陳湯傳〕知烏孫瓦合不能久攻。故事不過數日。因對曰已解矣。屈指計其日曰不出五日當有吉語聞。居四日軍書到。言已解。〔侯景傳〕景字萬景。魏之懷朔鎮人也。歡使擁兵十萬。專制河南。重作景陳書以通逃小醜。〔書〕紂為天下逋逃主。羊豕同羣。身寓江皐。家留河朔。〔侯景〕

傳〕高澄遣其將慕容紹宗追景乃與腹心數騎自硤石濟淮春春井井如鬼如神其不然乎抑又君之所知也且夫宮闈祕事竝若雲霄英俊訏謨寧非帷幄見讓表或陽驚以定策〔漢張安世傳〕每定大政已決輒移病出聞有詔令乃驚使吏之丞相府問焉自朝廷大臣莫知其與議也或焚槀而奏書〔漢書〕孔光典樞機十餘年時有所言輒削草槀〔晉書〕羊祜歷事二世職典樞要凡謀議皆焚其草世莫得聞朝廷之士猶難參預羈旅之人〔左傳〕陳敬仲曰羈旅之臣何階耳目至於禮樂沿革刑政寬猛〔左傳〕子產謂子太叔曰惟有德者能以寬服民其次莫如猛則謳歌已遠萬舞成風不知手之舞之足之蹈之也安在搖其牙齒爲間諜者哉〔莊子〕搖脣鼓舌〔樂毅傳〕田單縱反間於燕〔左傳〕晉人獲秦諜若謂復命西朝終奔東虜

雖齊梁有隔尉候奚殊（揚雄解嘲大漢東南一尉西北一候）豈以河曲之難浮而曰江關之可濟河橋馬渡寧非宋典之姦（晉書琅邪王睿從帝在鄴恐及禍將逃歸成都王穎先敕關津無得出貴人睿出河陽為津吏所止從者宋典自後來以鞭拂睿而笑曰舍長官禁貴人汝亦被拘邪吏乃聽過）關路雞鳴皆曰田文之客（見表後啓）何其通蔽乃爾相妨斯所未喻五也又兵交使在雖著前經（左傳欒書伐鄭鄭人使伯蠲行成晉人殺之非禮也兵交使在其間可也）儻同徇僕之尤（司馬穰苴傳穰苴曰君之使不可殺之乃斬其僕之左駙馬之左驂以徇三軍）追肆寒山之怨（北史齊慕容紹宗字紹宗侯景反命紹宗為東南道行臺加開府改封燕郡公與大都督高岳禽梁貞陽侯蕭明於寒山回軍討侯景於渦陽太捷詳與王僧辯書）則凡諸元帥竝釋縲囚爰及偏裨同無翦馘乃至

鍾儀見赦。朋笑遵途。左傳晉侯觀於軍府見鍾儀問曰南冠而縶者誰也曰鄭人所獻楚囚也。使稅之。重爲之禮。使歸求成。襄老蒙歸。虞歌引路。左傳公會吳子伐齊。將戰公孫夏命其徒歌虞殯。吾等張旝拭玉。儀禮使者及境張旝誓乃謁關人又賓朝服立東西面賈人北面坐拭圭鄭玄曰拭清也脩好尋盟。涉泗之與浮河。禹貢浮于淮泗達于河郊勞至於贈賄。左傳齊國莊子來聘自郊勞至於贈賄禮成而加之以敏樹本曰左傳薳啟疆曰入有郊勞出有贈賄禮之至也公恩既被。賓敬無違。今者何傲。翻蒙貶責。若以此爲言。斯所未喻。六也。若曰妖氛永久。喪亂悠然。哀我奔波。鮑照詩客行惜日月奔波不可留存其形魄。固已銘茲厚德。戴此洪恩。譬渤海而俱深。博物志東海稱渤海又謂之滄海方嵩華而猶重。但山梁飲啄。非有

意於樊籠〔莊子〕澤雉十步一啄百步一飲不蘄畜乎樊中〔論語〕山梁雌雉江海飛浮

本無情於鐘鼓〔莊子〕昔者海鳥止於魯郊魯侯御而觴之於廟奏九韶以爲樂具太牢以爲膳鳥乃眩視憂悲三日而死〔江淹詩〕咸池享爰居鐘鼓或愁辛況吾等營魂已謝〔屈原九章〕魂識路之營營餘息空留悲默爲生何能支久是則雖

蒙養護更夭天年〔漢〕兩龔傳〕父老哭曰薰以香自燒膏以明自銷龔生竟夭天年若以此爲言斯所未喻七世若云逆豎殲夷當聽反命

高軒繼路飛蓋相隨〔曹植詩〕飛蓋相追隨未解其言何能善謔〔詩〕善戲謔兮夫屯亨治亂見爲貞陽侯書豈有意於前期謝常侍

今年五十有一〔齊書魏收傳〕魏帝敕兼主客郎接梁使謝珽徐陵吾今年四

十有四介巳知命〔魯論〕子曰五十而知天命賓久〔陳書〕作又杖鄉〔禮記〕六十

杖於鄉計彼侯生。肩隨而已。（史記）侯嬴年七十家貧爲大梁夷門監者　樹屏曰（曲禮）五年以長則肩隨之豈銀臺之要。彼未從師。郭璞遊仙詩神山排雲出但見金銀臺金竈之方。吾知其訣。（漢武帝紀）李少君曰祀竈則致物而丹砂可化爲黃金政恐南陽菊水。竟不延齡。（荊州記）酈縣北八里有菊水其源旁悉芳菊水極甘馨又中有三十家不復穿井即飲此水上壽百二十中壽百餘七十者猶以爲夭東海桑田。無由佇。陳書作可望。（神仙傳）麻姑謂王方平曰接待以來見東海三變爲桑田向到蓬萊水淺於往時略半也豈將復還爲陸陵乎方平笑曰聖人皆言海中行復揚塵也若以此爲言。斯所未喻。八也。足下清襟勝託。袁粲答王儉（詩）老夫亦何寄之子照清襟書囿文林。（范曄應詔詩）文囿降照臨凡自洪荒。終乎幽厲。如吾今曰。寧有其人。爰至春秋。微杳商略。夫宗姬殄墜。霸道昏凶或執政之多門〔左傳〕晉政多門或陪臣之涼德〔論語〕陪臣執國命〔左傳〕號多涼德故臧孫有禮翻因與國之賓〔列女傳〕臧文仲爲魯使齊齊拘之而與兵欲襲魯文仲陰使人遺公書爲隱語人不能解其母解之曰吾子拘有木治矣於是軍於境上齊還文仲而不伐魯周伯無傲空怒天王之使〔左傳〕隱公七年冬王使凡伯來聘還戎伐之於楚丘以歸遷箕卿於兩館〔左傳〕晉人爲邾人之愬故執我行人叔孫婼館諸箕舍子服昭伯於他邑繫驥子於三年〔左傳〕唐成公如楚有兩肅爽馬子常欲之弗與亦三年止之斯非貪亂之風邪寧當今之高例也至於雙峙且帝四海爭雄〔魯仲連傳〕新垣衍曰秦前與齊湣王爭彊爲帝已而復歸帝今齊湣王已益弱方今惟秦雄天下其實欲復求爲帝或構趙而侵燕或連韓而謀魏〔史記〕犀首者魏之陰晉人也名衍姓公孫氏與張儀不善張儀爲秦之魏魏王相張儀犀首弗

利故令人謂韓公叔曰子何不少委焉以衍爲功則秦魏之交可錯矣然則魏必圖秦而棄儀收韓而相
衍身求盟於楚殿躬奪璧於秦庭見表後啓輸寶鼎以詑
齊王（戰國策）秦求九鼎顏率謂齊王救周齊求九鼎率又東解之馳安車而誘梁
客（范雎傳）雎更名姓曰張祿時秦昭王使謁者王稽於魏鄭安平夜與張祿見王稽稽載范雎入秦薦
之王封應侯共外膏脣拭陳書作販舌（後漢宦者傳）羣邪項領膏脣拭舌分路
揚鑣無罪無辜如兄如弟見詩遠乎中陽受命（漢高祖紀）高祖
沛豐邑中陽里人天下同規（中庸）今天下車同軌巡省諸華無聞幽厲
及三方之霸也猶甘言以娬媚尌屏曰（三國志鍾繇與魏文帝書吾見孫
權了更娬媚曹劇諂以羈縻旌軺歲到於句吳（曲禮）僕展軨效駕
兆宮曰（吳太伯世家）太伯之犇荊蠻自號句吳冠蓋年馳於庸蜀（魏世家）魏使人求救

於秦冠蓋相望也〔書牧誓〕及庸蜀羌髳微盧彭濮人則客嘲殊險賓戲已泱〔漢書〕揚雄作解嘲班固荅賓戲共盡游談誰云猜忤若使搜求故事〔陳書〕作實脫有前蹤恐是叔世之姦謀〔左傳〕叔向詒子產書曰三辟之興皆叔世也而非爲邦之勝略也抑又聞之雲師火帝澆淳乃異其風見勸進表龍躍麟驚王霸雖殊其道〔易〕或躍在淵〔晉書〕王濬表曰猛獸當途麒麟恐懼莫不崇君親以詔陳書作銘物敦敬養以洽民預有邦司曾無隆替吾奉違溫凊〔曲禮〕凡爲人子之禮冬溫而夏凊仍屬亂離寇虜猖狂公私播越蕭軒靡御〔漢蕭育傳〕南郡江中多盜賊拜育爲太守上以育耆舊名臣乃以三公使車載育入殿中受策〔注〕使車三公奉使之車王舫誰持張栗章曰〔南史〕王筠爲臨海太守在郡侵刻還資有芒屩兩舫他物稱是爲有司奏

不調累年瞻望鄉關何必天地自非生憑廩作〔後漢南蠻傳〕夜郎者初有女子浣於遯水有三節大竹流入足間聞其中有號聲剖竹視之得一男兒歸而養之及長有才武自立爲夜郎侯以竹爲姓漢武帝封其三子爲侯死配食其父今夜郎縣有竹王三郎神是也源出空桑〔呂氏春秋〕有侁氏采桑得嬰兒於空桑之中獻之其君察其所以然曰其母伊水之上嘗夢神告之曰臼出水而東走母明日視臼果出水告其鄰母乃走十里而故邑盡爲水身因化爲空桑故命之曰伊尹行路含情猶其相戀常謂擇官而仕非曰孝家擇事而趨非云忠國況乎欽承有道驂駕前王郎吏明經鴟鳶知禮〔封禪書〕鴟梟數至而欲封禪毋乃不可巡方省化咸問高年〔漢萬石君傳〕上曰巡方州禮嵩岳通八神以合宣房濟江淮歷山濱海問百年民所疾苦西序東膠皆尊耆耋〔王制〕夏后氏養庶老於西序周人養國老於東膠吾以圭

璋玉帛。通聘來朝。屬世道之屯期。鍾生民之否運。兼年累載。無申元直之訴。〔諸葛亮傳〕徐庶字元直。庶母爲操所獲。庶辭備。指其心曰。本欲與將軍共圖王霸之業者。以此方寸地也。今已失老母。方寸亂矣。無益於事。請從此辭。庶遂詣操。銜泣吞聲。長對公閭之怨。未詳情禮之訴。將同逆鱗。〔韓子〕夫龍之爲蟲。可狎而騎也。然喉下有逆鱗徑尺。若嬰之則殺人。人主亦有之。說能無嬰人主之逆鱗。則幾矣。忠孝之言。皆應齚舌。〔英雄記〕曹操自咋其舌。流血以失言戒後世。是所不圖也。非所仰望也。且天倫之愛。何得忘懷。〔穀梁傳〕兄弟天倫也。妻子之情。誰能無累。夫以清河公主之貴。〔晉賈后傳〕臨海公主先封清河。洛陽之亂。爲人所略。傳賣吳興張溫。溫以送女。女遇主甚酷。元帝鎮建康。主詣縣自言。帝誅溫及女。改封臨海。餘姚書佐之家。〔後漢酷吏傳〕蜀郡太守黃昌。會稽餘姚人。妻遇賊被

獲。流入蜀爲人妻其子犯事詣昌自訟昌疑母不類蜀人因問所由對曰妾本會稽餘姚戴次公女州書
佐黃昌妻也妾嘗歸家爲賊所略遂至於此因相持悲泣還爲夫婦莫限高卑。皆被驅
略。自東南醜虜。抄販飢民。臺署郎官。俱餒牆壁。後漢獻帝
紀帝還洛陽州郡委輸不至尚書郎以下自出采稆或飢死於牆壁間況吾生離死別。
屈原九歌悲莫悲兮生別離多歷寒暄。孀室嬰兒。淮南子寡婦不孀詳爲貞陽侯
書何可言念。如得身還鄉土。躬自推求。猶冀提攜。曲禮
長者與之提攜俱免凶虐。夫四聰不達。舜典明四目達四聰華陽君所
謂亂臣。范睢傳睢因間說秦昭王曰穰侯出使不報華陽涇陽等擊斷無諱高陵進退不請四貴
備而國不危者未之有也百姓無冤。孫叔敖稱爲良相。史記循吏傳孫叔敖
爲楚相民皆樂其生足下高才重譽。參贊經綸。非虎非貔。見勸進表

聞詩聞禮〔見論語〕而中朝大議曾未矜論清禁嘉謀安能相及諤諤非周舍〔韓詩外傳〕趙簡子有臣曰周舍立於門下三日三夜簡子問其故荅曰臣爲君諤諤之臣容容類胡廣〔後漢胡廣傳〕京師諺曰萬事不理問伯始天下中庸有胡公〔范曄贊〕曰胡公庸庸飾情恭貌〔左雄傳〕公卿相戒曰白璧不可爲容容多厚福何其無諍臣哉〔孝經〕天子有諍臣七人雖亾道不失天下歲月如流平生何幾晨昏旅雁心赴江淮〔山海經〕雁門山雁出其間在高柳北〔月令〕季秋之月鴻雁來賓望牽牛情馳揚越〔天官書注〕星經云南斗牽牛吳越之分野揚州也朝千悲而掩泣夜萬緒而迴腸不自知其爲生不自知其爲死也足下素挺詞峰兼長理窟〔北堂書鈔〕郭子云張憑詣劉真長同謂撫軍撫軍咨嗟稱善曰憑㲉稱爲理窟匡丞相解頤之說〔漢書〕匡衡少字鼎長乃易字稚

圭諸儒語曰無說詩匡鼎來匡說詩解人樂令君清
頤建昭三年代韋玄成爲丞相封樂安侯
耳之談晉書樂廣清夷沖曠善談名理衛瓘奇之曰自何平叔諸人沒常謂清言盡矣今復聞之
樂令向所諮疑誰能曉諭若鄙言爲戮來旨必通分請
灰釘魏略王凌自知罪重試索棺釘以觀太傅意太傅給之遂自殺甘從斧鑊何但
規規默默齰舌低頭而已哉漢灌夫傳韓安國曰魏其必媿杜門齰舌自殺
若一理存焉猶希矜眷何必期令吾等必死齊都足
趙魏之黃塵加幽并之片骨遂使東平拱樹常懷向
歸陳書作漢之悲皇覽後漢東平思王宇歸思京師後葬東平其家上松柏皆西靡西洛
孤墳恆表思鄉之夢後漢書溫序遇賊死節光武憐之賜葬洛陽城傍序長子壽爲
鄒平侯相夢序告之曰客久思鄉里壽上書乞骸骨歸葬乃反舊塋干祈以屢哽慟增

湊徐陵叩頭再拜

在北齊與宗室書

陵白臨淮負海是謂徐州（禹貢海岱及淮惟徐州）顓頊高陽世有明德（帝王世紀帝顓頊高陽氏世有才子八人謂之八凱按顓頊之裔嬴姓伯益之後封於徐爲楚所滅子孫因氏）自與王啓霸無勞委劍之鋒（括地志徐君廟在泗州徐城縣西南一里即延陵季子挂劍之徐君也詳與楊僕射書）開國承家（見易）實饗形弓之賜（博物志徐偃王得朱弓矢以己得天瑞因名爲弓自稱徐偃王）其後金柯玉葉（崔豹古今注黃帝與蚩尤戰於涿鹿之野常有五色雲氣金枝玉葉止於帝上有花葩之象因作華蓋也）霞振雲從耆舊通人茂才多士或以天下之貴負石自沈（漢鄒陽傳徐衍負石入海注服虔曰衍周之末世人也）王命之尊拂衣

高蹈。〔後漢徐穉傳〕穉字孺子，豫章南昌人也。舉有道，家拜太原太守，皆不就。桓帝以安車玄纁備禮徵之，竝不至。郭林宗謂之南州高士。或熊衣雉裘，青組朱旗。徐未詳。〔後漢徐璆傳〕璆字孟玉，廣陵海西人。獻帝遷許，得袁術所盜國璽，上之，并送前所假汝南、東海二郡印綬。司徒趙溫謂璆曰：君遭大難，猶存此邪？璆曰：昔蘇武不墜七尺之節，況此方寸印乎。州曰〔董巴志〕二千石青綬。儒盛江東，文高河北。〔後漢徐防傳〕防沛國銍人。祖父宣為講學大夫，以易教授王莽。父憲亦傳宣業。防少習祖父學。永元十六年拜司徒，遷太尉，錄尚書事。安帝即位，以定策封龍鄉侯。〔魏文帝與吳質書〕偉長可謂彬彬君子者矣。著中論二十篇，成一家之言，辭義典雅，足傳於後。〔本傳〕徐幹字偉長，北海人。為司空軍謀祭酒掾屬，五官將文學。或復分齊處魯，移魏居燕。〔漢書〕徐樂燕無終人也。上土崩瓦解書。瓜瓞雖遠，〔詩〕緜緜瓜瓞。芳枝無遠。昔有王敦、王如。一本作莽。〔晉書〕雍州流民多在南陽，詔書遣還鄉里。京兆王如，眾至四五萬，自號大將軍。

稱藩於漢劉聰，詳後歐陽頠碑。無關控鶴之宗。〔孫綽天台山賦〕王喬控鶴以沖天。劉曜劉淵。〔晉書〕劉淵，匈奴左賢王豹之子也。晉仕為左部督。後因晉亂稱帝，國號漢。子聰嗣立。聰次國亂，劉曜自立為帝。爾非偃龍之族。〔夏本紀〕陶唐既衰，其後有劉累學擾龍於豢龍，以事孔甲。孔甲賜之姓曰御龍氏。又有朱家別錄，邾子之苗。〔後以棟曰〕周封曹挾於邾。後為楚滅，子孫避難去邑為朱。何氏殊源，韓侯之胤。〔朱子考異〕何氏出周成王母弟唐叔虞。後十一代孫食邑於韓。韓為秦所滅。子孫散居江淮閒，以韓為何，遂為何氏。三烏五鹿，時事無愜；東郭西門，遷訛非一。〔潛夫論〕東門、西門，南宮、北郭，所謂居也。三烏五鹿，青牛白馬，所謂志也。吾宗雖廣，未有駢枝。〔莊子〕駢拇枝指，出乎性哉，而侈於德。咸自駒王。〔檀弓〕邾婁考公之喪，徐君使容居來弔含，曰：昔者先君駒王西討濟於河，無所不用斯言也。同分才子，正以金衡委御，玉斗宵亡。〔後漢〕王逸集九思云將喪兮玉帛胡賊憑陵中原傾覆我則供犧牲於東國書今殷民乃攘竊神祇之犧牷牲載主祏於南都左傳鄭火作子產使祝史徙主祏於周廟三百年來家於揚越晉徐邈傳邈東莞姑幕人也祖澄之為州治中屬永嘉之亂遂與鄉人臧琨率子弟并閭里士庶千餘家南渡江家於京口邈轉祠部郎上南北郊宗廟迭毀禮皆有證據此則盧諶不去晉盧諶傳諶范陽涿人州舉秀才辟太尉掾隨父志北依劉琨與志俱為劉粲所虜粲拔晉陽留諶為參軍琨攻粲粲敗走諶得赴琨段匹磾害琨時段末波在遼西諶往投之石季龍破遼西復為季龍所得屬冉閔誅石氏遇害裴寧仍留未詳高官燕秦遲回鄉壤山河有隔敘覿無緣望驥馬而增勞瞻賓鴻而永歎見與楊僕射書昔竇公累世光武稱其外家後漢竇融傳融封安豐侯亦賜以外屬圖及太史公五宗外戚世家魏其侯列傳詔曰孝景皇帝出自竇氏定

王景帝之子朕之所祖許都遥遠靈王思其舊宅〔左傳〕楚靈王曰昔我皇祖伯父昆吾舊許是宅其言雖大可以喻小況在宗親寧無停省比月應雩龍〔論衡〕二月之時龍星始出故傳曰龍見而雩龍星見時歲已啓蟄而雩星移殷鳥〔堯典〕日中星鳥以殷仲春天明和煦體中何如願百年之老〔王制〕天子巡守問百年者就見之與居多福萬石之君〔漢石奮傳〕景帝曰石君及四子皆二千石人臣尊寵乃舉集其門凡號奮曰萬石君寒暑清豫其外族忠孝比屋連甍信義勇於干戈詩書甘於酒醴或有漁獵三史〔易略綱序〕漁獵墳典紛綸五經〔後漢逸民傳〕井丹字大春京師語曰紛綸五經井大春都講開黌〔後漢丁鴻傳〕鴻從桓榮受歐陽尚書三年而明章句善論難爲都講詩生負帙未詳邦君佇德寧無挂榻之思〔後漢徐穉傳〕穉字孺子陳蕃爲

豫章太守在郡不接賓客惟穉來特設一榻去則縣之州將欽風應有題車之
命（後漢書張奐傳）小人不明得過州將（文）周景爲豫章刺史辟陳蕃爲別駕蕃不就景題別駕輿曰陳
仲舉南陽坐嘯寄以共治（後漢書）汝南太守宗資以范滂爲功曹南陽太守成
瑨以岑晊爲功曹皆委心聽任二郡爲之謠曰汝南太守范孟博南陽宗資主畫諾南陽太守岑公孝弘
農成瑨但坐嘯東海行歌資其主（古逸詩）甯戚飯牛車下弼擊牛角而疾商歌桓公
授之以政梁竦不好徒爲大言（後漢梁竦傳）竦字叔敬嘗登高望遠歎息言曰大丈
夫處世生當封侯死當廟食如其不然閒居可以養志詩書足以自娛州郡之職徒勞人耳鄧禹
生平惟望如此（後漢鄧禹傳）禹字仲華南陽新野人也光武謂禹曰我得專封拜生遠求寧
欲仕乎禹曰不願也光武曰即如是欲何爲禹曰但願明公威德加於四海禹得效其尺寸垂功名於竹
帛耳若褄遲偃仰見詩因事丘中（詩）丘中有麻桃果三名（西京雜記）

（漢武初脩上林苑羣臣各獻果有湘核棃紫文棃金城桃）栗園千樹（〔史記〕燕秦千樹栗此其人與千戶侯等）持竿而釣徵聘不來（〔酈元曰〕磻谿中有泉謂之茲泉積水為潭即太公釣處水次磐石釣處即太公垂釣之所）負耒而耕公侯靡屈（〔孟子〕伊尹耕於有莘之野而樂堯舜之道焉）何其高也蓋復休哉如脫推延或進竝問吾階緣人乏叨簉皇華（見與楊僕射書）王事無淹公禮將畢既而揚都蕩覆方離獫狁之災（〔詩〕獫狁孔熾詳與王太尉書）越界風塵復蹈輶軒之禮（見與楊僕射書）屏居空館（見與王僧辯書）多歷歲時釁犯靈祇（〔揚雄河東賦〕靈祇既饗）招延禍罰號慕無窮肝膽屠殞煩冤胃臆（〔屈原九章〕蹇蹇之煩冤兮樹屏曰〔莊子引聲歌〕天地之道近在胃臆）不自堪居無心柰何無狀柰何自裵回河朔亟

積寒暄風患彌留〔書顧命〕病日臻既彌留半體枯廢折臂爲公雖非羊祜〔晉羊祜傳〕祜泰山南城人也封南城侯有善相墓者言祜祖墓所有帝王氣若鑿之則無後祜遂鑿之相者見曰猶出折臂三公而祜竟墮馬折臂位至公而無子跛足而使無慙郤克〔左傳〕晉侯使郤克徵會於齊齊頃公帷婦人使觀之郤子登婦人笑於房〔注〕跛而登階故笑之固以形如槁木心若死灰〔莊子〕形固可使如槁木心固可使如死灰匍匐苦廬纏有魂氣〔詩〕凡民有喪匍匐救之〔喪大記〕父母之喪居倚廬不塗寢苫枕凷〔南史〕簡文被開擲不獲朝謁因感氣疾而卒年七十八贈侍中太子詹事謚貞子夫迷山之客遲遙響於巖崖窮海之賓望孤煙於島嶼〔魏管寧傳〕〔注〕傅子曰寧在遼東積三十七年乃歸寧之歸也海中遇大風船皆沒惟寧乘船自若時夜風晦冥船人盡惑莫知所泊望見有火光輒趨之得島島無居人又無火燼行人咸異焉以爲神光之佑也況乃宗均

魯衛地匪燕吳，車騎相望，舟艫朝夕，三條不遠。（班固西都賦）披三條之廣路。五達非難。（爾雅）五達謂之康。五達信乃闊然，遂不蒙問。昔桃花之峽，長避嬴秦。（晉陶潛桃花源記）晉太康中，武陵人捕魚，從溪而行，忽遇桃花林，夾兩岸數百步，無雜木，芳華芬暖，落英繽紛。漁人異之。前行窮林，林盡見山，山有小口，髣髴有光。便舍船步入，初極狹，行四五十步，豁然開朗，邑室連接，雞犬相聞，男女被髮，怡然並足。見漁人，大驚，問所從來，要還，爲設酒食，云先世避秦難，率妻子來此，遂與外隔絕，不知有漢，無論晉魏也。既出，白太守，太守遣人隨而尋之，迷不復得路。芝草之山，遙然滄海，（未詳）猶復漁船可入，（此下疑脫一句）何況平途，不兼旬月。勞懷既債，輒命行人，弦望之間，（見檄周文）遲枉歸翰。儻二三兄弟能敦昭穆之詩，求我漳濱，幸問劉楨之疾。（魏劉楨詩）余嬰沈痼疾，竄身清漳濱。陽春

改節竝念將宜扶力爲書多不詮次陵白

補〔晉桓沖傳〕自以德望不逮謝安故委之內相重與王太尉書〔離騷〕蹇吾法乎前修劉向封事游談者助之說與楊僕射書

徐孝穆全集卷之二終

徐孝穆全集卷之三　書下

吳江吳兆宜顯令箋注

在北齊與梁太尉王僧辯書

太清六年六月五日孤子徐陵頓首昔者雲師火帝非無戰陣之風堯誓湯征咸用干戈之道至於摇山蕩海驅電乘雷殲厥兇渠無虧皇極若夏鍾夷羿周厄犬戎漢否珠囊秦亾寶鏡然則皆聞之矣未有膺龍圖以建國御鳳邸以承家二后欽明三靈交泰而天崩地坼妖寇横行者也自古銅頭鐵額與暴皇年見勸進表及爲貞陽侯書檮杌窮奇流災中國左傳顓頊氏有不才子天下之人謂

之檮杌少昊氏有不才子天下之人謂之窮奇王彌石勒吞噬關河〔晉書〕東萊王彌家世二千石彌有勇略善騎射青州人謂之飛豹後爲羣盜降劉聰爲石勒所殺〔又〕劉淵以石勒爲護漢將軍平晉王衆至十餘萬集衣冠人物別爲君子營後據襄國爲後趙綠林青犢之羣黑山白馬之衆較彼兵荒無聞前史八王故事曾未混淆九州春秋非云禍亂見爲真瑒侯書我皇受命中興光宅天下泰寧瑣瑣安敢執鞭〔史記〕晏子傳贊余雖爲之執鞭所忻慕焉按泰寧〔晉〕明帝年號建武棲棲何期扶轂〔揚雄羽獵賦〕桓文晉不足使扶轂按建武〔晉〕元帝年號抑又聞之陶唐既作天歸鳥家之臣〔春秋元命苞〕曰堯爲天子季秋下旬夢白帝子遺以鳥喙予其母曰扶始升高丘上有雲如虎感已而生皐陶〔淮南子云〕皐陶鳥喙豐畢將興特挺鷹揚之佐〔詩〕維師尚父時維鷹揚涼彼武王肆伐大商會

（朝清明。）明公量苞金鉉。（〔易〕鼎黄耳金鉉。）神表玉璜。（見爲貞陽侯書。）儷充（當作補袞）欽和。（〔詩〕袞職有闕，惟仲山甫補之。）平階佇德。（〔揚雄長楊賦〕是以玉衡正而泰階平也。）囧已留連管樂。（見爲貞陽侯書。）惆悵風雲。濡足維時。（新序：今爲濡足之故，不救人溺可乎。）投竿斯在。（見與宗室書。）去歲兇徒不逞。言次巴丘。鼓聲。闐。一。柱。之。臺。（〔博物志南荊賦〕江陵有臺甚大，而惟一柱，衆木皆拱。）之烽。火。照。三。休。之殿。（〔藝文類聚〕賈子曰：翟王使使者之楚。楚王欲誇之。亭客章華之）臺。（三休乃至其上。）公則懸麈羽扇。（〔語林〕亮與司馬懿克日交戰。懿使偵之。孔明葛巾羽扇。指麾三軍。從容自若。懿歎曰。諸葛君可謂名士矣。）猶對投壺。（後漢書祭遵爲將軍，取士皆用儒術，對酒設樂，必雅歌投壺。）戎鶡。咸奔。鯨鯢俱翦。（見勸進表。）樓船萬軸。還繫昆明。（三輔黃圖：武帝作昆明池，學水戰法。）胡馬千羣。皆輸長樂。（〔漢百

官志長樂廄丞一人於是乎夏首西浮見爲貞陽侯書雲行雷邁彭波
東匯禹貢東匯澤爲彭蠡谷靜山空見與陳司空書挹鵲尾而據王畿
綱目質實池州府銅陵縣有鵲頭山今盧江西岸有鵲尾渚登牛頭而埽天闕漸
臺僞帥仍傳首於帝京鄗塢元兇咸刳腸於軍市書
羌赤狄同畀豺狼胡服夷言咸爲京觀見勸進表公園陵
盡拜忠貫長沙吳志孫堅爲長沙太守舉兵討董卓乃前入至洛陽脩諸陵平塞卓所發
掘神主咸安動踰高窴後漢書鄧禹南至長安奉諸將齊戒擇吉日脩禮謁祠高
廟收十一帝神主遣使奉諸洛陽因循行園陵爲置吏士奉守焉重以秦宮既獲漢張
良傳沛公入秦宮殿帷帳狗馬重寶婦女以千數欲留居之魯殿猶存晉王延壽魯靈光殿
賦序靈光巋然獨存闕綠草於應門沈約詩應門照綠苔開青槐於武庫

未詳長安五陵之族鄠杜七遷之民班固西都賦南望杜霸北眺五陵注
宣帝杜陵文帝霸陵高惠景武昭帝五陵在北士人多宅於此又三遷七遷充奉陵邑注七遷爲徧徙居
七陵充供奉也又鄠杜濱其足注扶風有鄠縣杜陽縣襁負而歸論語則四方之民襁負其
子而至矣都廛斯滿見與楊僕射書鬻脂藏脯遊騎擊鐘貨殖傳翁伯以
販脂而傾縣邑濁氏以胃脯而連騎張里以馬醫而擊鐘故市新城飛甍華屋漢地
理志河南郡有故市縣曹參傳東取咸陽更名曰新城　顗非砥曰戰國策蘇秦說趙王於華屋之下
吳　祥曰何晏景福殿賦高甍崔嵬注甍屋欄也東莞舊宅人識桑榆南頓荒
田家分和黍見勸進表豈以鄉名穀熟括地志宋州穀熟縣西南三十五里
南亳故城即南亳湯都也邑號禾興而已哉吳志孫權立子和爲太子大赦改禾興爲
嘉興若夫封起龍文書因鳥跡見勸進表劬勞王室大拯生

民自開闢以來未之有也雖十六才子明允篤誠（左傳）高陽氏有才子八人齊聖廣淵明允篤誠天下之民謂之八愷高辛氏有才子八人忠肅共懿宣慈惠和天下之民謂之八元此十六族也世世濟其美不隕其名八百諸侯專心同德（書）武王伐紂不期而會孟津八百諸侯又予有亂臣十人同心同德中宗佐命俱畫丹青光武功臣皆懸星象棧道木閣田單之奉霸齊緇壘將兵周勃之扶強漢見爲貞陽侯書壤蟲之比黃鵠淮南子盧敖視若士曰吾比夫子猶黃鵠與壤蟲也轍鮒之仰河宗（莊子外物篇）莊子貸粟於監河侯侯曰以金貸汝周曰昔見轍中涸鮒曰無升斗之水以活我乎周曰待我決西江水以活汝鮒曰如君言不如早索我於枯魚之肆也赤足云也孤子階緣多幸叨造皇華鄉國屯危公私憔追邳彤之切長亂心胷後漢書王郎所置信都王

捕繫彤父弟及妻子使爲手書呼彤曰降者封爵不降族滅彤涕泣報曰事君者不得顧家會更始所遣將攻拔信都郎兵敗走彤家屬得免徐庶之禍終無開允見與楊僕射書既而屏居空館〔潘岳寡婦賦〕歸空館而自憐多歷歲時釁犯幽祇躬當勦滅何圖釁咎災極禍旻號慕煩冤肝腸屠殞酷痛柰何無狀柰何維桑與梓翻若天涯古詩各在天一涯松柏栽揔悠悠然長絕明明日月號叫無聞〔詩〕或不知叫號落落宇宙容身何所〔漢鄒陽傳〕申徒狄徐衍不容身於世窮劇柰何自忝膺嘉聘仍屬亂離上下年爵偏嬰此酷昔人迎門請盜極懷廢寢之憂後漢趙咨者少孤有孝行躬率子孫耕農爲養盜嘗夜往劫之咨恐母驚懼乃先至門迎盜因請爲設食謝曰老母八十疾病須養居貧朝夕無儲乞少置衣糧妻子物一無所請盜皆

以小喻大

得體

徐箋卷三　四

慙歎奔出。當輓輿櫬，猶有危途之懼。後漢廉范傳：范京兆杜陵人，父遭喪亂，客死於蜀漢，范遂流寓西州。西州平，歸鄉里，西迎父喪，載船觸石破沒，范抱持棺柩，遂俱沈溺，衆傷其義，鉤求得之。況乎逆寇崩騰，京師播越，與居動止，長隔山河，朝夕饘飽，誰經心眼。內則：婦事舅姑，如事父母，饘酏酒醴，芼羹菽麥，蕡稻黍粱秫，唯所欲。程糜不繼，師覺授孝子傳：程曾年七歲喪母，哀號哭泣，不異成人，祖母憐之，嚼肉食之，覺有味便吐去。原粟何資。論語：原思爲之宰，與之粟九百。瞻望風雲，朝夕嗚咽，困乃游魂已謝，後漢謝夷吾傳：遊魂假息，無所施也。非復全生，餘息空留，非爲全物，同冰魚之不絕，汲冢周書時訓解：立春之五日，魚上冰。吳樹臣曰：易通卦驗：大雪魚負冰。似蟄蟲之猶蘇，月令：孟春東風解凍，蟄蟲始振。良可哀也，良可哀也。本傳：侯景寇京師，陵父摛先在圍城之內，陵不奉家信，便蔬食布衣。

前半身二段正起此段襯啓

居若憂恤自東都紹漢南亳興殷見勸進表脩好徵兵左傳凡君卽位卿出竝聘踐脩舊好要結外援好事鄰國以衞社稷〔又〕王以戎難告齊徵諸侯而戍周彌留星琯韓宣范武方駕連鑣見左傳蘇秦張儀朱輪華轂蘇秦傳燕文侯資蘇秦車馬金帛以至趙〔張儀傳〕蘇秦乃言趙王發金幣車馬使人微隨張儀所欲用爲取給儀遂得以見秦惠王而孤子三危是擯四罪同科〔孟子〕四罪而天下咸服詳勸進表聽別馬而長號杖歸於而永慟王稽反命旣無詎乘之恩見與楊僕射書椒舉相逢誰爲班荆之位左傳伍舉奔鄭將遂奔晉聲子將如晉遇之於鄭郊班荆相與食而言復故昔人違齊處魯時降徵求以晉奔齊猶蒙招請左傳鮑叔帥師來言曰子糾親也請君討之管召讎也請受而甘心焉管仲請囚鮑叔受之及堂阜而稅之曰管夷吾治於高傒使相可也公從之〔又〕隨曾在

秦乃使魏壽餘僞以魏叛者以誘士會執其帑於晉使夜逸請自歸於秦秦伯許之履士會之足於朝既濟魏人謀而還

問管寧於遼左

魏管寧傳寧字幼安北海朱虛人聞公孫度令行於海外遂至遼東文帝即位徵寧遂將家屬浮海還郡

追王朗於浙東

魏王朗傳朗為會稽太守孫策度江略地朗自以身為漢吏宜保城邑遂舉兵與策戰敗績朗乃詣策太祖表徵之朗自曲阿展轉江海積年乃至拜諫議大夫參司空軍事

竝物譽時賢卿門公族懸須應務浹挾情祈斯豈庸賤之儔邪非餘生之敢望也但預在輶軒

見與楊僕射書

誠為過誤珪璋特達通聘河陽貂珥雍容尋盟漳水

見勸進表

差有黃門啓封非無青紙詔書

〔晉〕山簡表〕臣父濤奉先帝手澤青紙詔

郡將州司

〔後漢皇甫規傳〕坐觀郡將已數十年矣〔注〕郡將郡守也

郊迎負弩

〔漢書〕霍去病為票騎將軍擊匈奴道出河東河東太守郊迎負

弩矢先驅鄉亭里候西京時注秦法十里一亭周禮夏官有候人飾館陳兵左傳
鄭穆公使視客館則束載厲兵秣馬矣豈是復介而奔齊左傳公孫歸父欲去三桓
以張公室與公謀而聘於晉欲以晉人去之冬公薨季文子使臧宣叔逐東門氏子家還及笙壇帷復命
於介既復命袒括髮即位哭三踊而出遂奔齊寧當竊妻而逃晉左傳其王即位將爲
陽橋之役使屈巫聘於齊且告師期巫臣盡室以行申叔跪從其父將適郢遇之曰異哉夫子有三軍之
懼而又有桑中之喜宜將竊妻以逃者也及鄭使介反幣而以夏姬行將奔齊齊師新敗曰吾不處不勝
之國遂奔晉已焉哉羌難得其言也漢之谷吉捐軀者幾
人漢書谷吉永之父也元帝時爲衞司馬使送郅支單于侍子爲郅支所殺楚之申胥埋
魂者何地左傳申包胥如秦乞師立依於庭牆而哭七日秦哀公爲之賦無衣九頓首而坐秦
師出乃孤子何所歎焉但頓伏苫廬見與宗室書徒延光晷

謂光陰日晷夫以啁噍燕雀躑躅鳴號禮記三年問今是大鳥獸則失喪其
羣匹越月踰時焉則必反巡過其故鄉翔回焉鳴號焉躑躅焉踟蹰焉然後乃能去之小者至於燕雀猶
有啁噍之頃焉然後乃能去之含識懷靈未有其痛且夫曾耕雨雪
猶尚悲歌琴操曾子耕泰山下雨雪不得歸思父母作梁山操蘇使幽囚無馳
哽噎見讓右僕射初表　趙紹熹曰宋傳陵不奉家信便布衣疏食曾耕句言巳之思親蘇使句言
巳之奉使公履忠弘孝冠冕搢紳化感煙雲量標海岳行
糜仲月王政無塞月令仲秋之月養衰老授几杖行糜粥飲食分穀高年
仁風斯遠漢文帝紀詔有司請八十巳上月賜米肉酒九十巳上加帛絮長吏閱視丞若尉致
固以衣纓仰訓黎庶投懷今日憔惶彌布洪澤雖復
孤骸不返方爲漠北之塵嘗魄知歸終結江南之草

左傳魏武子有嬖妾武子卒顆嫁之及輔氏之役顆見老人結草以亢杜回杜回躓而顛故獲之夜夢之曰余而所嫁婦人之父也爾用先人之治命余是以報詳與楊僕射書

孤子徐陵頓首

與王吳郡僧智書南史王僧辯傳僧辯既亡弟僧智得就任約約敗走僧智肥不能行又遇害

孤子徐陵頓首昔林宗道主時人多慕德之賓後漢書郭泰字林宗遊於洛陽始見河南尹李膺膺大奇之由是名震京師後歸鄉里衣冠諸儒送至河上車數千兩林宗惟與李膺同舟而濟衆賓望之以爲神仙而無忌雄豪天下盡希風之客信陵君傳魏公子無忌爲人仁而下士士無賢不肖皆謙而禮交之士以此方數千里爭往歸之致食客三千人況復王家沈默晉書王昶爲人謹厚名其兄子曰默曰沈戒之曰欲爾曹顧名思義不敢違也謝氏混玄晉書謝混字叔源少有才名玄字幼度少穎悟與從兄朗俱爲

叔父安所器重名貴公門譽華卿子〔漢項籍傳〕楚懷王召宋義為上將軍號卿子冠軍而秦峰阻夐浙水悠長諮訴無因但用窮結比青蔓已成〔淮南子注〕青女青腰玉女主霜雪也白露方溥〔詩〕零露溥兮體中何如願聞康勝鄧仲華服衮之年〔後漢書〕鄧禹字仲華光武拜為前將軍持節中分麾下精兵二萬人遣西入關及即位於鄗使使者持節拜禹為大司徒封酇侯食邑萬戶禹時年二十四後定封高密侯荀令則擁旄之日〔晉荀羨傳〕羨字令則除北中郎將徐州刺史監徐兗二州揚州之晉陵諸軍事假節時年二十八中興方伯未有如羨之少者也徒云早達未可同功今日相方豈不高視〔魏曹植與楊德祖書〕足下高視於上京寓承富春頃歲多難薦臻邑閈皆空黔黎將盡御史舊榻零落不存〔郡國志〕消山下有夫山祠山北湖陰又有消御史廟孤石聳出似[illegible]

（人豔妝而坐）太傅齋室荒菸無處（後漢循吏傳桓帝好黃老道悉毀諸房祠惟特詔密縣存故太傅卓茂廟）自神靡所屏禱負斯歸新屋方華故田斯墾府吏閒坐長使誦經（謝承後漢書張霸爲會稽太守甚有名稱其餘有素行者皆見擢用郡中爭勵志節誦習者以千數道路但聞誦書聲）督郵無事惟慮吹笛（馬融長笛賦序融性好音律能鼓琴吹笛爲督郵無留事獨臥郿縣平陽塢中有洛客舍逆旅吹笛融去京師踰年暫聞甚悲而樂之作長笛賦）東包海水俱承幕府之威（班固集奏記東平王蒼曰幕府新開廣延羣俊）西洎江沱同仰惟良之化（漢書宣帝曰與我共理者其惟良二千石乎）政差邊（疑作趙）張何其神也（漢趙廣漢等傳贊自孝武置左馮翊右扶風京兆尹而吏民爲之語曰前有趙張後有三王）孤子無心醜冒苟郄光陰風疾彌留（見與宗宅書）示有餘息恩將公聘

窮擯虜庭。博望侯極迹於黃河。（漢張騫傳）漢使窮河源，其山多玉石，采來天子，按古圖書名河所出山爲昆侖云。按騫封博望侯。栘中監流滯於滄海。（漢昭帝紀）栘廄中監蘇武前使匈奴，留單于庭十九歲，乃還，奉使全節，以武爲典屬國。蘇林曰：栘音移，栘廄名也。自斯以後，惟有庸賤，本應埋魂趙魏，析骨幽并。（鮑昭蕪城賦）莫不埋魂幽石，委骨窮塵。豈意餘年，復反鄉國。仰屬伊公在亳，渭老師周。旌賁丘園，（見易）采拾衡巷。遂以哀駘不棄，（莊子）哀公問仲尼曰：衞有惡人焉，曰哀駘他。甕盎無遺。（莊子）甕盎大癭。還顧庸虛，未應偕此。竊承君侯過被以光輝，屢有吹噓之言。（見檄周文）頻蒙薦延之澤，故得周行紫閣，（陸雲喜霽賦）曜六龍於紫閣。升降丹墀。（左思魏都賦）丹墀臨猋。（注）天子庭以丹塗地，故曰丹墀。點污清朝，豈不荒媿。雖復華陰砥柱。帶地窮浹。〔禹貢〕導河積石至于龍門南至于華陰東至于砥柱嵩高維岳。極天爲重。〔詩〕嵩高維岳峻極于天未可以方斯盛與譬此洪恩。年迫桑榆。〔淮南子〕日西垂景於樹端謂之桑榆在豈期酬報。政以川波非遠。對奉無因。夜夢子長之遊。〔漢書〕司馬遷字子長二十而南遊江淮。上會稽。探禹穴。闚九疑。浮於沅湘。北涉汶泗。講業齊魯之都。觀孔子之遺風。鄉射鄒嶧。戹困鄱薛彭城過梁楚以歸朝。覽希道之疏。未詳按〔南史〕謝莊字希逸製木方丈圖山川土地。各有分理。離之則州郡殊別。合之則宇內爲一。道逸字書相近或致誤耶浮雲西北。徒懷魏帝之文。如〔魏文帝雜詩〕西北有浮雲亭亭如車蓋行而東南。思假飛山之便。〔吳越春秋〕范蠡作城訖。怪山自至。怪山者琅邪東武海中山也。一夕自來。百姓怪之。故曰怪山。窮誠已結。荒係迫湊。方事祁寒。〔君牙〕冬祁寒小民亦惟曰怨咨。願加珍納。謹扶力白書。逃乏不次。孤子徐陵頓首。

答李顒之書

近謬枉清音。無申窮眷。忽辱來告。文製兼美。君山西盛族。素挺風流。河北辭林。本所嗟賞。子桓虛座。寧不敬期。（吳志魏文帝諱丕字子桓嘗爲虞翻設虛座。）伯喈倒屣。固以相屬。（後漢書蔡邕才學顯著貴重朝廷常車騎塡巷賓客盈坐聞王粲在門倒屣迎之曰此王公孫也有異才吾不如也吾家書籍文章盡當與之。）一日復其草土。思襞衣裾。（後漢趙岐傳注岐與友書曰馬季長雖有名當世而不持士節三輔高士未嘗以衣裾襞其門也。）披素清顏。但覺形穢。（世說衛玠俊爽有風姿王濟輒歎曰珠玉在前覺我形穢。）公輔之量。不負高名。（晉石苞傳市長趙元儒歎苞當至公輔。）王佐之才。信表天骨。（後漢王允傳】郭林宗奇之曰。王生一日千里。王佐才也。孺子之榻。雖其可懸。【後漢徐穉傳】穉字孺子。陳蕃為豫章太守。在郡不接賓客。唯穉來特設一榻。去則懸之。仲舉之車。彌軫恆眷。【見與宗室書】孤子昔緣素乏。叨逢皇華。今日形容。無關大壤。殘光炯炯。慮在昏明。餘息緜緜。待盡鐘漏。【見為王儀同表】安可以樹揚名士。游處盛賓。【吳志】裴欽與太子登游處。來喻泰高。如為善詎。文豔質寡。何似上林。【漢書敘傳】文豔用寡。子虛烏有。寓言淡麗。北風終始。華而不實。將同桂樹。【漢五行志】成帝時歌謠云。桂樹華不實。黃雀巢其顛。故為人所羨。今為人所憐。但忘年之款。昔有張裹。未詳【後漢書】禰衡始弱冠。孔融年四十。與為忘年交。鄰國之交。非無嬰札。【左傳】吳公子札聘於齊。悅晏平仲。儻哀駘可悅。甕盎非疑。【見與王僧智書】方願投衿。庶比傾蓋。〔家語〕孔子之郯遇程子於塗傾蓋而語終日甚相親頃陳湯之疾。歲月增深。羊祜之痾。秋冬彌劇。見與宗室書且年光遒盡。觸目崩心。扶力含毫。諸不申具。孤子徐陵頓首。

為陳武帝作相時與北齊廣陵城主書〔齊書〕辛術字懷哲。武定八年。除東南道行臺尚書。還東徐州刺史。為淮南經略及王僧辯破侯景。術招攜安撫。城鎮相繼款附。前後二十餘州。於是移鎮廣陵

籍甚英風。〔漢陸賈傳〕賈遊漢廷公卿間名聲籍甚常懷眷屬。封疆有限。寤寐增勞。辱此月九日告。深慰情佇。方秋尚熱。體中何如。戎帳艱辛。無乃為弊。吾以庸薄。謬膺台鉉。既荷先帝拔擢之恩。兼蒙今主責成之寄。改以皇齊大德

世紹和風方藉威靈庶平讎恥提攜小國願預藩臣
南史梁貞陽侯明傳陳霸先襲殺僧辯復奉晉安王仍請稱臣於齊永爲藩國還詔哀矜許
垂容納奉敕須質便遣入朝部下諸將哀吾誠節一
兒一弟無所遺恡南史南康愍王曇朗武帝母弟忠壯王休先之子也紹泰二年齊兵
攻逼建業因請和求武帝子姪爲質乃遣曇朗質於齊齊背約遣蕭軌等隨徐嗣徽度江武帝大破之虜
蕭軌東方老等誅之齊人亦害曇朗於晉陽立志立義無負上天但故丞
相諸子及湛海珍等竝依敕旨馳遣渡江主上又遣
吏部尚書王通鴻臚卿謝岐等南史本傳岐會稽山陰人陳武帝引參機
密爲兼尚書右丞至和州與司馬行臺共爲盟誓南史貞陽侯明傳齊
遣行臺司馬恭及梁人盟於歷陽而蕭軌等決信敗亡陳武帝紀齊兵至秣陵故

城帝率宗室王侯及朝臣於大司馬門外白虎闕下刑牲告天以齊人背約發言慷慨涕泗交流士卒觀者益奮齊文宣帝紀天寶六年十一月梁秦州刺史徐嗣徽南豫州刺史任約等襲據石頭城並以州內附壬辰大都督蕭軌帥衆至江遣都督柳達摩等度江鎮石頭己亥柳達摩爲霸先所攻遂以石頭降七年三月丁酉大都督蕭軌等帥衆濟江六月乙卯蕭軌等與梁師戰於鍾山西遇霖雨失利軌及都督李希光王敬寶東方老軍司馬裴英起並沒士卒還者十二三

苟相陵易鬱從東道馳至北郊陳武帝紀齊軍至玄武湖西北莫府山南將據北郊壇既通宮闈無容靜默兩兩相對俱有損傷彼聞人馬因此奔散且置兵之地溝澗且多退兵之時投赴相積陳武帝紀壬子夜大雨平地水丈餘齊軍晝夜坐立泥中而臺中及潮溝北水退路燥官軍每得番易近遣張都來此具是行人所見但廣陵建業纔隔一江戰場去

岸。不盈五里。軍人退散。理反家鄉。繹岸村人。復有舟檝。且蘆牌荻筏。竟浦浮江。〔陳武帝紀〕齊軍士得竄至江者縛筏以濟中江而溺流尸至京口者彌岸千百為羣。前後相繼。吾又勒兵按甲。〔漢書雋不疑傳〕右將軍勒兵闕下以備非常〔韓信傳〕廣武君對曰方今為將軍計莫如按甲休兵不聽討捕。若無恐懼。茲應安遠。假使在此。不可更生。至彼而殂。差非吾過。如其枉理。必是興軍。見伐於有道之人。加兵於無罪之國。若彼王師如此。又是違盟。后土皇天。山川社稷。察其怨語。寧容相袥。辱告承上黨殿下及匹婁領軍。〔齊書〕婁叡字佛仁代郡平城人也齊受禪得除領軍將軍武成至河陽遣總偏師赴懸瓠叡在豫境留停百餘日專行非法詔免官應來江右。師出無名。此是何義小之事大差無違理彼之陵我自是乖言玄天所伐匹馬無違翻見怨尤一何非理若彼鬼神有知寧可斯背鬼神無知何用盟歃〔漢外戚傳〕班倢伃對曰使鬼神有知不受不臣之愬如其無知愬之何益去歲柳達摩等石頭天井連月亢陽三千纔降〔陳武帝紀〕齊安州刺史翟子崇徐州刺史柳達摩楚州刺史劉士榮率衆赴任約入石頭又〔梁敬帝紀〕翟子崇等降並放還北逮冬大雪黃袍盡沒吳其炳曰〔陳武帝紀〕柳達摩等設圖謂其衆曰頃在北童謠云石頭擣兩襠擣青復擣黃侯景服青已擣於此今吾徒衣黃豈謠言驗耶白帳皆浮未詳按〔後漢西域傳〕帳者猶中國之戶數也既因之以泥塗兼加之以疾疫蕭衰餓退雪霧便除從爾以來稍成災旱定知衣冠之國禮樂相承〔博物志〕君子國人衣冠帶劍好禮讓

故爲子國君天道不言不容都滅長江渺渺巨浪湯湯加鬭艦舟師詎有滾利近梁山之戰卽是前車蕪湖之役可爲明鏡〔通鑑〕梁敬帝太平元年齊遣蕭軌等與伍約徐嗣徽合兵十萬侵梁出柵口向梁山陳霸先帳內盪主黃叢逆擊破之齊師退保蕪湖霸先遣沈泰等就侯安都據梁山以禦之昔晉侯不能乘鄭馬〔左傳〕乘小駟鄭入也慶鄭曰古者大事必乘其產生其水土而知其人心弗聽戰於韓原晉戎馬旋濘而止趙將不能用楚兵〔史記〕廉頗一爲楚將無功曰我思用趙人一非水土難爲騁力揚州卑濕〔漢地理志〕江南卑濕丈夫多夭厥土塗泥〔禹貢〕揚州厥土惟塗泥如遇秋霖〔楚辭〕皇天淫溢而秋霖兮后土何時兮得乾沓同江漢假令蚩尤重出見勸進表白起還生〔史記〕白起者郿人也善用兵事秦昭王控代馬而陵波〔後漢班超傳〕疏曰代馬依風踔

胡靴而湔水。終難逞效。詎有成功。六州勇士。〔漢書〕金城隴西天水安定北地上郡爲六郡雖有百萬。十姓豪傑。徒勞千億。不能爲患。斷可知矣。昔我平世。天下乂安。人不識於干戈。時無聞於桴鼓。見與楊僕射書故得兇人侯景。濟我橫江。〔梁武帝紀〕太清二年冬十月己酉侯景自橫江濟采石天步中危。實由忘戰。〔漢主父偃傳〕引司馬法曰。國雖大。好戰必亾。天下雖平。忘戰必危。自亂離已久。人解用兵。女子無媿於韓彭。韓韓信彭彭越也。見漢書兒童不殊於衛霍。見移晉文吳鉤甚利。〔吳越春秋〕闔閭命於國中作金鉤。吳作鉤者殺其二子。以血釁之。遂成二鉤。獻於闔閭。鉤師向鉤而呼二子之名。吳鴻扈稽。我在於此。聲絕於口。兩鉤俱飛。著父之胷。吳王乃賞百金。蜀甲殊輕。槊動風霜。未詳弩穿金石。〔韓詩外傳〕楚熊渠子夜行見寢石似伏獸射之飲羽渠子見其誠心金石爲之開而況於人乎高樓大艦槩日凌雲謂樓艦之高也詳王臺新詠序叱咤而起風雷吹噓如倒山岳見機周文俟車騎陳武帝紀二年以車騎將軍開府儀同三司侯瑱爲司空國家重將分陝上流近隔以邊塵時虧表疏王途既泰貢賦相望尋令子弟侍奉京邑蕭太保龍驤於貴海梁敬帝紀紹泰元年以太尉蕭循爲太保詳與酋豪書王儀同虎視於洞庭梁敬帝紀紹泰元年以鎮南將軍王琳爲車騎將軍儀同三司又傳琳爲元帝舉哀屯兵長沙傳檄諸方爲進趣之計時長沙蕃王蕭詧及上游諸將推琳主盟若望高峰便當投袂左傳楚子投袂而起何則凡諸將帥各護家鄉非直吾人獨憂宗社日者頻辱司馬行臺及諸公有告衷行臺當今方邵此諸賢莫非英

傑。其餘軍士悉是驍雄。庸蜀氐羌之兵。蜀志晉策命曰。乃考保據庸蜀。商頌自彼氐羌。烏桓白虜之騎。烏桓後漢外國。名詳移齊文。以此衆戰。誰能禦之。何爲比吾。倍薄相懸。何惡諸君。身名俱滅。來告以細柳之軍。踰於灞上。漢書周亞夫爲將軍次細柳劉禮爲將軍次霸上徐悍爲將軍次棘門文帝勞軍至其營曰嗟乎此眞將軍矣向者霸上棘門如兒戲耳吾恐今之趙括。不及廉頗也。史記廉頗者趙之良將也頗將攻秦秦之間言曰秦之所惡獨畏馬服君趙奢之子趙括爲將耳趙王因以括爲將代廉頗秦軍射殺趙括括軍敗近。張舍人至。始奉嚴敕。朝廷遣劉叔經。仍往啓聞。願達丹誠。用停王赫。詩王赫斯怒伏討天慈。理當懸照。此身日月所鑒。天地所明。豈敢虛言。欺妄宸極。足下旣未知始末。容有疑怪。大軍多士。希惠矜弘。量非此失。時騰表疏。幸停師旅。已存盟信。庶其小國。永申藩禮。天心無爽。通退一同。投筆慷慨。不復多白。

爲陳武帝作相時與嶺南酋豪書

夫否終斯泰。屯極則亨。若日月之回環。猶陰陽之報復。近者數鍾九厄。（漢書。陽九厄四千五百歲爲一元。一元之中九陽厄五陰厄四陽爲旱陰爲水）王室中微。聖主欽明。還承寶運。即是高祖武皇帝之孫。世祖元皇帝之子。重光累聖。膺國承家。天下生民。孰不歸德。賊勃（南史。蕭勃。梁武帝從弟景之子也）不涯疏戚。希纂帝圖。信是奸兇。階茲禍亂。自王宮再淪於醜逆。虜馬四飲於江沱。貝九錫文社稷阽危。鑾輿幽辱。勃身居列岳。自御強兵。高視趦趄。見爲貞陽侯書坐觀成敗。既而天維重綴。國步還康。瓠畫凶圖。更謀神鼎。且其兵馬之任資於長昆。南史吳平侯景傳景子勵勸勔勃勵爲廣州刺史歲中數獻方物軍國所須相繼不絕。武帝歎曰。朝廷便是更有廣州大寶初勃鎮嶺南爲廣州刺史方牧之權由於承聖。南史迄太寶初廣州刺史元景仲謀應侯景西江督護陳霸先攻景仲迎勃爲刺史時湘東王繹在荆州承制授勃鎮嶺南爲廣州刺史操兄戈而斬姪。藉國寵而弒君。不忠不義。莫斯爲甚。比春初便遣大都督歐陽頠撫城王傅泰等兇徒數十。遂到臨川。南史迄梁敬帝初即位加勃司徒紹泰中爲太尉尋進爲太保。太平二年。太保廣州刺史蕭勃舉兵反。詔平西將軍周文育平南將軍侯安都等南討

〔又〕勅。度嶺出南康。以歐陽頠爲前軍都督。周文育破禽之。吾奉承朝算。指畫戎略。樊。滕。耿。賈。樊噲滕公夏侯嬰高祖功臣耿弇賈復光武功臣戮力爭驅。天地靈祇。見典宗室書水陸開道。獲儁泰不勞於一箭鏃。歐陽無待於尺兵。僞黨皆俘。連城盡拔。所獲軍資。不可稱算。去月十六日德州刺史陳法武等願憤回戈。仍梟凶豎。一夫挺劍。傳首上京。萬里澄清。〔後漢〕范滂傳登車攬轡慨然有澄清天下之志人神慶躍。〔南史〕三月甲寅。德州刺史陳法武前衡州刺史譚遠於始興攻殺蕭勃彼豪門著姓。典牧方州。拘隔天朝。亟離寒暑。公私憤歎。豈可爲懷。今王道平夷。理增歡忭。朱明戒節。〔爾雅〕夏日朱明比復何如。軍士平安。境内清謐。吾以庸薄。

叨秉國鈞。〔詩〕秉國之鈞 恆務牽纏。諸有勞弊。自天數云否。朝禍洊臻。東夏崩騰。西京蕩覆。身惟許國。任在勤王。宣力皇家。靡有寧歲。一還京師。保持鴻業。四驅夷狄。奪得江左。具九錫文 始則杜龕元惡。張彪不恭。據有泰稽。蓮蹤巨震。隨機討掩。觸刃平夷。〔南史〕杜龕據吳興以拒。龕，僧辯壻也。霸先表自東討。仍還都。命周文育進討龕。龕以城降。誅之。梁敬帝紀。太平元年春正月己亥。東揚州刺史張彪圍臨海太守王懷振于剡岩。二月庚戌。遣周文育、陳蒨襲會稽。討彪。彪走。丙辰。若邪村人斬張彪。傳首建業。叛臣任約、徐嗣徽等。屢引齊虜。前年末。既踐京師。江畔邊城。皆爲戎戍。賴貔貅驍力。見爲貞陽侯書 衞霍同心。見移齊文 殲厥胡夷。不日清殄。〔南史〕陳武帝東討杜龕。留侯安都、杜稜宿衞臺省。軍至義興，泰州刺史徐嗣徽乘虛奄至闕下。侯安都出戰，嗣徽等退據石頭。帝以嗣徽寇逼，卷甲還都，命周文育進討杜龕。齊又遣兵萬人於胡墅度米粟三萬石、馬千匹入石頭。帝乃遣侯安都領水軍夜襲胡墅，燒齊船。周鐵武率舟師斷齊運輸。帝領鐵騎自西明門襲之，齊人大潰。去年將夏，傾國大來。鐵騎八千許匹，甲士二十餘萬。胡塵飛於北闕，虜鼓震於南宮。躬率褊裨，聊與挑戰。虜便土崩瓦解，投險赴坑。大小皆匈，鯨鯢盡戮。見勸進表。三江之上，禹貢：揚州三江既入。塞水無流。千里之間，伏尸相枕。生獲大都督蕭軌、裴英起、東方老、李希光、王敬寶等。南史：二年三月，齊遣水軍儀同蕭軌、庫狄伏連、堯難宗、東方老、侍中裴英起、東廣州刺史獨孤辟惡、洛州刺史李希光，并任約、徐嗣徽、王僧愔等衆十萬出柵口，向梁山。五月，齊兵至秣陵故城，游騎至臺，都下震駭。帝潛以精卒三千配沈泰度江襲齊行臺趙彥深於瓜步獲其舟粟又遣錢明領水軍出江乘邀擊齊人糧運盡獲之齊人大餒帝因命衆軍蓐食攻之齊軍大潰執嗣徽及其弟嗣宗斬之以徇虜蕭軌東方老王敬寶李希光張英起王僧智等將帥四十六人其軍士得竄至江者縛筏以濟中江而溺流尸至京者彌岸惟任約王僧愔獲免虜中驍將唯此數人屢破關西之兵頻取淮右之地一朝俘斬無復孑遺〔詩〕周餘黎民靡有孑遺遠邇敬欣華夷怖慴如聞彼虜稍是危亡尋命熊羆欲就征討方可以雷行趙魏電埽幽并〔後漢吳漢傳贊〕電埽羣孽混一車書勢在朝暮而侯瑱跋扈江州〔後漢梁冀傳〕帝曰此跋扈將軍也公私阻絕郎平北賊仍事南征肉袒面縛〔左傳〕楚子圍鄭鄭伯肉袒牽羊以迎〔又〕殖綽郭最皆衿甲面縛坐於中軍之鼓下歸首闕庭郎爲申聞優其禮秩臺

儀不貶位，遇兼常。（南史：侯瑱鎮豫章，甚強，以不事王僧辯，未肯入朝。後徐孝頃與瑱相拒，瑱留軍人妻子於豫章，令從弟大淵知後事，悉衆以攻孝頃。大淵部下侯方兒叛，攻大淵，虜瑱軍府伎妾金玉，歸於武帝。瑱既失根本，以武帝有大量，必能容己，乃詣闕請罪，武帝復其爵位。）今所禽歐陽頠、傅泰等，莫不弘宥，政爾授其兵馬，處以榮祿，坦然遊狎，無介懷抱。年號武平，（建武、永平，後漢年號。詳侯安都碑。）國即清晏。君之聞此，寧不欣躍。但昔緣王事，遊踐貴鄉，日想山川，依然舊識。（陳武帝紀：蕭暎為廣州，陳武帝為中直兵參軍，隨之鎮。明年，武帝為交州司馬，與刺史楊瞟討平李賁，除江西都護、高要太守，督七郡諸軍事。）吾既忝衙朝私，位逾台衮，身持帝王之柄，手握天下之圖。（後漢朱穆傳：劉陶等訟穆曰：中官近習，竊持國柄，手握王爵，口含天憲。詳與楊僕射書。）故鄉如此，誠為衣繡。故人不見。還同宵錦。〔漢書〕上謂朱買臣曰富貴不歸故鄉如衣繡夜行〔又〕項羽懷思東歸曰富貴不歸故鄉如衣錦夜行天涯藐藐。〔見與王僧辯書〕地角悠悠。言面無由。但以情企。今者王猷帝載。化被無垠。〔傅毅舞賦〕游心無垠〔注〕垠際也浮海窮山。罔不咸格。投竿負鼎。〔見與宗室及王太尉書〕馳步蒼龍。〔後漢百官志〕北宮門蒼龍司馬主東門〔注〕洛陽宮門名爲蒼龍闕門崖穴丘園。〔後漢和帝紀〕詔曰昭巖穴披幽隱遣詣公車朕將悉聽焉詳爲貞陽侯書爭趨金馬。〔漢東方朔傳〕上使待詔金馬門君之才具。〔見爲貞陽侯書〕信美登朝。如戀本鄉。不能遊宦。門中子弟。望遣來儀。當爲申聞。各處榮祿。淚加持保。念嗣音郵。今遣某甲等使彼。指此不多。

爲陳武帝與周宰相書

昔有天地。便立帝王。革昊惟農。未詳按史記三皇本紀太皞庖犧氏風姓。女媧氏亦風姓。代宓犧立。號曰女希氏。女媧氏沒。神農氏作。神農氏姜姓。遷虞。斯夏。竹書紀年舜在位十有四年於是八風循通慶雲叢聚還虞而事夏莫不三靈所佑。見勸進表五運相推。漢律歷志土生金故爲金德金生水故爲水德水生木故爲木德大生火故爲火德火生土故爲土德梁德不造。固天攸棄。雖復東漢之末。區宇沸騰。西晉之亂。生民蕩覆。見爲青陽侯書未足以方其禍亂。譬彼虜劉者也。吾謬以庸薄。屬當興運。自昔登庸。清諸百越。徐聞浪泊。靡不征行。宋州郡志越州合浦太守領徐聞令。後漢馬援傳南擊交阯。軍至浪泊上。銀洞珠官。所在清乂。益州記銀水在綿州晉書地而志合浦郡領珠官縣自還麾南極。伐逆東都。宣力驅馳。亟淹寒暑。六延梁祉。十翦疆寇。（具九錫文）黃帝與蚩尤七十戰。（帝王世紀：黃帝討蚩尤。五十二戰。）凡魏祖在軍中三十年。（魏氏春秋：夏侯惇謂王曰。殿下即戎三十餘年。功德著於黎庶。）方厥劬勞。未爲勤苦。加以百神所感。明靈應期。（見勸進表）萬里徂征。虯龍表瑞。（陳武帝紀：帝進軍頓西昌。有龍見水濱。高五丈。五采鮮曜。）於是中軍勇銳。上將橫行。承此休符。遂興王業。梁氏以天祿斯既。期運永終。欽若唐風。推其鼎命。吾驚惶三讓。拜手陳辭。盈廷公卿。稽顙敦偪。眷言穎水。徒抱素心。（逸士傳：堯之讓許由也。由以告巢父。巢父曰。汝何不隱汝形。藏汝光。非吾友也。乃擊其膺而下之。許由悵然不自得。乃過清冷之水。洗其耳。拭其目曰。嚮者聞言。負吾友。遂去。終身不相見。樹臣曰。九域志。潁昌府有許由臺。巢父臺。）尚想汾陽。無因高蹈。（莊子：堯見四子藐姑射之山汾水之陽窅然喪其天下假以庸薄遂膺天寵去月乙亥升禮大壇言念遷桐但有慙媿昔賓門之始境外無交郊特牲人臣無外交不敢貳君也雖遣行人未申嘉好今上天有命光膺寶曆永與周室方同斷金我運維新宜脩朝聘今遣侍中都官尚書周弘正銜使長安故指有白

為陳主與周冢宰宇文護論邊境事書周書護字薩保太祖兄邵惠公顥之少子封晉國公文帝曰吾形容若此必不濟諸子幼天下事以屬汝護涕泣奉命孝閔踐阼拜大冢宰

國有三慶民有四安所謂通和是由鄰睦況周陳款好一紀於茲懷抱相期百世方遠灌瓜之美久敕邊

史。賈誼新書：梁大夫宋就爲邊縣令，與楚鄰界，兩亭皆種瓜。楚亭瓜惡，就令人竊爲楚亭灌瓜。楚王悅梁之陰讓也，謝以重幣。拾橡之恩，想應無忽。東觀漢記：李恂遺無所受，居新安關下，拾橡實爲食。梁氏以漸，水東爲安湘小郡，宕立巴州。隋書：荊州巴陵郡。注：梁置巴州。多歷年所。此於荊部，本包分界，近得刺史符元舉，啓稱蕭巋。北史周附庸傳：巋字仁遠，詧之第三子也。忽遣杜元茂、神偈、訓等，將率人馬，踰潰涉澌，便置城隍。易：城復于隍。謀爲侵軼。左傳：彼徒我車，懼其侵軼我也。適荷鄰德，合州見還，不容今眷，仍縱蕭氏、元舉，累移論及，翻相河漢。劉峻辨命論：聖人之言，河漢而不測。更往研問，便騁鋒鏑。見檄周文。彼軍人恃勇，遂致俘虜。聞此紛紜，甚以驚歎。其商奄餘孽，周本紀：成王既遷殷遺民東伐淮夷殘奄遷其君薄姑才力甚微。為暴邊城。良憑大國。但情均忌器。〔漢賈誼傳〕諺曰欲投鼠而忌器不可加兵。便敕軍司。以禮相放。且前歲所立疆城。本以南平等五郡。輸薦貴朝。〔北史附庸傳〕蕭詧大定四年。詧遣其大將軍王操略取王琳之長沙武陵南平等郡〔宋書荊州南平內史吳南郡治江南。至如安湘。既屬巴郡。幸承鄰惠。無候涉言。故下漸東。惟如澧北。政是標其大桶。屬荊州之界耳。〔漢高帝紀〕築甬道屬河。〔注〕恐敵抄輜重。故築垣牆如街巷。〔周附庸傳〕江陵平。周文命詧主梁嗣。居江陵城東。資以江陵一州之地。其襄陽所統。盡入於周。〔又〕詧子巋。天保五年。長沙巴陵並陷於陳。彼此方申分好。義絕規圖。所貴惟和。所重惟信。夫以南平等郡地曠民豐。雲夢之田。楚王為寶。見移文吳當勁蜀。晉拒彊秦資彼山川並爲州鎮朕若棄其仁義務廣封域寧容延歲並責周朝今者和親已固山岳而方謀尺寸之土用益蒹葭之地哉幸非竊疾（國策）墨子見楚王曰今有人於此舍其文軒鄰有敝輿而欲竊之舍其錦繡鄰有短褐而欲竊之舍其粱肉鄰有糟糠而欲竊之王曰必爲有竊疾矣相見鑒容江陵小寇既爾虔劉前至之言或相誣罔一二因使人宇文平口具其懷耿耿故此相白

爲陳主荅周主論和親書

使人使持節車騎大將軍儀同三司大都督治司城使主杜子暉中軍山遂伯使副鮑宏等至（北史）杜杲字子暉京兆杜陵人也明帝初爲脩城郡守初陳文帝弟安成王頊爲質於梁及江陵平頊隨例遷長安陳人請之

至是帝欲歸之命衆使焉（又）鮑宏字潤身東海剡人也仕梁元帝遷通直散騎常侍郎江陵平歸於周明帝甚禮之累遷遂伯下大夫與杜子暉聘陳謀伐齊省告具懷夫聖君明辟司御兆民則天象地佇育黔首故張旜以往拭玉而來見與楊僕射書同在蒼生恢宏文武雖毀戈鑄戟求擬上皇龍魚河圖云蚩尤造五兵仗刀戟大弩散馬休牛載懷偃伯司馬法古者武軍三年不興則凱樂凱歌偃伯靈臺苔人之勞告不興也非期與睦忽爽和風奚用殲師左傳宋師敗績公傷股門官殲焉信由天訕追尋曩好歎想兼懷言覯今書甫承家難知以家宰執政擅同淵藪書武成商王受爲天下逋逃主萃淵藪令尹當朝安專征伐無君之諷俾墜其師左傳晉士燮會楚公子罷許偃盟曰有渝此盟明神殛之俾墜其師無克胙國無將

之誅。已從司寇。〔公羊傳〕君親毋將，將而誅焉。刑名既肅。國步還康。希篤親鄰。敬聞哀款。若二境交歡。俱饗多福。八荒期乂。良副所懷。今遣具位某甲等使。不復多述。

在吏部尚書荅諸求官人書

自古有吏部尚書者。品藻人倫。簡其才能。尋其門胄。逐其少多。量其官爵。但古來數千年。非無明時也。非無明主也。自有才用雖美。階級不通。門戶雖高。官資殊屈。若斯人者其例甚多。請問諸君此是何義。夫一千錢。一斛米之多少。猶關相禄。況復皇朝官爵。理係玄天。內典謂之爲業。外書稱之爲命。五行有驛馬之言六甲有官鬼之說必令驛馬時發官鬼克身所望階榮便當果遂如其不爾決是難諧豈可改尚書作官鬼驅老僕爲驛馬邪若見問尚書何不分判用與不用許與不許僕荅云君非屈滯豈可相期決言應果若令驛馬差爽便是乖信此關君命僕何以相荅邪若朝散之流行止之屬門戶相似人才不殊選家斟酌無能爲爾若防大位淸官悉由玄命夫人君賓用並是前緣故宋文帝云人豈無運命每有好官缺輒憶羊玄保（南史）羊玄保太山南城人文帝以玄保廉素寡欲頻授名郡嘗曰人仕宦非惟須才亦須運命每有好官缺我未嘗不先憶羊玄保梁武帝云世間人言有目

色。我特不目色范悌。自此而論。豈非前業。且世諺云。圖官在亂世。覓富在荒年。梁孝元帝承侯景之凶荒。王太尉接荊州之禍敗。爾時喪亂。無復典章。故使官方。窮此紛雜。自紹泰太平及永定中。聖朝草創。爾時州州自帝。郡郡稱王。（魏志注令曰。設使國家無有孤。不知當幾人稱帝。幾人稱王。）天下干戈。尚無條序。兼以府庫空虛。賞賜懸乏。白銀之寶難得。（漢食貨志武帝時有司奏言古者金有三等。黃金為上。白金為中。赤金為下。乃造銀錫白金。孟康曰白金。銀也。）黃紙之版易營。（南史張興世傳朝廷遣吏部尚書褚彥回就揩折行選。是役也。皆先戰授位。檄版不供。由是有黃紙板。）假以官榮。代於錢絹。義在撫綏。無計多少。又有非舊非勳。非地非才。託節將而求官因時人以買位賣官既賤皆爲清顯故員外常侍路上比肩諮議參軍市中無數四軍五校車載斗量〔三國志〕吳趙咨曰如臣之比車載斗量豈是朝章應其如此今衣冠禮樂日富年華主上體成王之風太傅弘周公之德〔陳宣帝紀〕帝諱頊始興昭烈王第二子也光大二年進位太傅西羌北狄畏我王威時既清矣時既平矣何可猶作亂世意而覓非分之官邪凡人所以稱屈滯者身已不無寸能官又不及父祖既是明時可以於邑所見諸君多踰本分猶言太屈未喻高懷若問梁朝朱領軍等並爲卿相〔南史〕朱异字彥和吳郡錢塘人太清二年爲中領軍此不踰其本分邪此天子所

用非闕選序舊章秦有車府令趙高直爲丞相（秦始皇本紀二世皇帝元年以車府令趙高爲郎中令三年冬爲丞相）漢有高廟令田千秋亦爲丞相（漢書車千秋傳千秋本姓田氏爲高寢郎上急變訟太子冤數日爲丞相千秋年老朝見得乘小車入宫殿中故號車丞相）此復可爲例邪僕七十之歲朝思夕計並願與諸賢爲眞善知識（涅槃經佛言具足梵行乃名善知識）曾無嫌隙差可周旋非欲令君作此怨訴但既忝衡流應須粉墨庶其允當無負朝寄耳去年疾患亦餘氣息不能相荅通作此書所望諸賢深明鄙意徐君白

同前（此篇陳書本）

自古吏部尚書者品藻人倫簡其才能尋其門冑

逐其大小量其官爵梁元帝承侯景之凶荒王太尉援荆州之禍敗爾時喪亂無復典章故使官方窮此紛雜永定之時聖朝草創干戈未息亦無條序府庫空虛賞賜懸乏白銀難得黃札易營權以官階代於錢絹義存撫接無計多少致令員外常侍路上比肩諮議參軍市中無數豈是朝章應其如此今衣冠禮樂日富年華何可猶作舊意非理望也所見諸君多踰本分猶言大屈未喻高懷若問梁朝朱領軍异亦為卿相此不踰其本分邪此是天子所拔非關選序梁武帝云世間人言有目

色。我特不目色范悌宋文帝亦云。人世豈無運命。每有好官缺。輒憶羊玄保此則清階顯職。不由選也。秦有車府令趙高直至丞相。漢有高廟令田千秋亦爲丞相。此復可爲例邪。既忝衡流。應須粉墨所望諸賢。深明鄙意。

答周處士書（南史。周弘讓始仕不得志。隱於句容之茅山。頻徵不出。晚仕侯景爲中書侍郎。獲譏於代。）

辱去年三月二十七日告。仰披華翰。甚慰翹結。承歸來天目。（吳興記。天目山極高峻。嶺上有泉水甚美。東南有瀑布下注數畝。元和地志。天目有兩峰。峰頂各一池。左右相對。爲天之左右目。故名。道書云。第三十四洞天。）得肆閑居。（禮記孔子閒居）

差有弄玉之俱仙〔列仙傳〕簫史教弄玉吹簫作鳳聲鳳凰來止其屋秦穆公爲作鳳臺一旦皆隨鳳飛去非無孟光之同隱〔後漢逸民傳〕梁鴻妻孟光曰妾有隱居之服乃更爲椎髻著布衣操作而前優游俯仰極素女之經文〔抱朴子〕黃帝論導養而質玄素二女升降盈虛盡軒皇之圖藝〔漢藝文志〕道家者流黃帝四經四篇黃帝銘六篇黃帝君臣十篇雜黃帝五十八篇雖復考槃在阿不爲獨宿見詩詎勞金液〔神仙傳〕藥之上者有九轉還丹太乙金液唯飲玉泉比夫煑石紛紜終年不爛〔神仙傳〕白石生者常煑白石爲糧燒丹辛苦至老方成及其得道冥眞〔莊子〕至道之精窈窈冥冥〔又〕有眞人而後有眞知何勞逸之相懸也又承有加生亦在天目理當仰稟明師總斯祕要豈如張陵弟子自墜高巖〔列仙傳〕雲臺山絕崖有桃樹大如臂

張陵曰。得桃實者告以要道。弟子無敢視者。孫泰門道升從上自擲正中桃樹。得桃滿懷而至。人。競投滄海。（南史沈約傳）錢唐人杜炅通靈有道術。炅死門徒孫泰。泰弟子恩傳其業。隆安三年。恩於會稽作亂。（宋武帝紀）孫恩自敗後。懼見獲。乃投水死於臨海。何其樂乎。聖朝虛心版築。尚想丘園。見爲貞陽侯書。若彼能赴嘉招。（潘岳詩）弱冠忝嘉招。便當謹申高命。但其人往歲。亦望至京師。觀此風神。確乎難拔。見易。故以忘懷爵祿。詎持儀牲之談。（左傳）賓孟適郊。見雄雞自斷其尾。問之。侍者曰。自憚其犧也。遽歸告王。且曰。雞其憚爲人用乎。人異於是。犧者實用人。人犧實難。已犧何害。高視公卿。獨騁蜡蛭之訓。未詳。按莊子。人食芻豢。麋鹿食薦。蝍蛆甘帶。天下味知正味。（注）帶。小蛇。蝍蛆喜食其眼。所恐有道三辟公車十徵。（後漢方術傳）董扶字茂安。廣漢綿竹人也。前後宰府十辟。公車三徵。再舉賢良方正有道。皆稱

（疾不就）若斯者終當不屈此既然矣請復詳言昔楚國兩龔同時紆組（漢書兩龔傳龔勝龔舍皆楚人也二人相友竝著名節故世謂之楚兩龔俱為光祿大夫謝病歸鄉里郡二千石長吏初到官皆至其家如師弟子之禮）漢陰一老相攜抱甕（莊子子貢過漢陰一丈夫方為圃畦鑿隧而入井抱甕而出子貢曰有機於此日浸百畦圃者笑曰夫有機事必有機心吾羞不為也）兒之幽貞若其鑿坏負石（莊子湯伐桀克之以讓務光光曰無道之世不踐其土況尊我乎乃負石而自投廬水又顏闔不受魯聘鑿坏而遁）方同形影（玉臺新詠楊方合歡詩譬如形追軀又亦如影追身）結綬彈冠（漢書蕭育與朱博為友著聞當世往者有王陽貢禹故長安語曰蕭朱結綬王貢彈冠言其相薦達也）無容楚越況乎糞土夔龍（左傳臧紇唁衞侯退而告人曰衞侯其不得入矣其言糞土也）羶臊名器（周禮注犬腥羊羶左傳仲尼曰惟名與器不可以假人）已所不欲非

應及人，忽承來音，良以多感。何則？潁陽巢父，不曾令薦許由；（見爲陳武帝書）商洛園公，未聞求徵綺季。（漢書張良傳注：四人謂園公、綺里季、夏黃公、甪里先生，所謂商山四皓也。）斯所未喻，高懷而躊躇於矛楯也。（莊子：楚人有賣矛及楯者，見人來買矛，即謂之曰：此矛無何不徹。見人來買楯，則又謂之曰：此楯無何能徹者。買人曰：還將爾矛刺爾楯若何？）唯遲山阿近信，更惠芳音。如或誠言，謹便聞奏。第夙勞北劇，不復多呈。徐君白。

與章司空昭達書

君白：日聖朝受命，天下廓清，所餘殘兇，惟有歐紇。（南史：歐陽紇字奉聖，頠子。頠有幹略，襲父官爵，在廣州十餘年，威惠著於百姓，宣帝頗疑之。太建元年，徵爲左衛將軍，遂舉兵反，詔儀同章昭達討禽之。）南通交管，北據衡疑，兄弟叔姪，盤阻川洞。〔南史〕顏合門顯貴。威振南土。百越之責。不供王府。萬里之民。不由國家。明公受脤嚴冬。〔左傳〕劉子曰。祀有執膰。戎有受脤。持兵杪歲。〔王制〕冢宰制國用。必於歲之杪。開冰踐露。病火宵行。便屆全淮。乃其神速。未騁三略。非勞六奇。〔李康運命論〕張良得黃石之符。受三略之說。〔注〕上中下三計。〔漢書〕陳平六出奇計。薄交旗鼓。仍平醜類。自太清之和。永定以來。所闢疆界。不過郡邑。今茲赴捷。二十餘州。若較此功庸。方茲英力。漢之馬援。不能爲擬。〔廣州記〕馬援討平交阯。於嶠南立銅柱。以表漢之極界。吳之步騭。故是相懸。〔吳志〕步騭爲交州刺史。威聲大震。南上之賓。由此始。況孫處宗之叛徒。正槌盧主耳。〔陳廢帝紀〕慈訓太后令曰。盧主孫泰等。潛相連結。大有交通。公私慶快。可得而言。

且僕一子屯窮妖徒所制五嶺退負〔漢張耳傳〕南有五嶺之戍〔注〕大庾始安臨賀桂陽揭陽也存亾不測懸懷飲淚破膽復全蒙荷英恩保其身命餘年仰戴何力能勝今遣主帥某馳往稱慶徐君呈

重荅朝臣書〔南史劉師知傳〕武帝崩六日成服朝臣共議大行皇帝靈坐俠御人衣服吉凶之制博士沈文阿議宜服吉師知議服衰絰中書舍人蔡景歷江德藻謝岐等同師知議時以二議不同乃啓取左丞徐陵決斷陵同博士議謝岐議必備衰絰陵荅書云云文阿猶執所見衆議不能決乃具錄二議奏聞上從師知議

老病屬纊不能多說〔喪大記〕屬纊以俟氣絕古人爭議多成怨府〔左傳〕叔孫昭子曰吾不爲怨府傅玄見尤於晉代〔晉書〕傅玄爲司隸校尉每有奏劾或

（值日暮。捧白簡。整簪帶。錄路不察。坐而待旦。）王商取陷於漢朝。（漢書：上素重商。知張匡言多險。制曰勿治。）謹自三緘。（家語：孔子觀周。入后稷之廟。有金人焉。三緘其口。而銘其背。）敬同高命。若萬一不效。猶得展言。庶與羣賢。更申揚権。

薦陸瓊書（南史：陸瓊。雲公子也。字伯玉。素有令名。為陳文帝所賞。以文學累遷尚書。又遷新安王文學。掌東宮管記。及宣帝為司徒。妙簡僚佐。吏部尚書徐陵薦瓊於宣帝。乃除司徒左西掾。）

新安王文學陸瓊。見識優敏。文史足用。（見讓左僕射表）進居郎署。歲月過淹。左西掾缺。允膺茲選。階次小踰。其屈滯已積。

報尹義尚書

別離二國見與楊僕射書雲雨十年顔延之詩好雨雲雨朋心想河陽言銅爵而無遼魏志太祖於鄴作銅雀臺神遊漳水與金鳳而俱埶上幽明錄鄴城鳳陽門五層安金鳳皇二頭於其一頭飛入漳河清浪見在水底一頭今猶存北使還辱去冬十月十一日告忽同言敘循環巧製欣慰良深河朔年芳後漢郡國志朔方郡大城故屬西河雖當踠晚屈原九辨白日晼晚其將入兮白溝浼浼水經注督亢水南謂之白溝水又春流已清紫陌依依水經注鄴縣趙建武十一年造紫陌浮橋於水上長楊稍合體中何如豈無鄉思弟三秦世胄漢高祖紀注應劭曰章邯為雍王司馬欣為塞王董翳為翟王分王秦地故曰三秦六輔良家漢兒寬傳寬表奏開六輔渠文武兼能

志懷開遠。谷永之筆。（〔漢游俠傳〕谷子雲之筆札。）無慚古人。蓋延之功。（〔後漢蓋延傳〕延與吳漢同歸光武，號建功侯。）高視前彥。而淹留趙魏。丞歷寒暄。企望鄉關。理多悲切。聖朝欽明纂曆。大拯生民。戮巨海之奔鯨。殲中原之封豕。（見勸進表）晉君之說。長安遠於日邊。（〔劉昭幼童傳〕晉明帝諱紹，元帝太子也。帝問長安何如日遠，荅曰：不聞人從日邊來，只聞人從長安來。明日集羣臣宴會，復以此問，又以爲日近。元帝動容，問何故異昨日之言，荅曰：舉頭見日，不見長安。）揚雄有言。交州在於天際。（〔揚雄交州箴〕交州荒裔，水與天際。）則輪琛王府。（〔詩〕來獻其琛。）屈膝閶門。（〔西京賦注〕閶闔，天門也。）川洞酋豪。彊梁溟海。（〔古逸詩金人銘〕彊梁者不得其死。）神兵一指。率土咸康。（〔詩〕率土之濱，莫非王臣。）方當偃霸於靈臺。（見論和親書）韜戈於武庫。漢魏相傳霍光曰武庫精兵所聚故以丞相子爲武庫令變大風於五禮。舜典修五禮詳與楊僕射書驅蒸民於昌辰。詩天生蒸民物色英聲。搜揚俊傑。投竿負鼎。見與宗室及王太尉書馳步蒼。龍。巖穴丘園。爭趨金。馬。見爲貞陽侯及與酋豪書而弟留河北。義等周劬。懷此殊才。實可傷嗟。吞崦嵫既暮。屈原離騷望崦嵫而勿迫注崦嵫日所入之山也容鬢皤然。易賁如皤如風氣彌留。砭藥無補。追惟疇昔。檀弓夫子日予疇昔之夜共備行人。室家安危。賓禮升降。懸壺代哭。喪大記君喪狄人出壺司馬乃官代哭大夫官代哭不縣壺士代哭不以官俱歷春冬。移館於箕。見與楊僕射書同茲辛苦。鳴蜩抱樹。亟見藏冰。月令仲夏之月蟬始鳴爾雅方言蟬楚謂之蜩左傳古者日在北陸而藏冰西陸朝覿而出之歸雁銜蘆。多經○寒食○淮南子鴈銜蘆而翔○似備弋繳○月令孟春之月鴻雁來○吳挺曰荆楚歲時記去冬節一百五日即有疾風甚雨○謂之寒食○靖言念此○如何可忘○握翫來書○彌其承臉○夫以擁腫之木○得免因於不才○莊子惠子曰吾有大樹人謂之樗其本擁腫又人間世篇匠石見櫟社樹曰是不材之木也無所可用故能若是之壽觳觫之牛○自係由其無用○見孟子以余鄙陋○未友龔生○見與揚僕射書惟歎吾賢○不同蘧瑗耳○論語蘧伯玉使人於孔子若推溝拯溺○見孟子每切皇衷○逸翮飄颻○見優機檻○所以降尺一之書○後漢陳蕃傳漢以尺一版寫詔書馳輶軒之使○見與揚僕射書心期與國○必遂還塗○寧謂親鄰○更成難請○言尋雅告○所及縲囚○左傳知罃對楚子曰兩釋纍囚以成其好便訪鴻臚○後漢百官志大鴻臚掌諸侯及四方歸義

蠻夷幸無淹使。聞諸司寇。或有邊俘。前歲中流。是維同
惡。左傳韓宣子曰同惡相求如市賈焉燕禽望闕。戰國策於是乃摩燕烏集闕見說趙王於
華屋之下蕢馬臨江。左傳司馬侯曰蕢之北土馬之所生裁頓雲羅。自投天
網。見移齊文京觀之家。宏彰武功。見勸進表周醜疑作首之門。方
申明罰。左傳齊襄公之六年鄭瞞伐齊齊管底戈獲其弟榮如埋其首於周首之門而聖
朝好生惡殺。收雷寢電。兵車所獲。雖同長萬之來。左傳
宋公謂南宮長萬曰今子魯囚也恩澤從容。無異荀罃之禮。左傳荀罃在楚
楚子厚其禮而歸之方之於弟。況擬非倫。伊昔梁朝。其奉嘉聘。
張茲大帛。儀禮使者載旜帥以受命於朝周官司常通帛為旃處彼高閎。左傳高其
閈閎以無憂客使庭奏歌鐘。左傳鄭人賂晉侯歌鐘二肆侯以樂之半賜魏絳魏絳於是

乎始有金石之樂　座延僑肸晉叔向名肸鄭子產名僑賓客之敘方於阼階曲禮主人就東階客就西階客若降等則就主人之階主人固辭然後客復就西階田獵之餘同於君膳王制天子諸侯無事則歲三田一爲乾豆二爲賓客三爲充君之庖正以鄉關阻亂致爾拘留家國隆平義應旋反況復韓宣屢至宰孔頻還翩爾遲回豈云鄰睦弟遂鍾儀之操見與揚僕射書對此皇華高厚之詩左傳齊高厚之詩不類一何非類關徐廉樂之況未詳三戰七禽之言魯仲連遺燕將書曹子以一劍之任劫桓公於壇位之上三戰之所失一朝而反之徐文炳曰晉漢春秋諸葛亮征孟獲七縱七禽此日借子之矛攻子之室見苕周處士書彼之使客猶尚不還此於齊都豪門貴戚周行匪例事義相懸豈與大弟同

年而語吾本自凡流以復衰老稍近東岱不奢〔魏〕劉楨詩常恐遊岱宗不復見故人擊壤之年惟欣堯俗〔高士傳〕壤父者堯時人年五十而擊壤於道中若邪之復長保安臥時思之〔原注〕若邪至此闕誤不棄忝亞宗卿非復侵官天展〔左傳〕賈季使續鞫居殺陽處父書曰晉殺其大夫侵官也但當今芃芃在詠濟濟盈朝〔詩〕芃芃棫樸〔又〕濟濟多士才冠卿雲同馬長卿揚子雲也見〔漢書〕智同荀郭荀或郭淮也見〔魏志〕文辭富於江海高論薄於雲霄趨走丹墀之門見與王僧智書侍奉清規之內弟來款言至欲附所聞聯類非宏更其多感若疑作遂使良有猶希贈鯉之書〔古詩〕呼兒烹鯉魚中有尺素書郵驛方通復行蜚鴿之信〔魏文帝詩〕飛鴿晨鳴聲可憐執筆潸然不知何向

附
尹義尚書覃濱江滄耶若天涯去雁歸鴻雲飛雜
部膽言鄉國泣珠淚而盈懷寤寐德音仰煙霞而
疾首既而暑往寒來愁雲滿塞河冰自絆北由典
后之軍草露恒叢寧假忍趣之術霜黜虎渠距知
朔野之寒雪覆龍岑徒憶清江之曖眷言晴昔遞
矣退散係仰清顏頤常豐勝嘯容廊廟時宣匡奉
之風偃息康莊無廢怡神之道義尚望國窮蒐繁
憂積歲雖其未殞豈日生平日者謬忝後車陪遊
上國曾觀禮樂見李子之知音經奉侍言嗟鄭僑
之博物如軍書愈疾之數碑文絕妙之詞猶貴紙
於鄴中尚傳聲於許下逮乎百六之年仍離再三
之酣古凶禮數綿歷歲時嘗膺茆華蒲同報隙每
巢穹蒼有感大國矜憫以禮言歸歌譯俱反何期
氈毛湮淪墜灑漳濱之水逸翮摩霄輕駕蓬萊之
頃信知有幸無幸鬼生死之殄倫才典不右驗流
淨之異趣昔秦歸趙璧不得連矣晉失楚林直亡
其寶自國祚中絕行李不通等遊世於桃源同流
寓於仙嶺每瞻牛候馬想金陵之墅人今覩皇華
知有熊之建國賓堯仕舜猶是八才緯武經文帝
儔四貴幸甚幸甚昔楊朱岐路悲始未進長離薦

武河梁歎平生之永別雖復音塵可嗣終隔風雲
憂想時通無因觀止依依望楚寸陰有待百年將
半輕生若是命也如何今以書同軌行李相纔猥
荷文穆通賜論及輔軒既車復命義尚未被哀矜
竊以晉楚釋四世成親好今乃拘彼求此不亦難
乎夫以匹夫投務猶須坦蕩況兩國二君那宜細
訃彼若才如廉樂猶恐不習禁兵荀非其人留之
何益然三戰三敗卒成強伯之功七縱七擒終仗
天威之加由此言之彼如此耶徐元宜西蜀之謀
土關雲長劉氏之驍將須歸節遣知叛弗追今之
與古何其異趙且二國協和長江共有如首如屋
可以同規或貳或猜豈名唇齒是以禍河分敕君
予知其不移要甲尋盟春秋貶其行許伏承聖上
欽明英賢佐轄方知解網之氣用表無偏之化若
彼之俘虜猶且棠歸此之南冠何辭不遣如其苟
相情貳信不由裹雖篤覩鄉義尚何罪不任辛酸
之念輕陳萬一之情伏歷仁人少存晴昔承間之
便希復開言昔張了餘年誠稱吳王之賜微躬遘
影賁仰含弘之澤戒
筆跡流因知所迺

述

與李那書

北史李昶傳昶小名那幼解屬文有
聲洛下周文令入太學保定初以近
侍清顯盛選國華乃以昶及安昌公元則中
都公陸逞臨淄公唐瑾等竝爲納言父志字
鴻道爾朱之亂奔江左昶以父在江南身寓
關右自少及終不飲酒聽樂時論以此稱焉
附那荅書繁霜應管能響豐山之鍾玄雲觸
目又動流泉之奏矧伊物候且武冥符況乃
衿期相忩道術楚齊風馬吳會浮雲行李無
因音塵不嗣殷御正衛命來歸嘉言累根江
南橋柚薊北桑柘陰像陽舒行止多福足下
泰山竹箭浙水明珠海內風流江南獨步扶
風計吏議折祥俞平陵李廉辨訓文豹況復
麗藻星鋪雕文錦縟風雲景物義盡緣情經
綸憲章辭殫表奏久以京師紙貴天下家藏
調移齊右之音韻改河西之作豈直揚雲藻
翰獨留干金嗣宗文雅惟傳好事僕世傳經
術才謝劉歆家有賜書學既趾尉弱年有意
頻愛雕蟲歲月三餘無忩肄業戶牖之階時
安筆硯鑽眉難功學步非工恆經牧孺之談

屢被陳思之詠善逢仲予頻君山之鼓琴優
見于將同本初之車服不謂殷侯虛談成假
遂同布鼓輕響雷門燕石空雕終慙比德楚
翬雖拂賓媲捷樹豈若邯鄲皋袖唯聞變曲
協律飛塵必應不頌是以日南寶貝遙望歸
秦合浦文犀更希還漢芳春行獻鸎其鳴矣
懸豫章之牀置長安之驛原築墻垣思逢鄉
僑之聘工歌周頌佇奏延陵之樂書績有復
道意無伸
李那頓首

雜甚清徽（見爲陳武帝書）常懷虛眷山川緬邈（見讓表）河渭像
於經星（見樂府）顧望風流長安遠於朝日（見報尹義尚書）青蔓
戒節（見與王僧智書）白露爲霜（見詩）君子惟宜福履多豫雍容
廊廟（文士傳張衡拜侍中恆居帷幄從容風議拾遺左右）獻納便繁（漢官儀侍中周官也便繁左右與帝升降卒思近對拾遺補闕百僚之中莫密於茲）留使催書（晉孫惠傳惠每造書）

檄。東海王越。或驛馬催之。應命立成。皆有文采。駐馬成檄。學林桓溫北征鮮卑。喚袁宏倚馬前作露布文。手不輟筆。車騎將軍。賓客盈座。未詳丞相長史。聽對有勞。蜀志張裔字君嗣。丞相亮出駐漢中。裔領留府長史。書與所親曰。晝夜不得寧息。人自敬丞相長史。男子張君嗣附之。疲倦欲死。脫惠箋繒。慰其翹想。吾棲遲茂陵之下。西京雜記司馬相如素有消渴疾。漢書司馬相如卒於茂陵臥病漳水之濱。見與宗室書迫以崦嵫。見報尹義尚書難爲砭藥。平生壯意。竊愛篇章。忽覩高文。見同注詹事載懷勞佇。此後殷儀同至止。矣尚采日。周武帝紀保定元年六月。遣御正殷不害使於陳。王人授館。國語襄公至陳。膳宰不致餼。司馬不授館。用阻班荊。見與王僧辯書常在公筵。敬析名作。獲殷公所借陪駕終南入重陽閣詩。周明帝紀武成二年三月。重陽閣成。及荊州大乘寺〔隋書〕荊州南郡〔注〕舊置荊州玄陽石像碑四首鏗鏘竝奏能驚趙鞅之魂〔樂記〕子夏曰非聽其鏗鏘而已也詳讓表輝煥相華時驚安豐之眼〔漢竇融傳〕融封安豐侯竇氏一公兩侯三公主四二千石皆相與並時自祖及孫官府邸第相望京邑山澤晻靄〔曹植王粲誄〕榮耀當世芳風晻靄松竹參差若見三嵕之峰〔郭璞注〕三嵕山在聞喜依然四皓之廟〔張禮遊城南記〕圭峰紫閣在終南山四皓祠之西甘泉鹵簿盡在清文扶風輦路悉陳華簡〔漢地理志〕右扶風領縣二十一起宮者有八縣詳樂府昔魏武虛帳〔陸機弔魏武帝文〕遺令使伃妓人皆著銅雀臺於臺堂上施八尺牀張繐帳朝晡上脯糒之屬月朝十五輒向帳作伎汝等時時登銅雀臺望吾西陵墓田韓王故臺〔晉孫楚韓王臺賦序〕酸棗寺門外夾道左右有兩故臺訪諸故老云韓王聽政觀也自古文人皆爲詞賦未有

登茲舊閣。歎此幽宮。標句清新。發言哀斷。豈止悲聞帝瑟。【漢郊祀志】泰帝使素女鼓五十絃瑟悲帝禁不止故破其瑟爲二十五絃泣望羊碑。【晉羊祜傳】祜好遊峴山襄陽人建碑立廟於其地歲時祭祀望其碑者無不流涕因謂之墮淚碑一詠歌梁之言。【劉向別錄】魯人虞公發聲清哀拂動梁塵便掩盈懷之淚。【左傳】聲伯夢涉洹或與已瓊瑰食之泣而爲瓊瑰盈其懷至如披文相質。意致縱橫。才壯風雲。義深淵海。方今二乘斯悟。【寶性論】何等爲六種人一大乘二中乘三小乘四信佛五信法六信僧同免化城。【法華經】法華導師多諸方便於險道中化作一城是時疲極之衆前入大城生已度想生安隱想六道知歸。【法苑珠林】問日云何名六趣依毗曇論云趣者名到亦名爲道謂彼善惡業因道能運到其生趣處故名爲道亦可依所造之業趣彼生處故名爲趣皆踰火宅。【法華經】長者以牛車羊車鹿車立門外引諸子出離火宅【華嚴經〕火宅。喻苦所燒也。空陽之作。特會幽衿。所覯黃絹之辭。〔會稽典錄〕上虞長度尚使魏朗作曹娥碑文成未出又試使邯鄲淳爲之操筆而成無所點定朗嗟歎不暇遂毀其草其後蔡邕題八字曰黃絹幼婦外孫齏臼彌懷白雲之頌。〔穆天子傳〕帝宴西王母於瑤池之上西王母爲天子歌曰白雲在天山陵自出道里悠遠山川間之將子無死尚復能來但恨者闍遠岳。〔法華經〕者闍崛山中。山形如鷲。佛常居此中。故號鷲嶺。檀特高峰。〔佛說太子須大拏經〕葉波國溫陂王語太子。汝出國去。徙汝著檀特山。開士羅浮。〔法苑珠林〕西晉沙門釋道開燉煌人。石虎時來月氏。召氏將末。與弟子來建業入南浮羅。遂卒山舍。袁彥伯興寧中登山。禮其枯骸也。康公懸溜。未詳。按〔法苑珠林〕齊始豐赤城山有釋慧明姓康。康居人。祖世避地東吳。止赤城山石室。竟陵文宣王敬以師禮。建武末卒於山中。不獲銘茲雅頌。耀彼幽巖。循環省覽。用忘飢渴。握之不置。恆如趙璧。〔藺相如傳〕

栢奴奉璧奏秦王秦王大喜傳以示美人及左右翫之不足。同於玉枕〔拾遺記〕漢誅梁冀得一玉虎頭枕頷下篆云帝辛之枕與妲己同枕之京師長者。〔後漢馬援傳〕謂姊子曹訓曰王氏廢姓也子石當屏居自守而反遊京師長者其敗必也好事才人。〔漢王褒傳〕益州刺史王襄使褒作中和樂職宣布詩選好事者令依鹿鳴之聲習而歌之爭造蓬門。請觀高襲。軒車滿路。如看太學之碑。〔漢蔡邕傳〕邕正定六經文字自書冊於碑使工鐫刻立於太學門外觀視及摹寫者車乘日千餘兩填塞街巷街巷相塡。無異華陰之市。〔高士傳〕張楷隱華山學者從之成市但豐城兩劍。尚不俱來。〔晉書〕雷煥爲豐城令武帝時斗牛間有紫氣張華問煥荅日寶劍之精耳當在豫章豐城煥至掘獄果得劍二一以送華一以自佩華得劍日乃干將也莫邪可復至乎然神物終當合耳華誅劍失所在煥子葉攜劍過延平津忽躍入水但見二龍蟠縈曲韓子雙環。必希皆見。見與楊僕射書莫以好龍無別。銳曰〔莊子〕葉公子高好龍宮室雕文盡以龍於是天龍聞而下之窺頭於牖拖尾於堂葉公見之棄而退走失其魂魄五色無主木鳶可嗤。〔韓子〕墨子爲木鳶三年而成蜚一目而敗。吳丹鳳曰〔南史〕王彧傳詔荅曰張單雙燕木鳶雨失。載望瓊瑤。〔詩〕報之以瓊瑤圀之行李。〔左傳〕燭之武曰行李之往來共其乏困金風已勁。玉質空調。書不盡言。但聞爻繫。徐陵頓首。

與顧記室書未詳按〔顧越傳〕越字允南吳郡鹽官人也。陳天嘉中詔侍東宮讀除東中郎鄱陽王府諮議參軍甚見優禮。又按〔陳宗室傳〕鄱陽王伯山字靜之文帝第三子也。天嘉元年封鄱陽郡王。六年爲緣江都督平北將軍南徐州刺史。伯山性寬厚。美風儀。於諸王最長。

吾伏事天朝。本非舊隸。殿下殊恩。遠垂薦拔。故常戰戰慄慄。甘心痛謹。庶其愚老。無負明據。近者旣居臺轄。唯務奉公。去年正月十五日。尚書官大鄭。元凱旣集。丞郎肅然。忽有陳慶之兒陳暄著。帽簪釘額。條布裹頭。虜袍通踝。胡靴至膝。直來郎廨。徧相排拖。或坐或立。且歌且詠。吾卽呼舍吏責列。不荅而走。反爲憾恚。安相陷辱。至六月初。遂作盲書。便見誣謗。（南史陳暄傳：陳太康中，徐陵爲吏部尚書，精簡人物，搢紳之士皆嚮慕焉。暄以玉帽簪插髻，紅絲布裹頭，袍拂踝，靴至膝，不陳爵里，直上陵坐。陵不之識，命吏持下，暄徐步而出，舉止自若，竟無怍容。作書謗陵，陵甚病之。）聖朝明鑒。悉知虛罔。唯云吾取徐樞爲臺郎南司檢問。了不窮推。承訓。劾爲信言。致成墮冤。此事冤枉。天下所無吾市徐樞宅爲錢四萬任人市估文券歷然不蒙申理見枉虛巧二者樞是故少府卿鮮（南史作驎）之子驎殞身侯景之役又爲西臺所贈兗州左衞官位甚高未知其子何忝郎署（其炳曰南史陸驗徐驎並吳郡吳人兩人遞爲少府丞大市令朱异其邑子也尤與之昵世人謂之三蠹驎素爲邵陵王綸所憾太清三年爲綸所殺）魏晉之前如爲久遠宋齊以降其例甚多如徐爰（南史作瑗）阮佃夫之子可不得郎官邪紀文（南史作交）卿公向璡皆爲列棘豈冗雜曹郎乎（南史阮佃夫會稽諸暨人宋明帝世權亞人主元徽三年遷黃門侍郎領右衞將軍明年改領驍騎將軍遷南豫州刺史歷陽太守猶管內任五年賜死又紀僧眞子交州甚有解用徐爰南琅邪開陽人本名瑗後改）三者樞入身梁朝解褐岳陽

王小府墨背（南史）曲江公詧昭明太子第四子封岳陽郡王（隋書）荊州巴陵郡湘陰縣（注）梁置岳陽郡承聖時爲故敬帝晉安王諷席文墨具存陝西官爵乃多浮濫更補臺郎不爲勝擢未知何忽推宅貨官四者徐領軍節度自啓樞爲郎敕付選序吾既不啓據又不爲選職所可相關止是得中侯相聞爲是啓而已以此見罪一何冤濫吾昔在承華（見荅王太尉書）是弟所悉行年六十無復儕儔非意餘生忽此誣謗堯有驚於讒說（舜典）帝曰龍朕聖讒說殄行震驚朕師命汝作納言孔將惑於拾塵（呂氏春秋）顏回對曰向者埃煤入甑中棄食不祥因攫而飯之雖復聖主機明不能悉照殿下德高兩獻（漢書景十三王傳）河間獻王德脩學好古實事求是

吳號曰（後漢光武十王傳）沛獻王輔矜嚴有法度好經書作五經論時號之曰沛王通論在國謹節始

終如一稱爲賢王　風美二南（詩序）周南召南正始之道王化之基　億兆歸心衣

冠有託久願通啓披訴聖明伏見軍戎多務所以不

敢祈冒弟與吾遊眷亟回星紀故人如此寧不矜歎

邪侍言有便云何且爲啓聞一蒙神鑒照其在直方

歿幽泉無恨灰壤伏覲謁帝承明（魏曹植贈白馬王彪詩）謁帝承明廬

緒言多次服矜遺老曲賜湔濯則殿下前時妄澤匪

復偏私遂吳良延薦之恩（後漢書吳良傳）東平王蒼辟良署爲西曹上書薦良

拜爲議郎　無王丹所舉之謬（王丹傳）客有薦士於丹丹因辟舉之後所舉者陷罪丹坐

以免　吾得方辭武騎（漢書司馬相如事孝景帝爲武騎常侍）　永附梁賓（漢書

景帝拜枚乘爲弘農都尉乘不樂郡吏以病去官復遊梁雖媿家丞庶呈秋實魏志刑顒爲平原侯植家丞顒防閑以禮由是不合庶子劉楨諫曰君侯采庶子之春華忘家丞之秋實緣弟深眷故此敬憑干謁非空益懷悚慨徐陵白

荅族人梁東海太守長孺書原注其人梁末入北齊中云賢從君政佐伯與捉北必南人而爲齊謀主者按徐之才丹陽人也隨豫章王綜入魏武平四年自散騎常侍轉祕書監之才解天文兼圖讖之學知午年必有革易因高德政啓之文宣聞而大悅帝登祚後彌見親密惜齊書北史本傳之才俱無表字可攷姑存之

恩當作息報南史本傳陵長子儉一名報按集中有謝兒報坐事付治中啓近歲奉使來歸辱彼河清年中告行齊書河清世祖武成皇帝諱湛年號也并惠以明鏡亟離寒暑雖復時陳梁鶴日照孫鸞末詳按列女傳

梁寡婦高行者。梁王聘之。乃懸鏡劓鼻。梁王高其行號曰梁高行。〔神異傳〕昔有夫婦將別。破鏡人執半以爲信。忽與人通。鏡化鵲飛。後人因鑄鏡爲鵲安背上也。〔北堂書鈔〕孫承鏡賦〔序〕余嗟吠於吳市得鏡。睇日睽水清朗明[illegible]。言慰相思。反增離眷。劉傳二常侍還。〔陳書傅縡傳〕縡字宜事。北地靈州人也。世祖召爲驃騎安成王中記室。尋以本官兼通直散騎侍郎使齊。又承書札。銀鉤甚麗。〔晉索靖草書狀〕婉若銀鉤。王疏依然。開封伸紙。破愁爲笑。〔劉琨答盧諶書〕舉觴對膝。破涕爲笑。素秋方屆。〔梁元帝纂要〕秋亦曰素秋。溽暑稍闌。〔月令〕季夏之月。土潤溽暑。體中何如。善保元吉。蔡臺之壁。〔盧諶覽古詩〕趙氏有和璧。〔漢地理志〕叢臺在邯鄲。趙武靈王築。少海之珠。〔山海經〕無皋之山。南望幼海。〔注〕即少海也。何必鄉里。所在爲貴。卿託身大國。既已積年。彼朝英彥。理相欽挹。方當交辟三命。見答周處士書清宦兩宮。（漢竇嬰傳）有如兩宮螫將軍則妻子無類矣何乃闊然遲有問也。吾七十之歲。崦嵫已迫。（見報尹義尚書）朽老之疾。隨年而甚。徒懷北邙之切。（張協登北邙山賦）墳壠𡾰疊未遂東都之期。（博物志）公卿送夏侯嬰葬至東都門外。馬不行。接地悲鳴。得石槨銘云。佳城鬱鬱。三千年見白石。吁嗟滕公居此室。乃葬之。牽役承閒。但有衰頓。賢從君政。佐佑興碁。中舍謝殿中。故休乞自別。有書問來。告訪吾文章。吾身歸來鄉國。亟從炎涼。（沈約詩）寒暑遞炎涼牽課疲朽。不無辭製。而應物隨時。未曾編錄。既承令告。輒復搜檢。行人相繼。別簡知音。但既乏新聲。全同古樂。正恐多慚於協律。致匣於文侯耳。（漢外戚傳）孝武李夫人本以倡進初夫人兄延年性知音善歌舞武帝愛之每為新聲變曲聞者莫不感動平陽主因言延年有女弟上乃召見之實妙麗善舞由是得幸以延年爲協律都尉〔樂記〕魏文侯問於子夏曰吾端冕而聽古樂則唯恐臥燕南趙北〔後漢書〕公孫瓚時謠言曰燕南陲趙北際中央不合大如礪唯有此中可避世地角天涯言接末由但以潛欲善敬德中郎竝北境之良選皇華之上求若可輶軒見與楊僕射書別當委曰君問

諫仁山湶法師罷道書

竊聞出家閒曠猶若虛空在俗籠樊比於牢獄〔涅槃經〕在家迫迮猶如牢獄一切煩惱因之而生出家寬廓猶如虛空一切善法因之增長非但經有明文亦自世間共見暂聞法師覆彼舟航〔文殊問經〕住家者是煩惱大海出家者是大舟航趣返緇衣之務此爲目下之英奇非久

長之淚詐何以知然。從苦入樂。未知樂中之樂。從樂入苦。方知苦中之苦。（見涅槃經）弟子素與法師雖無曩舊。相知已來。亦復不疎。夫良藥必自無甘。忠諫者決乎逆耳。（漢淮南王傳嚴正上書曰。藥苦口利病。忠言逆耳利行。）疇倚見其僻。是以不恐不言。且三十年中造莫大之業。如何一旦舍已成之功。淚爲可惜。敬度高懷。未解淚意。將非帷帳之策。欲集留侯。（漢張良傳良曰。始臣起下邳與上會留。臣願封留。詳與暘僕射書。）形類臥龍。擬求葛氏。（蜀志徐庶謂先主曰。諸葛孔明臥龍也。將軍豈願見之乎。）黃石兵法。寧可再逢。（漢張良傳良嘗閒從容步遊下邳圯上。有一父老衣褐至良所。直墮其履圯下。良因跪進。因授一編書曰。讀是則爲王者師。孺子見我濟北穀城山下黃石即我已。）三顧草廬。無由兩遇。〔諸葛亮表〕三顧臣於草廬之中。封爵五等。惟見不逢。〔書〕列爵惟五。中閤外門。難朱易白。〔世說〕竺法師在簡文坐。劉尹問道人何以遊朱門。荅曰。君自見其朱門。貧道如遊蓬戶。〔漢吾丘壽王傳〕或由窮巷起白屋。鳴笳鳳管。非有或聞。〔魏文帝與吳質書〕從者鳴笳以啓路。詳荅周處士書。儛女歌姬。空勞反覆。〔左傳〕晏子曰。撞鐘舞女。覓之者等若牛毛。得之者譬猶麟角。〔抱朴子〕學若牛毛。得如麟角。以此之外。何所窺窬。見與王僧辯書。法師今若退轉。〔寶女經〕佛告寶女。吾在古世堅固勸助而不退轉。未必有一稱心。交失現前。十種大种。何者佛法不簡細流。〔李斯上秦皇書〕河海不擇細流。入者則尊。歸依則貴。〔上生經〕若有歸依彌勒菩薩。當知是人得不退轉。上不朝天子。下不讓諸侯。獨翫世間。無爲自在。其利一也。身無執作之勞。口餐香積之飯。（維摩經上方有國佛號香積如來以一鉢盛香飯悉飽衆生）心不妻妾之務。身飾芻摩之衣。（未詳按法苑珠林衣中有四者一糞埽衣二毳衣三衲衣四三衣）朝無踐境之憂。夕不千里之苦。俯仰優游。寧不樂哉。其利二也。躬無任重。居必方域。白璧朱門。（韓詩外傳楚襄王遣使者持黃金千斤白璧百雙聘莊子為相）理然致敬。夜琴晝瑟。自是娛懷。曉筆暮詩。論情頓足。其利三也。假使棘生王路。（晉藝術傳佛圖澄天竺人也本姓帛氏少學道妙通玄術石季龍傾心事澄季龍大享羣臣於太武前殿澄吟曰殿乎殿乎棘子成林將壞人衣季龍令發殿石下視之有棘生焉冉閔小字棘奴明年季龍死遂大亂）橋化長溝。（未詳）巷吏門兒。何因仰喚。寸絹不輸官庫。升米不進公倉。庫部倉司。豈須求及。其利四也。門前擾擾。（鮑昭詩擾擾遊宦子）我且安眠。巷裏云云。（李陵荅蘇武書而執事者云云）余無驚色。家休小大之調。門停強弱之丁。入出隨心。往還自在。其利五也。出家無當之僧。猶勝在俗之士。假使心存殺戮。手無斷命之愆。密裏通情。決勝灼然矯俗。如斯煩垢。萬倍勝於白衣。（四分律沙門以世俗法數白衣）一入愛河。（法苑珠林登常樂之高山出愛河之深際）永沉無出。其利六也。聽鐘聲而致敬。（增一阿含經鳴鐘偈福）尋香馥以生心。朝覲尊儀。（法苑珠林云起千尺之尊儀）暮披寶軸。剎那之善。遂此而生。（仁王經一念有九十剎那。一剎那中。復有九百生滅）一水滴微功。漸盈大器。（法苑珠林寶積云世尊告言譬如有人析一毛爲一分以一分於大海中取一滴水。喻彌陀佛剎莊嚴彼

〔大海水喻〕普見佛刹莊嚴，復過於是。未知因緣果報，善惡皎然，就此而言，其利難陳矣。假使達相白衣，猶有埃塵之務，縱令遙寄彈指，〔維摩經〕度百千劫，猶如彈指。遠近低頭，形去心留，身移意往，聞有者得如此，貧苦者永無因，近在目前，不言可見，其利七也。山間樹下，故自難期，〔報恩奉盆經〕一切聖衆，或山間禪定，或得四道果，或樹下經行，或得六神通。枕石漱流，實爲希有，〔晉書〕孫楚曰：當欲枕石漱流。猶斯之類，不可思議，如此者難逢。一心人怖遇法師，未能不學，交習聽勝之因，一旦退心，於理邈矣，其利八也。開織成之帙，見過去之因；擒琉璃之卷，驗當來之果。〔賢愚經〕時佛姨母摩訶波闍波提，佛已出家，手自紡織，預作一端金色之氎，奉上如來佛令持此往奉衆僧〔注〕氍織成大衣也〔阿育王傳〕王作八萬四千金銀瑠璃玻瓈篋盛佛舍利〔齊竟陵王子良什七淨住子淨行法門〕云藉如此之勝因獲若斯之妙果象香偈轉不住心退無因果按佛經佛有過去當來之號識因識果不以爲德知福知報何由作罪上無舟檝交見沒溺之悲下失浮囊則有洗身之患〔大悲經〕佛告阿難有大商主在海中間其船卒壞或有得船版者或有浮者有命終者我於爾時作彼商主在大海中用以浮囊安隱而度其利九也曠濟羣品爲天人之師〔景德傳燈録〕周昭王二十八年釋迦佛生刹利王家放大智光明照十方世界湧金蓮花自然捧雙足分手指天地作師子吼聲年十九欲出家號天人師水陸空行皆所尊貴言必闍黎和尚〔釋氏要覽〕梵語云阿闍黎即唐云軌範也書輒致敬和尚遠近嗟詠貴賤顒仰法師今必退轉立成可驗纔脫袈

裟。〔起世經〕剃除鬚髮著袈裟衣。逢人輒稱汝我。始解偏袒。〔法苑珠林律中但有三衣通肩被腹如見長老乃偏袒之〕姓名便亦可呼。平交者故自不論。下劣者亦恐不讓。薄言稱已。榻席懸異。從來小得自在。〔瑜伽論〕王過有十二不得自在便以君爲提封。〔漢刑法志〕提封萬井若不屈膝斂手。自達無因。俯仰承迎。未閑合度。如此專專何由可與。其利十也。略言十事。空失此機。其間淺道寧容具述。仰度仁者。心居魔境。爲魔所迷。意附邪途。受邪易性。假使眉如細柳。何足關懷。頰似桃花。詎能長久。〔梁元帝詩〕柳葉生眉上。〔又〕三月桃花含面脂。同衾分枕。猶有長信之悲。〔漢書〕趙氏子弟驕妒倢伃恐久見危求供養太后長信宮。坐臥忘時。不免秋胡之怨。〔列女傳〕魯秋胡潔婦者。秋胡子之妻。納之五日去宦於陳。五年乃歸。未至其家。見路傍有美婦人。以金與之。歸至家。母呼婦至。乃向采桑者也。婦自投河而死。洛川神女。尚復不惑東阿。〔曹植洛神賦注〕植入朝。帝以甄后遺枕付之。歸途感而入夢。因作感甄賦。後改曰洛神。按植封東阿王。世上班姬。即班倢伃何關君事。夫心者面焉。〔左傳〕子產曰。人心之不同。如其面焉若論纏綣。〔左傳〕臧昭伯載書纏綣從公。無通外內則其氣共心。一遇纏綿。則連宵厭起。法師未通返照。安悟賣花。〔大藏一覽〕悉達多太子妃耶輸陀羅。即是宿命賣花女也。律未得他心。那知彼意。嗚呼桂樹。〔戰國策〕蘇秦對楚王曰。楚國食貴於玉。薪貴於桂。遂爲豆火所焚。〔法苑珠林〕乾薪萬束。豆火能焚。可惜明珠。乃受淤泥埋沒。〔翻譯名義集〕摩尼或云踰摩。正云末尼。即珠之總名也。此云離垢。此寶光淨。不爲垢穢所染。弟子今日橫諮。

必爲法師所哂世上白衣可訾何限遺教經白衣受欲非行道人無法自制與猶可恕且一人退道而不安危推此而言實成難解譬如瓦礫盈路人所不驚片子黃金萬夫息步正言法師入道之功已備染俗之法未加何異金摶赤銅銀換鉛錫可悲可惜猶可優量能忍難忍方知其最願棄俗事務息塵勞正念相應行志兩全薄加詳慮更可思惟悔之在前無勞後恨如弟子算遠即十數年中決知惻惻近即三五歲內空唱如何萬恨萬悲寧知遠及自誤自錯永棄一生乃知斷弦可續博物志漢武帝時西海國有獻膠五兩者弓弦斷以口濡香膠續之以射終日不斷因名曰續弦膠情去

難留。或若火裏生花。可稱希有。〔齊蕭子良集〕經所謂火中生蓮花，此實爲希有。迷人知返。去道不遠。幸速推排。急登正路。法師非是無智。遂爲愚者所迷。類似阿難。更爲魔之所繞。〔摩鄧女經〕阿難隨水邊行。見一女人在水邊擔水。而阿難從女乞水。女卽與水。女歸告母。我得阿難。乃可嫁我。母不得者。我不嫁也。猶須承三寶之力。〔齊蕭子良集〕照周等覺。謂之佛寶。禮無非法。謂之法寶。至德常和。謂之僧寶。此乃體一義三。同性三寶。制彼窮兇。豎般若之幢。佛書有般若波羅蜜多心經。按梵語船若此云智惠。吳拒臣日〔龍樹菩薩傳〕〔并付法藏傳〕建立法幢。摧伏異道也。天魔自款。〔因果經〕菩薩將成道時。魔王恐諸衆生皆歸空我境界。令三女供給以亂定意。菩薩不納。三女忽然感變陋形。若此言者。當卽便萁棄芻蕘。若不會高懷。幸停淡怪耳。

與智顗書

陵和南（法苑珠林和南者出要律儀翻為恭敬善見論翻為度我二義俱通）昨預沈儀同法席。餐奉甘露無畏之說。衆咸歸伏。然正法炬朗諸未悟。自慶餘年。得逢妙說。尋事諮展。此不申心謹和南。

又

陵和南。仰注之心。難可敷具。拔公至蒙三月二十日旨用慰積歲傾心。麥冷。體中何如。願一日康勝山中春夏無餘障惱耳。遲復存旨。弟子二三年來。溘然老至。眼耳聾闇。心氣昏塞。故非復在人。兼去歲第六兒

天喪痛苦成疾由未除愈適今月中又有哀故頻歲
如此窮慮轉深自念餘生無復能幾無由禮接係仰
何言敬重渠公今還白書不次弟子徐陵和南

又

陵和南放生星聞公家極相隨喜事是拔公口具謹
不多諮惟遲拔公廷出數百里水全其命根如此功
德算數無盡隨喜無量此不委諮弟子徐陵和南

五願上智者禪師書

陵和南弟子思出樊籠無由羽化既善根微弱冀願
力莊嚴一願臨終正念成就二願不更地獄三途婆娑

論〕罪人爲獄卒呵傍之所拘剌。不得自在。故名地獄。法句經身死神去。輪轉三塗。自生自死。苦惱無量。

三願卽還人中。不高不下處託生。〔勝天王經〕佛自說云八十種好者五十八章。下。不高不下隨衆生樂。

四願童眞出家。如法奉戒。〔道宣律師感應記〕清淨梵行。脩童眞業。

五願不墮流俗之僧。憑此誓心。以策西暮。

今書丹款。仰乞證明。陵。和南。

補

〔玉臺新詠〕童謠云。洛中女子莫千妖。前至三月抱胡腰。論邊境事書。〔京房易傳〕有父母兄弟妻子官鬼等爻。〔舊唐書呂才傳〕祿命書犯勾絞六害。背驛馬三刑。當此生者並無官爵。

啓諸求官人書

徐孝穆全集卷之三終

徐[illegible]卷三

徐孝穆全集卷之四

吳江吳兆宜顯令箋注

序

玉臺新詠序

晉陸機塘上行發藻玉臺下注玉臺以諭婦人之貞

凌雲概日由余之所未窺海錄碎事凌雲臺魏文帝黃初二年築又燕昭王好神仙仙人甘宙與王登握日之臺史記秦本紀戎王使由余來聘穆公示以宮室引之登三休之臺顧樵日周書宣帝既滅北齊詔日僞齊或穿池運石爲山學海或層臺累構槩日凌雲萬戶千門張衡之所曾賦張衡西京賦閈庭詭異門千戶萬周王璧臺之上穆天子傳盛姬盛柏之子也天子賜之上姬之長是日盛門天子乃爲之臺是日重璧之臺漢帝金屋之中漢武故事帝爲膠東王年數歲長公主問曰兒欲得婦否曰欲得指阿嬌好否帝曰若得

同嬌。當作金屋貯之。玉樹以珊瑚作枝。珠簾以玳瑁爲押。〔漢武故事〕上起神屋。前庭植玉樹。以珊瑚爲枝。碧玉爲葉。花子青赤。以珠玉爲之。空其中如小鈴。鎗鎗有聲。又以白珠爲簾。玳瑁押之。其中有麗人焉。其人也。五陵豪族。見爲王儀同表充選掖庭。〔後漢皇后紀論〕漢法常因八月算民。遣中大夫與掖庭丞及相工於洛陽鄉中閱視良家童女。年十三以上二十以下。姿色端麗。合法相者。載還後宮。四姓良家。〔北史〕魏文帝宏雅重門族。以范陽盧敏。清河崔宗伯。滎陽鄭羲。太原王瓊。四姓衣冠所推。咸納其女以充後宮。樵曰〔後漢書〕明帝時。外戚樊氏。郭氏。殷氏。馬氏。氏啫爲四姓小侯。非列侯。故曰小侯。馳名永巷。〔史記范雎傳〕雎見昭王。佯爲不知永巷而入其中。〔正義曰〕永巷。宮中獄名也。宮中有長巷。故名焉。後改名掖庭。亦有潁川新市。〔晉書〕明穆庾皇后。潁川鄢陵人。后美姿儀。〔後漢書〕光烈陰皇后。南陽新野人。帝常歎曰。娶妻當得陰麗華。按新市未詳河間觀津。〔三輔黃圖〕列仙傳曰。鉤弋夫人姓趙氏。河閒人右手鉤卷姿色佳麗武帝反其手得玉鉤而手展（漢外戚傳）孝文竇皇后家在清河親早卒葬觀津師古曰觀津清河之縣也本號嬌娥未詳按（左思嬌女詩）左家有嬌女皎皎頗白皙會名巧笑（中華古今注）段巧笑魏文帝宮人始作紫粉拂面楚王宮內無不推其細腰（後漢馬廖傳）楚王好細腰宮中多餓死魏國佳人俱言訝其纖手詩魏風摻摻手可以縫裳女閱詩敦禮非直東鄰之自媒（宋玉登徒子好色賦）臣東家之子嫣然一笑惑陽城迷下蔡然此女登牆闚臣三年至今未許也樵曰（司馬相如美人賦）臣之東鄰有一女子雲髮豐豔蛾眉皓齒欲留臣而共止登垣而望臣三年於茲矣臣棄而不許婉約風流無異西施之被教（越絕書）美人宮周五百九十步土城者陸門二水門一今北壇利里丘土城句踐所習教美女西施鄭旦宮臺也女出於苧蘿山弟兄協律自小學歌見荅長儒書少長河陽由來能舞（漢五行志）成帝為微行出遊常

與富平侯張放俱稱富平侯家人過河陽主作樂見舞者趙飛燕而幸之

琵琶新曲無待石崇

〔晉〕石崇王明君辭序昔公主嫁烏孫令琵琶馬上作樂以慰其道路之思其送明君亦爾也其造新曲多哀怨之聲故序之

箜篌雜引非因曹植

〔漢書〕塞南越禱祠太乙后土使樂人侯調作坎侯〔樂府〕有曹植箜篌引

傳鼓瑟於楊家

〔漢〕楊惲傳惲報孫會宗書曰家本秦也能為秦聲婦趙女也雅善鼓瑟

得吹簫於秦女

〔列仙傳〕簫史者秦穆公時人善吹簫能致孔雀白鶴穆公女弄玉好之公乃妻焉共隨鳳去

至若寵聞長樂陳后知而不平

〔漢武故事〕建章長樂宮皆輦道相屬懸棟飛閣不由徑路 樹穀曰〔漢書〕衛子夫為平陽主謳者帝祓霸上還過平陽主既飲謳者進帝獨悅子夫帝起更衣子夫侍尚衣軒中得幸還坐驩甚上因奏子夫送入宮陳皇后聞子夫得幸幾死者數焉後遂立為皇后

畫出天仙閼氏覽而遙妒

〔桓譚新論〕陳平為高帝解平城之圍言漢有好麗美女為道其容貌天下無有今困

急也馳使歸迎取欲進與單于單于見此人必大好愛之愛之則閼氏日以遠疏不如及其未到令漢得脫去去亦不持女來矣閼氏婦女有妒媢之性必憎惡而事去之

且如東鄰巧笑，來侍寢於更衣；注見上 西子微顰，將橫陳於甲帳。〔莊子〕師金曰西施病心而矉其里之醜人見而美之歸亦捧心而矉其里之富人見之堅閉門而不出貧人見之挈妻子而去之走〔司馬相如好色賦〕花容自獻玉體橫陳〔漢武故事〕以琉璃珠玉明月夜光雜錯天下珍寶爲甲帳其次爲乙帳甲以居神乙以自御

陪遊馺娑，騁纖腰於結風；〔關中記〕建章宮中有馺娑殿〔拾遺記〕每輕風至飛燕殆欲隨風入水帝以翠纓結飛燕之裾　樹穀曰〔傅毅舞賦序〕激楚結風陽阿之舞

長樂鴛鴦，奏新聲於度曲。見雜曲

妝鳴蟬之薄鬢；〔中華古今注〕魏文帝宮人絕所愛者有莫瓊樹始制爲蟬鬢望之縹緲如蟬翼故曰蟬鬢 照墮馬之垂鬟。〔後漢梁冀傳〕冀妻孫壽色美而善爲妖態作愁眉啼妝墮馬髻折腰步齲齒笑以爲

媚態

反插金鈿〔龍輔女紅餘志〕魏文帝陳巧笑挽髻別無首飾惟用圓頂金簪一隻插之文帝目曰玄雲黯靄今金星出〔吳筠詩〕蓮花銜青雀寶粟鈿金蟲

橫抽寶樹〔後漢輿服志〕皇后步搖以黃金爲山題貫白珠爲桂枝相繆一爵九華

南都石黛〔梁書〕天監中詔宮中作白妝青黛眉　樵曰〔留青日記〕廣東始興縣溪中出石墨婦女取以畫眉名畫眉石

最發雙蛾〔古今注〕魏宮人好畫長眉令作蛾眉驚鶴髻

北地燕脂〔古今注〕紂以紅藍花汁凝作燕脂以燕國所生故曰燕脂塗之作桃花妝

偏開兩靨〔曹植洛神賦〕靨輔承權〔注〕靨笑靨權頰也

亦有嶺上仙童分丸魏帝〔頭脩內傳〕〔橋順〕二子曰瓊曰瑞師事仙人盧子綦於隆慮山棲霞谷服飛龍藥一丸千年不饑故魏文帝詩曰西山一何高高高殊無極上有兩仙童不饑亦不食與我一丸藥光耀有五色服藥兩三日身輕生羽翼

腰中寶鳳授曆軒轅〔漢律曆志〕黃帝使冷綸取竹嶰谷制十二筩以聽鳳之鳴其雄鳴爲六雌鳴亦六以比黃鍾之宮　樵曰〔漢書注〕鳳鳥氏

爲曆正軒轅黃帝受河圖作甲子歲紀甲寅日記甲子

金星與婺女爭華，麝月共嫦娥競爽。〔顧野王詩〕妝罷金星出〔晉杜預曰〕婺女爲已嫁之女織女爲處女〔梁簡文帝詩〕約黃能效月裁金巧作星〔張正見豔歌行〕裁金作小曆散麝起微黃〔酉陽雜俎〕近代妝尚曆如射月曰黃星曆曆鈿之名蓋自孫吳鄧夫人也〔王充論衡〕羿請不死藥於西王母羿妻嫦娥竊以奔月樵曰〔史記〕婺女四星天少府也主布帛裁製嫁娶

驚鸞冶袖，時飄韓掾之香。〔北堂書鈔〕袁宏賦云舞迴鸞以紆袖〔世說〕韓壽美姿容賈充辟以爲掾充女於青瑣中見壽悅之與之通充見女盛自拂拭又聞壽有異香之氣是外國所貢一著人衣歷月不歇充疑壽與女通取左右婢考問之婢以狀言充秘之以女妻壽

飛燕長裾，宜結陳王之佩。〔西京雜記〕趙飛燕立爲皇后其弟合德上遺織成裾〔陳思王植洛神賦〕願誠素之先戚兮解玉佩以要之

雖非圖畫，入甘泉而不分。〔漢外達傳〕李夫人少而早卒武帝憐閔焉圖畫其形於甘泉宮

言異神仙。

芍藥 王筠傳筠字元禮年十六爲芍藥賦甚美

蒲萄 西京雜記霍光妻遺淳于衍蒲萄錦二十四疋鄴中記錦有蒲萄紋桃核紋工巧百數不可盡名鮑昭詩九華蒲萄之錦衾沈約詩領上蒲萄繡

戲陽臺而無別〔宋玉高唐賦〕昔者先王嘗遊高唐怠而晝寢夢見一婦人曰妾巫山之女也爲高唐之客聞君遊高唐願薦枕席王因幸之去而辭曰妾在巫山之陽高丘之岨旦爲朝雲暮爲行雨朝朝暮暮陽臺之下眞可謂傾國傾城見雜曲無對無雙者也古詩爲焦仲卿妻作精妙世無雙加以天情開朗逸思雕華妙解文章尤工詩賦琉璃硯匣終日隨身〔陸機書〕在平原常案行曹公器物書刀五枚琉璃筆一枝翡翠筆牀無時離手〔藝文類聚〕傅玄曰漢末一筆之匣緻以隋珠文以翡翠〔樹萱錄〕南朝呼筆管爲牀清文滿篋非惟芍藥之花傅統妻芍藥花頌曄曄芍藥植此前庭晨潤甘露晝晞陽靈〔梁武帝宛轉歌〕欲題芍藥詩不成新製連篇寧止蒲萄之樹未詳九日登高時有緣情之作萬年公主非無誄德之辭〔魏文帝與鍾繇九日送菊書〕九爲陽數而日月並應俗嘉其名以爲

宴於長久哉以享宴嗃噲〔陸機文賦〕詩緣情而綺靡
晉書武帝左貴嬪諱芬思之妹也少好學善綴文名
亞於思常作菊花頌曰英英麗質稟氣靈和春茂翠
葉秋耀金華及帝女萬年公主薨帝痛悼不已詔芬
爲誄其佳麗也如彼其才情也如此既而椒房宛轉〔漢宮
儀〕皇后所居殿曰椒房以椒和泥塗壁故 栢館陰岑
名溫暖而香辟除惡氣又取蕃實之義
漢書班婕妤賦〕痛陽祿與柘館兮仍襁褓 絳鶴晨嚴
而離災 炯曰〔三輔黃圖〕柘觀在上林苑
江總集爲陳六宮 銅蠡鋪一作 畫靜未詳按〔孟子〕以追
謝表〕鶴籥晨啓 蠡漢趙岐注追鍾
鈕也鈕磨齧處深 三星未夕不事懷衾〔詩〕嘒彼小星
矣蠡欲絕之貌也 三五在東〔又〕
抱衾與禂 五日猶賒誰能理曲〔初學記〕漢律吏五日得一
下沐言休息以洗沐也
樹屏曰〔夜乘雜詩〕當戶理 優游少託〔古逸詩〕孔子去
清曲 樵曰〔詩〕五日爲期 魯歌曰蓋優哉
游哉聊以卒歲 寂寞多閒〔漢揚雄傳〕京師爲之
語曰惟寂寞自投閣 厭長樂之疎

鍾。見謝敕賜啓顧樵曰三輔黃圖鍾室在長樂中勞中宮之綏節。見與楊僕射書輕身無力。怯南陽之擣衣。庾仲雍荊州記秭歸縣有屈原宅。女須廟擣衣石猶存。樹屏曰古詩閨中有一婦擣衣寄遠人。生長深宮。笑扶風之織錦。臧榮緒晉書竇滔妻蘇氏善屬文。苻堅時滔爲秦州刺史。被徙流沙。蘇氏思之。織錦爲迴文詩寄滔。循環宛轉以讀之。辭甚悽惋。雖復投壺玉女。神異經東王公與玉女投壺。梟而脫誤不接者。天爲之笑。開口流光。今電是也。爲歡盡於百驍。西京雜記郭舍人善投壺。以竹爲矢。激矢令還。一矢百餘反。謂之爲驍。爭博齊媚。未詳按晉胡貴嬪傳貴嬪諱芳奮之女也。武帝嘗與樗蒱爭矢。遂傷上指。帝怒曰。此固將種也。心賞窮於六箸。鮑宏博塞經各投六箸行六棊。故用博陸用十二棊。六棊白。六棊黑。所擲骰謂之瓊。瓊有五彩色。故謂之五塞。樹聲曰國策蘇秦說秦王曰。臨淄甚富而實。其民無不鬬雞走狗六博闒鞠。說文六博。局戲也。六箸十二棊。烏曹所作。無怡神於暇景惟屬意於新詩可得代彼萱蘇微蠲愁疾〔魏王朗與魏太子書〕萱草忘憂罼蘇釋勞無以加也但往世名篇當今巧製分諸麟閣〔三輔黃圖〕麒麟閣在未央宮左漢蕭何建以藏祕書散在鴻都〔後漢蔡邕傳〕邕對曰鴻都篇賦之文可且消息椎曰〔後漢書〕元和元年置鴻都門學不藉篇章無由披覽於是然脂暝寫〔魏志劉馥傳〕夜然脂照城外〔樹提伽經〕庶人然脂諸侯然蜜天子然漆弄墨晨書撰錄豔歌凡爲十卷曾無參於雅頌亦靡濫於風人涇渭之間若斯而已〔三秦記〕涇水出开頭山至高陵縣而入渭與渭水合流三百里清濁不相雜於是麗以金箱〔北史〕齊衡陽王鈞嘗手自細書五經置巾箱中裝之寶軸〔隋牛弘集請開獻書表〕劉裕平姚收其圖籍五經子史纔四千卷皆赤轉青紙文字古拙三臺妙迹龍伸蠖屈之書〔漢官儀〕尚書爲中臺謁者爲外臺御

史爲憲臺謂之三臺〔繫辭〕尺蠖之屈以求伸也龍蛇之蟄以存身也　炯曰〔宣和書譜〕皇象字休明廣陵
人官至侍中工八分篆草世以書聖稱以比龍蠖蟄啓伸槃腹行　五色花箋河北膠
東之紙〔鄴中記〕石虎詔書以五色紙著鳳皇口中令衘之飛下端門〔桓玄僞事〕詔平准作青赤縹
綠桃花紙使極精令速作之　高樓紅粉〔古詩〕盈盈樓上女皎皎當窗牖娥娥紅粉妝纖纖出
素手　仍定魯魚之文〔抱朴子〕書字之譌有寫魯爲魚寫帝爲虎　辟惡生香〔魚豢
典略〕芸臺香辟紙魚蠹故藏書臺稱芸臺　聊防羽陵之蠹〔穆天子傳〕仲秋甲戌天子東遊
次雀梁因蠹書於羽陵　靈飛六甲高擅玉函〔漢武內傳〕帝受西王母眞形六甲靈
飛十二事帝盛以黃金封以白玉函　鴻烈仙方長推丹枕〔博物志〕劉德治淮南
王獄得枕中鴻寶祕書及子向咸而奇之信黃白之術可成謂神仙之道可致按鴻烈解今淮南子是
至如青牛帳裏〔錄異傳〕武都郡立大特祠是大梓牛神也今俗畫青牛障是　餘曲

未終朱鳥窗前〔博物志〕王母降於九華殿王母索七桃以五枚與帝母食二枚時東方朔竊從殿南廂朱鳥牖中窺母母謂帝曰此窺牖小兒常三來盜我桃新妝已竟方當開茲縹帙〔後漢楊厚傳〕厚祖父春卿子統曰吾綈袠中有先祖所傳祕記爲漢家用爾其脩之〔晉中經簿〕盛書用皁縹囊布裏書函中皆有香囊散此滔緗〔劉向別錄〕孫子書以殺青簡編以縹絲繩永對玩於書帷〔漢董仲舒傳〕孝景時爲博士下帷講誦長循環於纖手豈如鄧學春秋儒者之功難習未詳按〔後漢書〕明德馬皇后好讀春秋竇傳黃老金丹之術不成〔漢書〕竇皇后景帝母也好黃帝老子之言帝及諸竇不得不讀老子皆遵其術〔晉灼〕曰道家言治丹砂令變化可鑄爲黃金固勝西蜀豪家託情窮於魯殿尚瑗曰〔蜀志〕劉琰爲車騎將軍車服飲食號爲侈靡侍婢數十能爲聲樂悉教誦讀魯靈光殿賦東儲甲觀流詠止於洞簫〔漢成帝紀〕元帝在太

七

子宮生甲觀畫堂爲世嫡皇孫。樹本曰〔漢王褒傳〕元帝爲太子嘉褒所爲洞簫頌令後宮貴人左右皆誦讀之。變彼諸姬。〔詩〕變彼諸姬聊與之謀。聊同棄日。〔晉陶潛戒子書〕見賢思齊不安忽略以棄日也。猶與彤管。〔詩〕靜女其變貽我彤管。麗以香奩。

碑

司空徐州刺史侯安都德政碑

巖巖天柱。大矣周山之峰。見與陳司空書桓桓地軸。壯哉崑崙之阜。〔博物志〕崑崙山北地轉下三千六百里有八玄幽都方二十萬里地下有四柱四柱廣十萬里地有三千六百軸大牙相舉。三光懸而不墜。見勸進表九土鎮以無疆。〔張衡思玄賦〕思九土之殊風。承乾合德之君。則天體元之后。所以竝咨四鎮。〔舜典〕帝曰咨四岳咸建五臣。見論語業配蒼祇。〔爾雅〕

春爲蒼天〔楊系物理論〕地者其神曰祇功成寓縣兆宫曰〔謝朓詩〕霸功輿寓縣至於流名雅頌著美風詩年代悠然寂寥無紀其能繼玆歌詠者司空侯使君乎自文昭武穆見勸進表胙土開家〔左傳〕衆仲曰胙之土而命之氏〔易〕開國承家濮水盛其衣簪榮波分其緒秩〔衞康叔世家〕周公旦以成王命封康叔爲衞君居河淇間故殷墟東王命衞爲侯嗣君五年更貶號曰君獨有濮陽朝於魏〔魏世家〕安邑近秦於是徙治大梁無忌謂魏王曰決滎澤水灌大梁大梁必亡仁義之道夷門美於大梁〔信陵君傳〕魏有隱士曰侯嬴爲大梁夷門監者公子欲厚遺之不肯受曰臣脩身潔行數十年決不以監門困故而受公子財儒雅之風司徒重於強漢〔後漢侯霸傳〕霸明習故事收錄遺文每春下寬大之詔奉四時之令皆霸所建也建武中爲大司徒自通人許劭託命於江湖〔後漢書〕許劭有高名好覈論鄉黨人

物每月輒更其品題，故汝南俗有月旦評焉。或勸之仕，對曰：方今小人道長，王室將亂，我欲避地淮海以全老幼。乃南到廣陵，徐州刺史陶謙禮之甚厚，劭不自安，復投揚州刺史劉繇。及孫策平吳，劭與繇南奔豫章而卒。

高士袁忠，寄身於交越；〔後漢書〕袁忠，閎弟也。初平中爲沛相，及天下大亂，棄官客會稽上虞。後孫策破會稽，忠復浮海南投交阯。

俱違建安之難，〔後漢書〕獻帝興平二年三月，李傕脅帝幸其營，焚宮室。郭氾攻李傕，矢及御前。明年正月，改元建安。

獨處衡山之陽。〔盛弘之荊州記〕衡山者，五岳之南岳也。至於軒轅，乃以灊霍之山爲其副焉。〔本傳〕安都字成師，始興曲江人也，爲郡著姓。

祖天資秀傑，世載雄豪，卓富擬於公侯，〔史記貨殖傳〕秦破趙，遷卓氏之蜀，卽鐵山鼓鑄田佃，運籌算賈滇蜀民，田池射獵之樂，擬於人君。班

必於旌鼓，〔漢書〕班壹避地於樓煩，致馬牛羊數千羣，以財雄邊，出入弋獵，旌旗鼓吹，年百餘歲，以壽終。

父光祿大夫。〔南史本傳〕父捍，少仕州郡，以忠謹稱，都爵貴爲光祿大夫、始興內史。

邑里開通德之門（後漢鄭玄傳）國相孔融深敬於玄告高密縣爲玄廣開門衢令容高車號通德門州鄉無抗禮之客（漢竇嬰傳）每朝議大事列侯莫敢與亢禮自茫茫禹迹（左傳）虞人之箴曰芒芒禹跡畫爲九州赫赫宗周（見詩）家滅驪戎國以夷羿（見與王僧辯書）我高祖武皇帝迺河圖於浪泊（見爲陳武帝書）括地象於炎州（楚辭）嘉南州之炎德兮（括地志）書名也鍔曰河圖括地象緯書名也見（後漢曹褒傳）南興涿鹿之師北問共工之罪（五帝本紀）黃帝與蚩尤戰於涿鹿之野遂禽殺蚩尤（又）舜流共工於幽陵以變北狄天生宰輔堯年致白虎之祥（帝王世紀）扶始以季秋下旬夢白帝遺馬祖而升丘見白虎其上有感已而生皋陶於曲皋神賜英賢殷帝感蒼龍之傑（天官書）東宮蒼龍有尾箕星（莊子）傅說得之以相武丁奄有天下乘東維騎箕尾而比於列星公亦觀時佇聖嘯咤風

雲蹌開黃石之書見諫罷道書高詠玄池之野穆天子傳天子西征至於玄池天子三日休於玄池之上乃奏廣樂而歸是日樂池沈吟梁甫自比管仲之才見與王僧辯書惆悵莘郊久負伊生之歎見與宗室書南史安都工隸書能鼓琴涉獵書傳爲五言詩頗清靡自羯虜侵華羣蠻縱軼後皐桂部之地陳書武帝紀高州刺史李遷仕據大皐又大寶元年帝發始興次大庾嶺大破路養軍四戰五達之郊燕世家樂間曰趙四戰之國其民習兵不可伐詳與宗室書郡境賢豪將謀禦難長者僉論推公主盟義士雄民星羅霧集張協賦綦布星羅揚雄封事霧集雨散公既膺五聘殷本紀伊尹處士湯使人聘迎之五反然後肯往方啓六韜小學紺珠文武龍虎豹犬爲六韜率是驍徒仍開嶺嶠南史本傳從武帝攻蔡路養破李遷仕克平侯景茲力戰有功封富川縣子自

大討瀟湘。〔晉漢春秋〕氏池縣大柳谷口有蒼石立水中，其文曰大討曹。〔楚地記〕巴陵瀟湘之淵
在九江之間，今岳州巴陵縣，即楚之巴陵，漢之下雋也。〔南史〕陳武帝受禪，王琳立梁永嘉王蕭莊於郢州。
同茲樊酈，樊噲、酈商也，見〔漢書〕。下軍違命。〔左傳〕晉侯伐秦，荀偃令曰：雞鳴而駕，塞井
夷竈，唯余馬首是瞻。欒黶曰：晉國之命，未有是也，余馬首欲東。乃歸，下軍從之。乃命大還，晉人謂之遷延
之役。上策不宣。〔漢英布傳〕薛公對曰：布反不足怪也，使布出於上計，山東非漢之有也；出於中
計，勝負之數未可知也；出於下計，陛下安枕而臥矣。敗我王師，受拘勁盜。大陳
格於文祖，咸秩具神，書見。率土依風，羣靈稟朔。公亦忠
爲令德。〔左傳〕君子曰：忠爲令德。天纂之謀，吳帳斯開。〔漢袁盎傳〕吳王濞反，
盎使吳，見守，從史飲醉，西南陬卒乃以刀決帳，道從醉卒直出。衛門無擁。〔左傳〕吳人藩衛侯之
舍。雖復季孫還魯，〔左傳〕昭公廿三年，晉人執季孫，韓宣子使叔魚歸季孫，平子先歸，惠

伯待禮隨武濟河〔見與王僧辯書〕國慶民安相儔匪若郎授使持節開府儀同三司丹陽尹〔通考〕凡前代帝王所都皆曰尹〔注〕南朝曰丹陽尹昔光武不尤於馮異穆公深禮於孟明終報王官之師遂舉咸陽之地〔後漢書〕馮異收散卒設伏與赤眉戰大敗之於崤底降璽書勞異曰始雖垂翅回谿終能奮翼澠池可謂失之東隅收之桑榆赤眉降異威行關中〔左傳〕秦伯伐晉濟河焚舟取王官及郊遂自茅津濟封殽尸而還遂霸西戎用孟明也斯乃聖主之宏略而名臣之遠圖者焉〔本傳〕安都與周文育西討王琳文育亦自豫章至時兩將俱行不相統攝因部下交爭稍不平王琳至弇口安都乃悉眾往沌口以禦之合戰安都等敗與周文育徐敬成並為琳囚總以一長鎖繫之置於艣下令宦者王子晉掌視之安都等許賂子晉乃還都自劾詔並赦之復其官爵尋為丹陽尹後王琳入齊安都討琳餘黨所向皆下皇帝以陶唐啓國

致玉版於河宗。〔帝王世紀〕堯帥諸侯羣臣沈璧於洛河受圖書。〔穆天子傳〕天子授河宗璧河宗伯天受璧西向沈璧於河再拜稽首。顓頊承家，佐金天於江水。〔帝王世紀〕少昊金天氏降居江水顓頊生十年而佐少昊二十而登帝位。經綸草昧。定鼎之業居多。〔左傳〕王孫滿曰成王定鼎於郟鄏。締構權輿。斷鼇之功相半。見與楊僕射書　樹聲曰〔陳文帝紀〕武帝之討王僧辯也先召帝與謀時僧辯壻杜龕據吳興武帝密令帝還長城立柵備之龕遣將杜泰掩至帝部分益明及武帝遣周文育討龕帝遣將軍劉澄蔣元舉攻下龕周文育侯安都敗於沌口武帝詔帝入總軍攻尋命率兵城南皖。固以英聲馳於海外。信義感於寰中。主器攸歸。〔繫辭〕主器者莫若長子。當璧斯在。見勸進表　公於是抗表長信。〔漢霍光傳〕衞太子孫號皇曾孫在民間咸稱述焉光與丞相敞等上奏皇太后詔曰可是爲孝宣皇帝詳謝賚賜啓　清宮未央。〔漢文帝紀〕使太僕嬰東牟侯興居先清宮奉天子法駕迎代邸皇帝卽日夕入未央宮從億兆以歸心引公卿而定策馳輕軒於軨轄見與王太尉書奉侍駕於中都七廟之基於焉永固〔書〕七世之廟可以觀德萬邦之本由此克寧〔書〕民惟邦本本固邦寧〔本傳〕太后以衡陽王故未肯下令安都按劍上殿白太后出璽又手解文帝髮推就喪次仍別奉中旨迎衡陽獻王昌中流而殺之乃復進公司空南徐州刺史於是鎮之以清靜〔漢〕曹參傳載其清靜民以寧壹安之以惠和〔後漢左雄傳〕疏曰守相長吏惠和有顯效者可就增秩勿使移徙非父母喪不得去官望杏敦耕〔月令〕杏花生種百穀瞻蒲勸穡〔呂氏春秋〕冬至五旬七日菖始生菖者草之先者也於是始耕歌千耦〔詩〕十千維耦家喜萬鍾見孟子陌上成陰〔樂府題〕有陌上桑桑中可詠〔詩〕期我乎桑中春鶊始囀〔說文〕黃鸝倉庚也鳴卽蠶生必具籠

筐〔晉儀禮志〕皇后親蠶公主及諸命婦皆步搖衣青各載筐鉤從蠶秋蟀載吟〔月令注引〕俚諺蜻蛉鳴衣裘成蟋蟀鳴嬾婦驚競鳴機杼或肅拜靈祀〔晏子〕齊大旱公召羣臣問以祠靈山躬贍舞雩〔周官司巫〕若國大旱則率巫而舞雩去駕擁於風塵還旋阻於飄泊京坻歲積非勞楚堰之泉〔詩〕如坻如京〔一統志〕芍陂在鳳陽府即安豐塘也乃楚相孫叔敖所築倉廩年豐無用秦渠之水〔漢溝洫志〕韓欲疲秦使鄭國說秦令鑿涇水秦覺之國曰臣爲韓延數歲之命爲秦建萬世之功遂成之名鄭國渠雖復東過小縣夏雨逐其輕輪〔後漢書〕百里嵩爲徐州刺史境內旱嵩行部車所經甘雨輒降南渡滄江秋濤弭其張蓋〔枚乘七發〕將以八月之望觀濤乎廣陵之曲江江湧而濤起其始起也洪淋淋焉若白鷺之下翔其少進也浩浩溰溰如素車白馬帷蓋之張固不得同年而語矣若夫聽采民謠昏曉必

通召引軒𢹇，躬親辯決。立受符於前案，未詳。按〔漢酷吏傳〕左馮翊缺，上欲徵嚴延年，符已發，為其名酷，復止。無留諾於後曹。〔北堂書鈔〕魏孟康為弘農太守，事無留諾。樹穀曰：〔漢蕭育傳〕育為茂陵令，扶風召諸後曹，以職事對。育曰：蕭育杜陵男子，何詣曹也。接務高城之中，非異甘棠之下。〔燕世家〕召公巡行鄉邑，有棠樹，決獄政事其下。欣欣美俗，濟濟都廛。以賈琮、郭賀之風，〔後漢書〕冀州刺史賈琮，舊制傳車驂駕，垂赤帷裳。琮曰：刺史當廣視遠聽，糾察美惡，豈可垂帷裳以自蔽乎。命御者褰之。郡縣聞風震悚。〔又〕荊州刺史郭賀多異政，明帝賜以三公冕旒，敕行部去襜帷，露冕，使百姓見其容服。行建武永平之化。〔范蔚宗明帝紀論〕後之言事者，莫不先建武永平之政。於是州民散騎常侍王瑒等，〔南史〕王瑒字子瑛，梁元帝時位太子中庶子。陳武帝入輔，以為司徒左長史。拜表宮闕，請揚茲美化，樹彼高碑。民欲天從。

（詔見晉書）允膺絲詔。銘曰。

鬱鬱三象。蕩蕩九州。（見上）綿天滲漉。（司馬相如封禪文：滋液滲漉。）泱地虔劉。赫矣高祖。爰清國難。元勳佐命。力牧封侯。（帝王世紀：黃帝得風后於海隅。登以爲相。得力牧於大澤。進以爲將。本傳：武帝謀襲王僧辯。惟與安都定計。徐嗣徽任約等引齊寇至。安都屢破之。以功進爵爲侯。）亦既旋歸。拜家有暉。宮亭蠡浦。舊翅高飛。（本傳：復其官爵。出爲南豫州刺史。攻王琳將曹慶常衆愛。安都自宮亭湖出松門。躡衆愛後。破之。餘衆悉平。烱曰：荊州記：宮亭湖即彭蠡澤也。謂之彭澤湖。一名匯澤。）電卷勁寇。風行國威。（吳張紘傳注引吳書曰：紘述策平定三郡。風行草偃。）文身被髮。（穀梁傳：吳。祝髮文身。）作貢來綏。我皇纂武。肇號東序。（顧命：東序西嚮。）謁渭同周。（齊世家：西伯將出獵。卜之。曰：所獲非龍非彲。非虎非羆。所獲霸王之輔。果遇太公於渭之

陽。迎門惟噩。〔顧命〕成王崩，俾爰齊侯呂伋以二干戈、虎賁百人逆子釗於南門之外。本傳：還
軍至南皖，而武帝崩，安都隨文帝還朝，乃與羣臣議翼奉文帝。流矢爲暴。〔天官書〕項羽救鉅鹿，
枉矢西流。欃槍斯舉。〔爾雅〕彗星爲欃槍。惵惵蒼黎。〔老子〕聖人在上，天下惵惵，爲天
下渾其心。〔注〕惵惵，常恐懼也。危危刀俎。見與楊僕射書自我徂征。妖氛克
平。爰驅犬豨。實翦長鯨。見勸進表北震巢湖。南停灌城。侯瑱
傳：以瑱爲都督，侯安都等並隸焉。王琳引合肥漅湖之衆，舳艫相次而下。合戰，琳軍少却。本傳：留異擁據
東陽。安都自接戰，爲流矢所中，血流至踝。乘輿麾軍。屬夏潦水張，安都引船入堰，樓艦與異城等。異奔
晉安，虜其妻子，振旅而歸。仍還本鎮，吏人表請立碑，詔許之。青羌卷介。赤狄同兵。
見勸進表蹈舞難喻。歌謠靡宣。〔班固東都賦〕下舞上歌，蹈德詠仁。曰我黎
庶。俱祈上玄。〔揚雄甘泉賦〕惟漢十世，將郊上玄。山移兩越。見與王僧智書海

變三田。見與楊僕射書公爲上相。復倍斯年。

廣州刺史歐陽頠德政碑

弱水導其洪源。軒臺表其增構。山海經崑崙之丘有弱水之川環之。又西王母之山。有軒轅臺懿哉少傅。師儲皇於二京。漢儒林傳歐陽生字和伯。千乘人也。至曾孫高子陽爲博士。高孫地餘長賓。以太子中庶子授太子。後爲博士論石渠。元帝即位。地餘侍中貴幸至少府。地理志千乘郡屬青州。盛矣司徒。傳儒宗於九世。後漢歐陽歙傳。歙字正思。樂安千乘人也。自歐陽生傳伏生尚書。至歙八世。皆爲博士。學爲儒宗。世祖即位。爲河南尹。建武六年。拜揚州。乾八年徵爲大司徒。廣陵邕邕。族擅江右。未詳渤海赫赫。名重洛陽。晉書歐陽建字堅石。世爲冀方右族。擅名北州。時人爲之語曰。渤海赫赫。歐陽堅石。歷山陽令尚書郎馮翊太守。若夫岳鎮龍蟠。周官荊山之鎮山曰衡山。詳勸進表。

星懸鶉火。〔左傳〕味爲鶉火〔注〕鶉火。南方柳星也。衡山誕其高德。湘水降其清輝。千仞孤標。晝袞顗曰。和嶠森森如千丈松。萬頃無度。〔後漢郭泰傳〕泰曰叔度汪汪若千萬頃波澄之不清混之不濁年當小學。〔曲禮〕人生十年曰幼學。志冠成童。〔內則〕成童舞象因孝爲心。欲仁成體。〔本傳〕顗字靖世。長沙臨湘人也。爲郡豪族少質直有思理。以言行著於嶺表。屯騎府君。早棄榮祿。易簀之日。〔檀弓〕曾子寢疾病。元起易簀。幾將毀終。〔禮記〕毀不滅性。不以死傷生也。不杖之言。〔喪服小記〕庶子不以杖即位。淡非通制。遺貲巨萬。富擬倚頓。〔漢貨殖傳〕猗頓用盬鹽起。與王者埒富。裁變槐榆。並賑宗戚。南次大麓。〔舜典〕納于大麓。〔注〕麓山足也。北眺清湘。得性於橋洲之間。〔寰宇記〕橋洲在長沙縣西南四里。江中時有大水。洲渚皆沒。此洲獨存。〔湘中記〕諺曰昭潭無底橋洲浮。披書於杏

壇之上（莊子漁父篇孔子遊乎緇帷之林休坐乎杏林之上弟子讀書孔子絃歌鼓琴）三冬

文史（見讓主黃射表）五經縱橫（見與宗室書）頻致嘉招，雖乎難執

（本傳父喪哀毀甚至家產累積悉讓諸兄廬於麓山寺斅專精習業博通經史）既而帝啓黃

樞神亡赤伏（見讓表）天地崩隤川冢沸騰（詩百川沸騰山冢崒崩）

羣悍酋豪更爲禍亂朝披羽檄（漢書高祖曰吾以羽檄召天下）夜照

權烽（晉天文志軒轅西四星曰權權者烽火之神也）浴鐵蔽於山原（晉建武故事云

敦亥秘不發喪賊皆重鎧浴鐵）摐金駭於樓堞（司馬相如子虛賦摐金鼓吹鳴籟）公

褫兵屢出獨據胡牀（曹瞞傳操與馬超戰超等掩至操志猶坐胡牀未起）勍賊

重圍尚凭書几（九州春秋孔融爲北海太守爲譚所攻流矢雨集融凭几談笑）剠揚

灰既散（論衡楊璇爲零陵太守時桂陽賊起璇乃置馬車數十乘以囊盛石灰於車上乃會戰從

余箋卷四　五

風揚灰向賊遂大破之駕棒將揮抱朴子吳遣將軍討山賊賊中有善禁者每交戰官軍刀刃皆不得拔將軍乃多作勁木白棓擊之禁不得行因而克賊咸克凶渠以保衡服本傳梁左扁將軍蘭欽少與頠善故頠常隨欽征討南征夷獠禽陳文育所獲不可勝計大獻銅鼓累代所無頠預其功時湘衡界五十餘洞不賓敕衡州刺史韋粲討之粲委頠為都督悉皆平殄常以二主蒙塵見苔于大尉書三光掩曜班固典引經緯乾坤出入三光注三光日月星也出入逾於嘗膽吳越春秋越王念復吳仇愁心苦志懸膽於戶出入嘗之殷憂獨其撫心漢酷吏傳大將軍光因舉手自撫心曰使我至今病悸不治第宅深符去病漢霍去病傳上為治第令視之對曰匈奴不滅無以家為也志梟羣醜彌同越石晉書劉琨字越石與親故書曰吾枕戈待旦志梟逆虜自垂圭既錫見勸進表堯玉已傳帝王世紀堯賜舜以昭華之玉物變謳謠風移笙管商

周之際孤竹尚其哀歌伯夷傳武王已平殷亂天下宗周伯夷叔齊義不食周粟
隱於首陽山采薇而食之及餓且死作歌曹劉之間蘇子猶其狂哭魏蘇則傳
則字文師扶風武功人也則及臨菑侯植聞魏氏代漢皆發服悲哭本傳侯景構逆勃自解還都征以
頠監衡州及陳武帝入援都頠乃潛自結託遷頠爲始興內史元帝承制以始興郡爲東衡州以頠爲刺
史況番禺連帥實謂宗枝迷我天機自窺梁鼎以公
威名本重遍統前軍乾數難違剝象終悔高祖承言
惟舊爾念奇功即訓皇家濬弘胡紀檻車才至見移文
興櫬已焚左傳許男面縛銜璧大夫衰絰士輿櫬楚子問諸逢伯對曰昔武王克商微子啓如
是武王親釋其縛受其璧而祓之焚其櫬禮而命之使復其所祝史妖於夷吾左傳晉侯
改葬共太子秋狐突適下國遇太子太子使登僕而告之曰夷吾無禮余得請於帝矣將以晉畀秦秦將

徐箋卷四　二七

祀余對曰臣聞之神不歆非類民不祀非族君祀毋乃殄乎且民何罪失刑乏祀君其圖之君曰諾吾將
復請七日新城西偏將有巫者而見我焉許之遂不見及期而往告之曰帝許我罰有罪矣敝於韓壇
場廷於井伯左傳晉執虞公及井伯以媵秦穆姬本傳蕭勃在廣州顧秀質於勃及勃度嶺
出南康以顧爲前軍都督周文育破禽之送於武帝釋而禮之綢繆安樂造次討謀
爰珥豐貂允光金蟪漢官云秦置散騎又置中常侍漢因之皆銀璫附蟬爲文貂尾
爲飾謂之貂璫殤帝改施金璫但八桂之上山海經桂林有八樹在番禺東蠻夷不
賓九疑之陽山海經南方蒼梧之丘蒼梧之川其中有九疑山在長沙零陵界兵凶
歲積以公昔在衡岸濱留夙愛仁恩可以懷猛獸後漢
童恢傳恢琅邪姑幕人少仕州郡爲吏民常爲虎害乃捕二虎恢咒虎曰若殺人者當垂頭伏罪自知非
者當號呼稱冤一虎低頭閉目即時殺之一虎視恢鳴吼即時一釋吏人爲之歌頌威名可以

懼啼兒（南史劉胡傳胡爲越騎校尉蠻畏之小兒啼語云胡來即止）乃授持節散騎常侍（本傳不載）衡州刺史（本傳蕭勃反後嶺南亂顧有聲南土且與武帝有舊乃授安南將軍衡州刺史封始興縣侯）我皇帝從唐侯以亂國（見勸進表）屈啓筮而承家（漢文帝紀后崩大臣遂使人迎代王代王卜之占曰大橫庚庚余爲天王夏啓以光）一恭寶祚開定江沔三改璇衡苞羅湘峽昔中宗屈申於處仲（晉書王敦字處仲元帝永昌元年三月敦據石頭擁兵不朝帝遣使謂敦曰公若不忘本朝於此息兵則天下尚可共安如其不然朕當歸琅邪以避賢路按元帝廟號中宗）高祖遺恨於平城（見玉臺新詠序）漢武承基於通沙塞（漢衛青傳大將軍青凡七出擊匈奴）晉明紹運裁平姑孰（晉書明帝太寧元年四月敦謀簒位自武昌移鎮姑孰二年六月加司徒王導大都督揚州刺史督諸軍討敦敦復反秋七月至江寧帝親征破之敦死

衆瀆。方其盛業。緯有光前。踐祚之初。進公位征南將軍〔本傳〕文帝即位進號廣州刺史。又都督東衡州〔本傳〕作交廣等。〔隋書〕揚州南海郡始興縣。〔注〕齊曰正階。梁改名。又置安遠郡置東衡州。二十〔本傳〕作十九州諸軍事宓。公乃務是民天。〔漢書〕酈食其曰民以食爲天。敦其分地。火耕水耨。〔貨殖傳〕楚越之地。地廣人稀。飯稻羹魚。或火耕而水耨。彌亙原野。盜賊皆偃。工賈競臻。鬻光商鹽。盈衢滿肆。新垣既築。外戶無扃。〔禮運〕故外戶而不閉。脂脯豪家。鐘鼎爲樂。見與王僧辯書揚袪灑汗。振雨流風。〔蘇秦傳〕臨菑之塗。舉袂成幕。揮汗成雨。市有千金之租。〔漢高五王傳〕主父偃言齊臨菑十萬戶。市租千金。田多萬箱之詠。〔詩〕乃求萬斯箱僧釋慧羨等來朝絳闕。備啓丹誠。乞於大路康莊。式刊豐琰。庶樊卿寶鼎，復述台司之功。〔後漢竇憲傳〕南單于於漢北遺憲古鼎，具傷銘曰仲山甫鼎。〔潛夫論〕仲山甫姓樊，謚穆仲，封於南陽。羊叓高碑，更紀征南之德。〔晉書〕加羊祜征南大將軍，詳與李邪書。於是跪開黃素，〔揚雄荅劉歆書〕天下上計孝廉及內郡衛卒會者，常把三寸弱翰，筆賫黃素三尺，以問其異語。爰登紫泥。〔西京雜記〕漢以武都紫泥爲璽室。鑒此誠祈，皆如所奏。乃詔庸臣爲其銘曰：

赫赫宗陳，桓桓鼎臣。千乘建學，五典攸因。〔書〕愼徽五典，五典克從。盛德斯遠，公門日新。崇高維嶽，旣甫生申。〔詩〕維嶽降神，生甫及申。去衡移廣，遷征自鎭。攸攸銅略，疑作畧，見與章司空書。藐藐金鄰，〔左思吳都賦〕金鄰象郡之渠。〔注〕夫南之外有金鄰國，去夫南可二千餘里，土地出銀。莫遠非督，無思不賓。三江靡浪，見移文。五嶺奚塵。見與章司空書。

式歌式舞。〔詩〕雖無德與汝，式歌且舞。仁哉至仁，公其饗福於萬斯春。

晉陵太守王勵本傳作勱德政碑樹屏曰：〔本傳〕勱字公齊，侯景之亂弃江陵。歷位晉陵太守。時兵饑之後，郡中凋弊。勱爲政清簡，吏人便安之。大建元年，累遷尚書右僕射。時東境大水，以勱爲晉陵太守，在郡甚有威惠。郡人表請立碑頌勱政德，詔許之。

若夫睢陵世傳已詳，載德之華，徐州先賢亦著清風之美。偉哉文獻，光啓中興。〔晉書王祥傳〕祥字休徵，瑯邪臨沂人，漢諫議大夫吉之後也。歷官司空，轉太尉，加侍中，五等建封，睢陵侯邑一千六百戶。祥弟覽，子裁，裁子導，字茂弘，元帝過江，導歷位至丞相，輔相三世，及薨，詔喪葬參用天子之禮，謚曰文獻。

樹聲曰：〔國語〕祭公謀父曰：我先王

不留奕世載德吳世標曰〔後漢王良傳〕良字仲子東海蘭陵人也王莽時不仕建武三年徵拜諫議大夫六年代宣秉爲大司徒司直在位恭儉妻子不入官舍布被瓦器〔范曄論〕當世咨其清人君高其節隋〔地理志〕東海郡屬徐州瑯邪郡屬徐州郭蒞表其潁源見爲貞陽侯書何籌懿其遠慶〔後漢何敞傳〕敞六世祖比干爲汝陰縣獄吏決曹掾平活數千人有老嫗謂曰公有陰德今天錫君策以廣公之子孫因出懷中符策凡九百九十枚子孫佩印綬者當此筭豈惟桓氏之鳴玉〔范曄論〕桓氏自榮至典父子兄弟代爲帝師國語趙簡子鳴玉以相張家之珥貂〔漢書〕張安世子孫相繼爲侍中中常侍諸曹散騎列校尉者凡十餘人詳歐陽顧碑袁姓之朱衣〔後漢袁安傳〕安道逢二書生指一處云葬此地當世爲上公故累世隆盛楊宗之華轂〔漢楊惲傳〕惲家方隆盛時乘朱輪者十人又有佽飛遮列〔漢百官公卿表〕佽飛掌弋射有九丞兩尉班弓夾門〔後漢班超傳〕悉持弓弩夾門而佽濯龍俯望〔後漢馬皇

（后紀太后詔曰前過濯龍門上見外家問起居者車如流水馬如游龍百官志有濯龍監一人）緹騎盈道（漢官曰執金吾緹騎二百人環濟要略司隸出從緹騎）奕世如此何其盛哉（南史王份傳份累遷尚書左僕射子琳位司徒左長史兄銓衛尉卿錫累遷吏部郎中參太子中庶子通尚書右僕射弟質歷位侍中固遷潯陽太守）君以藍田美玉（三秦記藍田出美玉吳志諸葛恪少有才名孫權奇之曰藍田美玉眞不虛也）大海明珠（曹植贈丁翼詩大國多良材譬海出明珠）灼灼美其聲芳英英照其符彩丰神雅澹識量寬和既有崔琰之鬚眉（魏書崔琰聲姿高暢眉目疏朗鬚長四尺甚有威重朝士瞻望太祖亦敬重焉）非無鄭玄之腰帶（後漢書鄭玄身長八尺飲酒一斛秀眉明目容儀溫偉）爛爛若高巖下電騷騷若長松裏風（世說裴令公目王安豐眼爛爛如巖下電世目李元禮謖謖如勁松下風）勢利無擾於胷襟行藏不

槃於懷抱。家門雍睦。孝友爲風。上交不諂。下交不瀆。〔見繫辭〕脫貂救厄。情靡矜炫。〔未詳〕釋馬窮塗。惟濟危殆。〔後漢廉范傳〕范遷蜀郡太守。坐法免歸鄉里。肅宗崩。范奔赴敬陵。時廬江郡掾嚴麟奉章弔國。俱會於路。麟乘小車。塗深馬死。不能自進。范見而愍命從騎下馬與之。不告而去。至於綢羅圖籍。脂粉藝文。學侶挹其精微。辭宗稱其妙絕。〔本傳〕勛美風儀。傅步書史。恬然清簡。未嘗以利欲干懷。出爲仁武將軍晉陵太守。〔宋書〕南徐州刺史領晉陵太守。吳時分吳郡無錫以西爲毗陵。晉東海王越世子名毗。永嘉五年帝改爲晉陵。五雞二彘。勤卹有力。〔漢龔遂傳〕遂爲渤海太守。使民家養二母彘五母雞。問羊知馬。鉤距兼設。〔漢書〕趙廣漢爲京兆尹。善爲鉤距。以得事情。鉤距者。設欲知馬價。則先問狗。已問羊。又問牛。然後及馬。參伍其價。以類相準。則知馬之貴賤。濟北移樹。累政之所未治。

未詳汝南爭水連年之所無斷〔汝南先賢傳〕趙覬爲安陽令與朗陵黃萌爭水劇指一朝明決曾不留滯四民商販咸用殷阜銘曰

康哉寶運美矣良臣渭自灃水源以洛濱公侯世及宰輔相因曰我民秀山川降神風情穆穆孝友恂恂學則經笥〔後漢邊韶傳〕韶曰腹便便五經笥文爲世珍高風遠矣曠代難倫鼎鉉虛職〔易〕鼎玉鉉台階未臻〔晉書〕羊祜表曰恩詔拔臣使同台司〔注〕台司三公也安知霜霰遼天松椿〔莊子〕上古有大椿者以八千歲爲春八千歲爲秋碣石斯表民情既陳徒然下拜何報陽春〔蔡邕獨斷〕春曰爲少陽其氣始出生長

丹陽上庸路碑

在天成象。咸池屬於五潢。在地成形。滄海環於四瀆。〔史記天官書〕西宮咸池曰天五潢。〔注〕元命包曰。咸池主五穀。其星五者各有所職。樹本曰〔封禪書〕四瀆者江淮河濟也。國險者固其金湯。〔漢蒯通傳〕金城湯池。不可攻也。儲胥者因於轉漕。〔漢宣帝紀〕大司農中丞耿壽昌奏設常平倉。以給北邊。省轉漕。貨財爲禮。〔曲禮〕貧者不以貨財爲禮。專侯會通。厥田爲上。〔書禹貢〕四海會同。〔又〕徐州厥田惟上中。皆賫滲漉。〔見侯安都碑〕大矣哉坎德之爲用也。〔木華海賦〕曠哉坎德。〔易〕坎爲水。是以握圖之主。財以利民。御斗之君。因之顯教。〔揚雄長揚賦〕高祖奉命順斗。極運天關。上哉少昊。初命水官。未詳〔左傳〕剡子曰。共工氏以水紀。故爲水師而水名。遜矣高陽。爰重冥職。〔帝王世紀〕顓頊高陽氏。以水事紀官。〔祭法〕冥勤其官而水死。舜爲大尉。於是九澤載疏。禹作司空。

然後百川咸導〔河圖曰〕舜以太尉即位與三公臨河觀黃龍五采負圖出置舜前以黃玉爲柙白玉爲檢黃金爲繩紫芝爲泥章曰天皇帝符璽〔舜典〕伯禹作司空〔禹貢〕奠高山大川〔又〕九澤既陂開華山於高掌〔述征記〕華山本一山巨靈所開今睹手跡於華岳而腳跡在首陽山下鑿靈沼於周原〔詩〕王在靈沼〔又〕周原膴膴莫匪神功皆由聖德我大梁之受天明命勞已濟民有道稱皇無爲曰帝〔帝王世紀〕功合神者稱皇德合地者稱帝德合人者稱王若夫雲雷草創〔易〕雲雷屯〔又〕天造草昧翦商黜夏之勳疑脫二句〔詩〕后稷之孫實維大王居岐之陽實始翦商〔湯誥〕罪人黜服鑄寶鼎於昆吾安能紀勒〔後漢崔駰傳〕蔡邕銘論呂尚作周太師其功銘於昆吾之鼎陳鴻鐘於酆岳豈易揄揚〔漢司馬相如賦〕撞鴻鐘〔山海經〕豐山有九鐘〔注〕霜降則自鳴闕屏曰〔班固西都賦〕雍容揄揚斯固名言所絕也及乎

膺斯寶運，大拯橫流。（晉王尼傳：尼常歎曰：滄海橫流，處處不安也。）屈至道於汾陽，勞凝神於姑射。（莊子：至道之極，昏昏默默。又用志不分，乃凝於神。詳卷三）聖人作樂，簫韶備以九成；（見書益稷）喆王盡禮，春官總於三代。（見周禮）豈止金門桴竹，（玉泉記：立春之日，取宜陽金門山竹爲管，河內葭草爲灰，以候陽氣。）玉尺調鐘。（世說：荀勗善解音聲，遂正雅樂。阮咸妙賞，時謂神解。每公會作樂，而心謂之不調。勗意忌之，遂出阮爲始平太守。後有一田父耕於野，得周時玉尺，便是天下正尺。荀試以校已所治鐘鼓金石絲竹，皆覺短一黍，於是伏阮神識。）公帶獻明堂之圖，（封禪書：濟南人公玉帶上黃帝時明堂圖。明堂圖中有一殿，四面無殿，以茅蓋，通水，圜宮垣，爲複道，上有樓，從西南入，命曰昆侖。天子從之入，以拜祠上帝。）匡衡建后土之議。（郊祀志：匡衡以甘泉泰時河東后土之祠，宜可徙置長安。顧與羣臣議定。）若斯而已矣。天降丹鳥，既序孝經。〔干寶搜神記〕孔子制孝經既成齋戒向北辰而拜乃起白霧摩地赤虹自天而下化爲黃玉上有刻字孔子跪受讀之河出應龍。乃私周易。見勸進表若夫固天將聖。垂意藝文。五色相宜。八音繁會。〔樂記〕五色成文而不亂〔注〕五聲配五行之色〔屈原九歌〕云五音紛兮繁會不移漏刻。見與楊僕射書繼命口占。〔漢游俠傳〕陳遵爲河南太守。召善書吏十人於前治私書謝京師故人。遵憑几口占。書吏且省官事。書數百封。親踈各有意。河南大驚。御紙風飛。天章海溢。皆紫庭黃竹之辭。〔蔡邕琴操〕周成王琴歌〕鳳皇翔兮紫庭。余何德兮感靈。〔穆天子傳〕王遊黃臺之丘。時國中大雪大寒。王作黃竹歌三章以哀之。晨露卿雲之藻。〔呂氏春秋〕晨露湯歌也。詳勸進表漢之兩帝。徒有詠歌。〔漢書〕高祖有大風歌。〔漢武故事〕帝作秋風辭。魏之三祖。空云詩賦。〔沈約謝靈運傳論〕曹氏基命。三祖陳王盛高麗藻。以爲彭老之教。終沒愛河。

界。玄經漂浪愛河流吹欲海。儒會之宗。方離火宅。見與李那書豈知五詩八會之殊文。未詳復菴和尚華嚴論贊龍樹菩薩入龍宮看藏。得華嚴下本。回歸西土。傳到此方者。乃八十卷經三十九品品分七處九會。天上人中之妙典。優闐王作佛形像經若生天上天中最勝。乃至得作六欲天王於六天中尊貴第一。雪山羅漢。爭造論門。傳燈錄雪山五百仙人。飛空而至。阿難爲說法。鷲嶺名僧。俱傳經藏。見與李邪書香象之力。特所未勝。雜寶藏經過去久遠比提醯國王有大香象。以香象力摧伏迦尸王軍。華嚴經現有菩薩名曰香象。與其眷屬諸菩薩中三千人俱常在其忠而演說法。秋兔之毫。書而莫盡。西京雜記天子筆管以錯寶爲跗。毛皆以秋兔之毫。忠信爲寶。家語孔子息駕於河梁。有懸水三十仞。圓流九十里。有一丈夫方將厲之。日始吾之入也。先以忠信。及吾之出也。又從以忠信。所以能入而復出也。禱祈免於白駒。漢溝洫志武帝用事萬里沙積還自臨決河，湛白馬玉璧，令羣臣從官自將軍以下皆負薪置決河。明德惟馨。〔左傳〕宮之奇引周書曰：黍稷非馨，明德惟馨。山川舍於騂犢。見論語。至如月離金虎，〔陸機詩〕望舒離金虎。〔漢書〕西方金也。〔孔傳〕昴，白虎中星。然西方七宿畢昴之屬俱白虎。泥染石牛，〔廣州記〕州有石牛，每旱，殺牛以血和泥，泥石牛背，既畢即雨，泥盡方止。薈蔚朝興，滂沱晚注。〔詩〕薈兮蔚兮，南山朝隮。又月離于畢，俾滂沱矣。而清蹕纔動，見勸進表。纖羅不搖。〔木華海賦〕輕塵不飛，纖蘿不動。高閈將臨，〔左傳〕高其閈閎。油雲白闓。〔西京雜記〕雨雲曰油雲。陽烏銜印，寧懼虎賁之弓。〔廣雅〕云：日名陽烏。〔淮南子〕日中有踆烏。樹本曰：〔漢明帝起居注〕上東巡泰山，到榮陽，有烏飛鳴乘輿上，虎賁王吉射之，中，而祝曰：烏鳴啞啞，引弓射之，洞左腋，陛下壽萬萬歲，臣爲二千石，賜錢二百萬。飛雨彌天，無待期門之蓋。〔漢外戚傳〕上官桀少時爲羽林期門郎，從武帝上甘泉，桀奉蓋，雖風常屬車，雨下蓋輒御。

震維舉德。易曰：震爲長子。文炳曰：左傳王子朝告諸侯曰：王后無適，則擇立長。年鈞以德，德鈞以十。非曰尚年。見表後啓。若發居鄴。檀弓：文王舍伯邑考而立武王。注：伯邑考，文王長子。發。武王名。猶莊在漢。後漢書：東海恭王彊，建武二年立爲皇太子。十七年而母郭后廢，遂讓位於顯宗。顯宗明皇帝諱莊，光武第四子也。母陰皇后。按昭明太子早卒。簡文帝乃高祖第三子也，故云。濤如白馬。既礙廣陵之江。見侯安都碑。山曰金牛。孰辨梅湖之路。初學記：武原淪陷爲當湖。又有梅湖。趙曄吳越春秋：海鹽縣淪爲招湖。徙居武原鄉。故越地也。世標曰：劉道眞錢塘記：明聖湖在縣南。父老相傳湖中有金牛。專州典郡。青鳧赤馬之舟。魏王粲海賦：乘囦桂之舟。晨鳧之舸。吳志：太傅諸葛恪制爲鴨頭船。詳與王太尉書。皇子天孫。鳴鳳飛龍之乘。陶季直京邦記：宋武帝度六合，龍舟翔鳳以下三千四十五艘。晉宮閣記：天泉池有飛龍舟。莫不欣斯利涉。易：利涉大川。玩此修渠。乍擁楫而長歌。〔列女傳〕趙簡子南擊楚津吏醉不能渡將殺之津吏女娟持楫而前中流奏河激之歌簡子立為夫人乃縱金而鳴籟。見歐陽顧碑斯曠世之奇功。無疆之鴻烈者也。銘曰

后王降德。於衆兆民。高文象緯。〔晉張華傳〕妙達象緯妙義幾神。業冠遷夏。見為陳武帝書功踰入秦。〔漢高祖紀〕楚懷王與諸將約先入定關中者王之。沛公攻武關入秦。時惟大畜。象及同人。見易慧雨方霽。禪枝獨春。〔西域傳〕羅婆路山北巖泉。是佛受山神飯已欶口罰楊枝。因生今為茂林寺。號楊枝。帝德惟厚。〔書大禹謨〕益曰都帝德廣運皇恩甚深。觀乎禹迹。見侯安都碑見我堯心。

孝義寺碑

臣聞道階八地。猶見后妃。〔淨土論〕二淨穢土。謂淨多穢少。即八地已上。〔百緣經〕佛告比丘。此賢劫中波羅柰國。梵摩達王正法治化。惟無子息。禱祀諸神。求索有子。困不能得。時王國中有一池水。生一蓮華。其華臺中有一童子。結跏趺坐。王及后妃見甚歡喜。即抱還宮。養育漸大。隨其行處蓮華承足。因字名栴檀香。後悟非常。成辟支佛。身升虛空。作十八變。願生千佛。無非賢聖。〔雜寶藏經〕波羅柰國中有山名曰仙山。有梵志在彼山由。大小便利於石上。有雌鹿來舐。即便有身。生一女子。梵豫國王立為第二夫人。後時有身。便生千葉蓮華。時大夫人取千葉蓮華盛著篋裏。擲於河中。時烏耆延王接取。見千葉蓮華葉。葉有一小兒。長大各有大力。千子即時將諸軍衆。降服諸國。次到梵豫第二夫人却之。以五百子與親父母。以五百子與養父母。時二國王分閻浮提。各畜五百子。佛言欲知彼時千子者。賢劫千佛是也。以誓願力。常生賢聖。汲引之義。雖同隨機之感非一。至如嬀汭有禮。皇源所以前興。〔堯典〕釐降二女于嬀汭。嬪于虞。周女斯歸。陳宗所以流慶。〔左傳〕庸以元女大姬配胡公而封諸陳以備三恪。大矣神基帝系。淑聖重光者也。慈訓太后〔陳后妃傳〕武宣章皇后諱要兒。吳興烏程人。本姓鈕。父景明為章氏所養。因改姓焉。武帝先娶同郡錢仲方女。早卒。後乃聘后。永定元年立為皇后。武帝崩。后與中書舍人蔡景歷定計。召文帝。及即位。尊后為皇太后。宮曰慈訓。德佐初九。道暉上六。〔周易〕初九曰潛龍勿用何謂也。子曰龍德而隱者也。〔又〕上六龍戰于野。其血玄黃。象曰。龍戰于野。其道窮也。居天上天中之極。見丹陽碑處太任太姒之尊。〔詩〕思齊太任。文王之母。〔又〕太姒嗣徽音。則百斯男。蘋藻之化斯浹。葛覃之風彌遠。〔詩〕于以采蘋。南澗之濱。于以采藻。于彼行潦。〔又〕葛之覃兮。施于中谷。皇帝膺茲上聖。契彼援神。〔後漢翟酺傳注〕援神契鉤命決。皆孝經緯篇名也。愛敬在乎一人。德教刑於四海。是以明星皎皎。流牛月之光。孫氏瑞應圖：景星者，天精也。狀如半月，生於晦朔，助月爲明。王者不私人則見。甘露團團。灑如餳之味。晉書：甘露者，仁澤也。其凝如脂，其美如飴。嘉禾自秀。孝經援神契：德下至地，則嘉禾生。浪井恆清。瑞應圖：浪井不鑿自成。王者清淨，則仙人主之。天降徵祥。日閒書府。左傳：女叔侯曰：史不絕書，府無虛月。自大明紹運。周易：順而麗乎大明。神武應期。繫辭：古之聰明睿知，神武而不殺者夫。至道旁通。無思不格。戊己校尉。西關玉門。漢書：元帝初元元年，置戊己校尉，屯田車師故地。後漢班超傳：不敢望到酒泉郡，但願生入玉門關。注：玉門關在燉煌郡，今沙州。伏波將軍南表銅柱。見歐陽顏碑。方使三千世界百億須彌。長阿含起世經等云：四洲地心即是須彌山。山外別有八山圍如須彌山下。大海深八萬四千由旬，其邊八山大海初廣八千由旬，中有八功德水，如是漸小，至第七山下，廣一千二百五十由旬。其海鹹海廣於無際，海外有山即是

大鐵圍山四周圍輪并一日月晝夜囘轉照四天下
名爲一國土卽以此爲量漸至滿千鐵圍繞訖名一
小千復至一千鐵圍繞訖名爲中千世界卽數中千
復滿一千鐵圍繞訖名爲大千世界此中四洲山王
日月乃至頂各有萬億成則同成壞則同壞是皆一
化佛所統之處名爲三千大千世界號爲娑婆世界
同望飛輪。轉法輪經佛在鹿野樹下時空中有自然法輪飛來當佛前而轉共稟玄
德。舜典玄德升聞乃命以位天嘉三年正月二十一日詔旨。陳文帝紀
世祖文皇帝諱蒨字子華始興昭烈王之長子也武
帝甚愛之永定三年六月丙午武帝崩皇后稱遺詔
徵文帝入纂皇統改元天嘉仰惟聖德。方被兆民。乃敕有司改東
成里爲孝義里。昔岱山徙號。重華著其受終。舜典正月上日
受終於文祖。歲二月東巡狩至于岱宗。德水移名。秦人表其嘉運。史記秦始
皇本紀。始皇并天下。更名河曰德水。以爲水德之始。豈若盡在輿地。書茲里門。

仰述天經〔孝經〕子曰夫孝天之經也地之義也光臨父母〔繫辭〕无有師保如臨父母

臣陵稽首〔周禮〕太祝辨九拜一日稽首乃作銘曰

願此良因〔大寶積經〕樂施於人獲五種名利五能爲菩提作上妙因宏資貴親〔公羊傳〕子以母貴母以子貴三乘竝策見與李那書四梵爲寶〔大悲芬陀利經〕佛言我於林中三十六年遊四梵處爲益衆生散食衆果〔法苑珠林〕大洛那方者是第四梵王那羅延力是

紺殿安生〔梁元帝集〕善覺寺碑云寶繩交映無憩紫紺之宮〔白帖〕佛寺爲紺園蓮華養神〔佛升忉利天爲母說法經〕摩耶夫人兩乳血出猶白蓮華而入如來口中燈前禮佛〔涅槃經〕若於佛法供養一香燈乃至獻一華則生不動國地後邊身〔寶積經〕昔舍衛城有二十人皆是最後邊身更有怨家二十人奪其命根如來爲調伏是四十人故告目連言令此地中出佉違羅刺欲刺我足此刺即長一肘佛言我過去世入大海中持稍刺人得此刺如是報彼時二十怨賊欲害二十人者作

是思惟如來法王尚不免報。況我等輩即從坐起向佛悔過。竝濟含識。（法苑珠林）梁武帝捨道亦引含識於涅槃。咸歸至眞。（法苑珠林）故經中來至佛所云南無。無所著至眞等正覺。是名口業稱歎如來德也。國家隆盛。同享遐慶。謹勒豐碑。（檀弓）公室視豐碑。陳其舞詠。（潘尼釋奠頌）不知手舞口詠。

齊國宋司徒寺碑

無色之外。方為化城。非想之中。猶稱火宅。（楞嚴經）有色無色有想無想。若非有色。若非無色。若非有想。若非無想。（詳與李那書）若夫衆生無盡。世界無窮。（華嚴經）一切法界。虛空界。等世界。芬若披蓮。（關令尹喜傳）眞人遊時。各各坐蓮華之上。一花輒徑十丈。遠如散墨。（法華經）假使有人磨以為墨過於東方千國土。乃下一點。大如微塵。又過千國土。復下一點。如是展轉盡地種墨。是諸佛土若算師知其數否。善財童子。南

行未窺〔華嚴經〕善財童子問法於五十三參善知識而德雲比丘乃第一也〔又〕善財童子歡喜頂
禮繞無數匝般勤瞻仰辭退南行目蓮沙門北遊不見〔盂蘭盆經〕目蓮見其亡母
在餓鬼中即鉢盛飯往餉其母一一剎土皆由業緣〔觀佛三昧經〕六日出時此地皆
悉煙出從須彌山乃至三千大千剎土及八大地獄靡不燒滅〔未曾有經〕罪業因緣相續不絕〔百緣經〕以
是業緣五百世中受毒龍身萬萬僧祇終非常樂〔藥王藥上經〕眾生得聞是五十
三佛名者是人於百千萬億阿僧祇劫不墮惡道〔大集經〕佛言休息綺語獲十種功德三常樂實事〔隋書
經籍志〕般涅槃譯言滅度亦曰常樂天宮蹇產〔起世經〕其天宮城內雕飾愛欲其歡樂不可具
說〔楚辭〕思蹇產而不釋〔注〕蹇產詰曲貌猶傾四大之風樹本日〔圓覺經〕此身四大和合
毛髮爪齒皮肉筋骨腦髓垢色皆歸於地唾涕膿血涎沫津液痰淚精氣大小便利皆歸於水暖氣歸火
動轉歸風四大各離今日妄身當在何處魔殿崔嵬〔樓炭經〕在欲色二界中間別有魔宮〔華嚴

經如來即於口中放大光明名無礙無畏映蔽一切諸魔宮殿。終懼三災之火。〔長阿含經三災上際云何若火災起時至光音天為際若水災起時至徧淨天為際若風災起時至果實天為際〕朱樓寶塔。輝煥爭華。〔宣律師住持感應傳樹神即將七寶來至尊所以神力故於一念頃即成四塔高五十由旬又造真珠樓觀及白銀臺於此四塔內各造樓觀具八萬四千。烔日〔西域志波斯匿王都城東百里大海邊有大塔塔中有小塔高一丈二尺裝衆寶飾之夜中每有光耀如大火聚云佛涅槃百五歲後龍樹菩薩人大海化龍王龍王以此寶塔奉獻龍樹龍樹受已將施此國地造莊飾嚴好過佛在時經百五十年魔天燒滅則當此土。既義暢中土。道流遐域。顯默同歸。華夷俱泰。自枕石漱流。〔見諫罷道書〕始終一槩。悟智交養。三十餘年。春秋八十三。古人云。道存人亡。法師之謂。凡我門徒。感風徽之緬邈。傷諮悟之永滅。故

以殘見揚德金石銘曰

九流依眞（後漢書班固九流百家之説靡不窮究）三乘歸佛（見與李道邪書）

住絕迹慈還接物（白帖如來慈心如彼大雲蔭注世界）孰是發蒙（易初六發蒙）

昭我慧日（齊王屮頭陀寺碑注慧日喻明也）攝亂以定（本相經年十九踰城出家學道勤行精進禪定）闢邪以律（齊尚統師傳魏皇初三年曇摩迦羅譯出戒律）秦皇

雄感蔽理通情王孫偏解遠亦滯生（太平御覽蜀本紀曰始皇陵有銀蠶金雀以多奇物故俗云秦皇地市漢書揚王孫學黃老之術厚自奉養生無所不致及終令其子曰吾欲臝葬以反吾眞必無易吾意班固贊曰觀揚王孫之志賢於秦始皇遠矣）夫子之悟萬

劫獨明寒暑遞易悲欣皐壤（家語孔子出聞哭聲至皐魚也曰吾有三哭少而遊學以後吾親一高尚吾志間吾事君二與友厚而小絕之三立槁而死檀弓孔子之故人曰原壤其

母疢夫子助之沐槨原壤登木曰久矣予之不託於音也歌曰貍首之斑然執女手之卷然夫子爲弗聞也者而過之炯曰〔莊子〕山林與皐壤與使我欣欣然而樂與樂未畢也哀又繼之秋蓬四轉春鴻五響孤松獨秀德音長往節有推遷情無遺想

長干寺衆食碑

昔炎皇肇訓〔繫辭〕神農氏作斲木爲耜揉木爲耒耒耨之利以教天下稷正脩官舜典棄黎民阻飢汝后稷播時百穀信矣民天之言見歐陽顧碑誠哉國寶之義〔范子計然曰五穀者國之重寶自非道登正覺〔本願經〕佛告阿難我以十事致最正覺安住於大般涅槃〔華嚴經〕乃至最後涅槃分布其身起廟塔〔心經注〕梵語涅槃此云無爲行在眞空〔觀佛三昧經〕過去久遠有佛出世號曰空王炯曰〔海錄碎事〕如來藏中性火眞空性空眞火㴱入於無爲般若見罷諫道書則菩薩應化

咸同色身〔婆沙論〕佛在世時色身受用〔奘法師傳〕婆毗吠伽論師於觀自在菩薩立志祈請待見於是觀自在乃爲現色身〔立世阿毗曇論〕閻浮提衆生色身種種不同**諸佛淨土皆爲摶食**〔法華論〕無煩惱衆生住處名爲淨土〔毗婆沙論〕若以一摶之食起殷淨心奉於僧衆於當來世決定不逐饑饉災起**證常住者爰乞乳糜**〔涅槃經〕有人聞常住二字是人生生不墮惡道〔支僧載外國事〕佛在貝多樹下坐滿六年長者女以金鉢盛牛乳糜上佛佛於水邊啜糜**補尊位者猶假香飯**見誺罷道書**亦有三心未滅**〔菩薩善戒經〕菩薩心有上中下**七反餘生**〔觀佛三昧經〕金翅鳥王名曰正音日食一龍王及五百小龍經八千歲死相既現諸龍吐毒不能得食從金剛山直下從大水際至風輪際爲風所吹還上金剛如是七返然後命終**應會天宮**〔法苑珠林〕傳云釋迦受食四王奉鉢滅後流行上升兜率彌勒見曰釋迦佛鉢今來至此七日供養還下龍宮就齋龍海〔智度論〕阿羅漢常入龍宮食以鉢授與沙彌令洗鉢中

繕俗書即禪字齒淺切音闡說文帶緩也

有殘飯數粒沙彌嗅之大香食之甚美況復繕居地轉未詳按裴法師西國傳數量之稱謂踰繕那踰繕那者自古聖王一日逆行也舊傳一踰繕那四十里矣咸憩珠疑作庭殊漢書上望祀蓬萊之屬幾至殊庭師古曰殊庭蓬萊中仙人庭固以皆種仙禾並貪靈粟者矣曹植社頌靈稼阿那一不千莖拾遺記員嶠之山名環丘上有方湖千里多大鵲高一丈銜采不周之粟於環丘之上粟生穟高五丈其粒皎然如玉也法師常願以智慧火燒煩惱薪華嚴經智慧火令衆生離障礙苦皆得具足文殊問經住家者爲煩惱所燒出家者滅煩惱煩惱火普施衆生同餐甘露四分律天帝釋便作是念我今令王慧燈以此瘡疾者甚非所以當以天甘露灌其身上瘡即平復況復安居自恣經律異相精舍告成白王遣使請佛安居願學高年或次第於王城法苑珠林食中有六者一乞食二次第乞食三不作餘食法食四一坐食五一團食亦名節量食六中後不飲漿雜阿含

經〕爾時世尊晨朝著衣持鉢。其諸比丘入王舍城乞食。猶棲遑於貧里。〔後漢徐穉傳〕謂茅容曰。為我謝郭林宗。何為栖栖不遑寧處。〔維摩詰經〕憶念我昔於貧里而行乞時。迦留乞麪。〔十誦律〕佛在舍衛國時。有長老迦留陀夷得阿羅漢道。持鉢入城乞食。到一婆羅門舍。主人不在。婦閉門作煎餅。迦留陀夷比丘即入禪定。起通。從外地沒。涌出中庭。乃以指彈婦。即語夷言。縱使眼脫。我亦不與。而以神力即兩眼脫出。復念縱出眼如拖。我亦不與。即變眼如拖。復念縱若倒立我前。我亦不與。即於前倒立。復念縱汝若死。我亦不與。即入滅受想定。心想皆滅。無所覺知。即語比丘言。汝若活者。我施與一餅。迦留陀夷便出於定。婦更刮盆邊。得一小麪煎之。迦留語言。我不須是餅。為說妙法。即於座上得法眼淨。作優婆夷。須提請飯。致遺豪貴。〔未詳〕於是思營眾業。〔勝天王經〕乃往古世。廣脩淨業。願造坊廚。〔涅槃經〕須達長者七日之內。成立大房足三百口。禪坊淨處六十三所。冬室夏堂。各各別異。廚坊浴室洗脚之處。大小圊廁。無不備足。庶使應供之僧皆同自然之食〔百緣經〕佛在世時王舍城中有一長者其婦生女名曰善愛後求出家世尊告善愛尼言汝今可設飲食供養佛僧尋取佛鉢擲虛空中百味飲食自然盈滿如是次第取千二百五十比丘鉢所飯亦皆滿都令豐足升堂濟濟無勞四輩之類〔大集經〕復有比丘晝夜精勤樂修善法讀誦經典坐禪習慧不捨須臾以是因緣感諸四輩種種供養高廩峨峨恆有千食之糒〔詩〕亦有高廩萬億及秭〔水經注〕澆河西南一百七十里有黃沙望黃沙猶若人委干糒於地其外鐵市銅街晉石苞傳苞為吏到鄴乃販鐵於鄴市中詳與楊僕別書青樓紫陌魏曹植詩青樓臨大道〔梁獵賦〕倚紫陌而並征王辛家累白之里未詳甲第王侯之門漢書張放傳帝賜甲第莫不供施祠高資儲轉衆〔沐魄經〕給工十歲儲資糧法師善巧方便佛本行經有釋名為善覺其子名羼提提婆甚敎太子兵戎法式其所解知一切凡有二十九種善巧妙術〔又〕淨飯

王復白仙言我意欲令我子常在云何方便及令幼年勿使舍我漚合舍羅未詳四分律世尊般涅槃後百歲毗舍離跋闍子比丘行十事乃至十事非法非毗尼非佛所教巳皆下舍羅在毗舍離七百阿羅漢集論法毗尼故名七百集法毗尼又感應記祇洹寺殿內簷下有四銀臺兩臺內有毗尼藏黃金爲牒白銀爲字毗尼律藏是龍王書教授滋生隨年增長假使桑林不雨呂氏春秋湯五年不雨乃以身禱於桑林瓠水揚波漢書上使汲仁郭昌發卒數萬人塞瓠子決河猶厭稻粱永無飢乏加以五鹽具足海錄碎事五色鹽出安息國阿含經一切味不過八種一苦二澀三辛四鹹五淡六甜七酢八不了味七菜芳軟荊楚歲時記正月七日爲人日以七種菜爲羹麨類天廚未詳沈約齊尼淨秀行狀於彼天上彼波利麨將還意欲與今法師有人問何意將麨去答云欲與今法師是人不聽將去炯日星經天廚六星在紫微宮東北果同香樹稱檀樹經維耶梨國有五百人經歷深山一人臥熟失伴

有大栴檀香樹樹神謂窮人言可止留此自相給衣食到春可去窮人還至國中國王病頭痛惟得栴檀香以護病得愈王便令匠臣將窮人往伐取香樹至到樹所使者見樹華果熚爗心不忍伐羮鼎之大殷王未逢未詳按劉向說苑湯時大旱使人持九足鼎祀山川而天大雨摩鑊之淥齊都非擬之見移昆吾在次皆鳴鷲嶺之鐘感應記如來成道已至第三十八年於祇洹精舍重閣講堂上佛告文殊師利菩薩汝往戒壇所鳴鐘召十方天龍及比丘諸大菩薩眾等普集祇洹銳曰天哀經佛在王舍城靈鷲山都古昔諸佛之所遊居如來威神之所建立詳丹陽碑暘谷初升同洗龍池之鉢堯典分命羲仲宅嵎夷曰暘谷寅賓出日道宣律師住持感應曰佛告文殊師利我入王舍城受彼國王請我既食訖即命羅睺先將我鉢還於彼龍池洗之

徐孝穆全集卷之四終

徐孝穆全集卷之五

吳江吳兆宜顯令箋注

東陽雙林寺傅大士碑

夫至人無己，屈體申教；聖人無名，顯用藏迹。故維摩詰降，同長者之儀，〔維摩經〕毗耶離城中有長老名維摩詰。文殊師利現儒生之像。〔宣律師住持感應傳〕佛告文殊師利及四天王等：教初流行，彼汝文殊師利分身變為國王，金剛齊菩薩分身為大臣，金剛幢菩薩分身為比丘，汝等三大士共流通我教。提河獻供之旅，王城列衆之端，見長干寺碑。抑號居士，〔師子月佛本生經〕比丘名蓮華藏，多與國王長者居士而為親友。時為善宿，〔成實論〕八戒優婆塞者，此言善宿男。大經所說，〔智度論〕有梵志名長爪，言十八種大經盡欲讀之。當轉法輪，〔釋道安西域志）波羅柰斯國。佛轉法輪處。大品之言。皆紹尊位。（法苑珠林）晉周閔家有大品一部。以半幅八丈素反覆書之。斯則神通應化。不可思議者乎。（法苑珠林）諸德釋云世界初成。昔古遺迹相似而現。竝是佛之神力變化所爲。故五不可思議中。一是佛神力也。

東揚郡烏傷縣雙林寺傅大士者。即其縣人也。（翻釋名義集）娑羅樹。東西南北四方各雙。故曰雙樹。方面悉皆一榮一枯。

昔嚴谿蘊德。渭浦呈祥。天賜殷宗。誕興元相。（書說命）夢帝賚予良弼。俾以形旁求于天下。說築傅巖之野。惟肖。爰立作相。景侯佐命。樊滕是埒。（漢書）傅寬諡景侯。與樊噲夏侯嬰同爲高祖功臣。介子揚名。甘陳爲伍。（漢書）傅介子與甘延壽陳湯俱立功西域。東京世載。西晉重光。惟是良家。降神攸託。若如本生本行。或示緣起。（千佛因緣經）梵王言。我見辟支佛受持五戒。以戒齋法當行十善。觀諸緣起。按佛有本生本行二經子長子雲自敘元系〔漢書〕司馬遷字子長揚雄字子雲俱有自序則云補處菩薩仰嗣釋迦法王眞子是號彌勒〔大悲經〕佛告阿難我爲第四次復彌勒當補我處〔釋迦譜〕善慧菩薩功行滿足位登十地生兜率天一生補處名聖善白爲諸天師〔瑜伽論〕若諸國王任持正法名爲法王〔佛在金棺敬福經〕若受約敕是佛眞子〔賢愚經〕婆羅門家生一男兒字曰彌勒〔法苑珠林〕西云釋迦此云能仁西云彌勒此云慈氏雖三會濟華林之道未孚〔賢愚經〕彌勒出家學道成最正覺三會說法得蒙度者悉我遺法種福衆生皆得在彼三會之中頌曰挺此四人姿映蔚華林園千尺巖巖穰佉之化猶遠〔彌勒下生經〕身長千尺圓光二十丈〔眞諦師傳〕彌勒佛出世時須達爲𡅏佉國大臣名須達多此園地還廣一由旬純以七寶徧滿布地奉施如來起爲住處〔注〕梵語𡅏佉此云貝但分身世界濟度羣生〔雜寶經〕佛法寶廣濟度無涯機有殊源應無恆質自

序因緣大宗如此按停水經云觀世音菩薩有五百身在此閻浮提地（長阿含經南方天王名毗瑠璃此云增長主領鳩槃荼及薜荔神將護閻浮提人）示同凡品教化衆生彌勒菩薩亦有五百身在閻浮提種種示現利益衆生故其本迹難得而詳言者也爾其烝烝大孝肅肅惟恭厥行以禮教爲宗其言以忠信爲本加以風神爽朗氣調清高流化親朋善和紛諍（維摩經善和諍訟言必饒益）豈惟更盈毀壁（未詳）宜僚下丸而已哉（莊子徐無鬼篇市南宜僚弄丸而兩宋之難釋）至如王戎吏部（晉書王戎襲父爵辟相國掾歷吏部黃門郎散騎常侍）鄧禹司徒（後漢鄧禹傳光武即位於鄗使使者持節拜禹爲大司徒禹時年二十四）同此時年有懷棲遯仍隱居

松山雙林寺棄捨恩愛非梁鴻之竝遊見荅周處士書拜辭親老如蘇躭之永別〔神仙傳〕蘇躭郴縣人少孤養母至孝忽辭母云受性應仙當違供養母曰汝去使我如何存活曰明年天下疫疾庭中井水簷邊橘樹可以代養至時病者食橘葉飲井水愈自脩禪遠塗〔婆娑論〕人趣中有脩禪發智絕粒長齋〔奘法師傳〕䭾那掲磔迦國屬南印度都城東西據山間各有大寺其寺有婆毗吠伽論師於觀自在菩薩絕粒而服水三年立志祈請待見彌勒菩薩非服流霞〔抱朴子〕項曼卿脩道山中自言至天上遊紫府遇仙人與流霞一杯飲之輒不飢渴若餐朝沆〔司馬相如大人賦〕吸沆瀣餐朝霞〔列仙傳〕陵陽子春餐朝霞夏食沆瀣太守王烋言其詭詐乃使邦佐幽諸後曹迄至兼旬曾無假〔疑作段〕食〔增一阿含經〕有四種食諸入口之物可食敢者是謂段食於是州鄉媿伏〔漢法本內傳〕明帝置佛舍利及經放火燒經竝成煨燼道士等大生媿伏

佛之舍利放五色光上空如蓋覆日映衆遠邇歸依〔師子月佛本生經〕比丘郎爲彌勒說三歸
依逃迹山林〔集一切福德三昧經〕昔過去久遠阿僧祇劫有一仙人住山林中名日最勝具
五神通常行慈心肆行蘭若〔華嚴經〕願一切衆生常安居止阿蘭若處寂靜不動〔又〕釋氏要
覽梵言阿蘭若此言空靜又自序云七佛如來十方並現〔觀佛三昧經〕毗
婆尸佛尸棄佛毗舍婆佛拘留孫佛拘那含牟尼佛迦葉佛釋迦牟尼佛七佛身並紫金色釋尊
摩頂〔法苑珠林〕第三身心恭敬禮者聞唱佛名便念佛身如在目前手摩其項除我罪業願受
淡泆〔華嚴經〕有諸法師得勝妙法大乘淡泆每至犍椎應叩〔增一阿含經〕佛告阿
難汝今連擊犍椎〔釋氏要覽〕梵云犍椎此云鐘磬法鼓裁鳴〔華嚴經〕普爲衆生擊法鼓空
界神仙共來行道〔菩薩處胎經〕上方七十二億空界菩薩亦來雲集入胎中其外
人所見者拳握之內或吐異香〔婆娑論〕帝釋欲遊戲時伊鉢羅龍王背上

自然有其香手琅胷臆之問乍表金色〔宗門統要世尊於涅槃會上以手摩胷告衆云汝等善觀吾紫磨金色之身〕時有信安縣〔隋書東陽郡領信安縣〕比丘僧朔與其同類遠來觀化未及祇肅忽見大士身長丈餘朔等驚懟相趨禮拜虔恭旣畢更覩常形又有比丘智勰優婆夷錢滿願等伏膺累載頻覩異儀或見脚長二尺指長五寸餘兩眼光明雙瞳照耀皆爲金色並若金錢〔阿育王經阿育王夫人產生一女一手常卷掌中有一金錢隨取隨生〕譬李老而相侔〔老子志畧老子一名李耳兩目日光方瞳綠筋〕同周文而等狀〔孟子文王十尺〕姜嫄所履〔詩疏姜嫄履大人迹〕天步可以爲儔〔詩天步艱難〕河流大屐〔祖沖之述異記苻健皇始中津監寇登於河中流得大屐一隻長七尺三寸足迹稱

（屐指長尺餘文淡七寸）神足宏其相比（興起行經辟支引空七反回旋飛還時城內人見此神足舉國歡喜）支郎之彥既聰黃睛（海錄碎事魏高僧支謙博覽經籍兩眼多白而睛黃時人謂曰支郎眼中黃形軀雖細是智囊）瞿曇之師（涅槃經迦毗羅城有釋種子字悉達多姓瞿曇氏）有慙青目（寶女經如來眸子如紺青色）既而四空妙定（大寶積經菩薩至於空處脩習四禪）熏脩已成（宏總集香贊曰熏脩福田）八解明心（菩薩本行經今最後身值釋迦佛捨豪出家得阿羅漢三明六通具八解脫）莊嚴斯滿（法苑珠林三十二相微妙莊嚴）時還鄉黨化度鄉親俱識還源故知回向（法苑珠林回向者回諸福德向無上道）或立捨鬢髮如聞善來（百緣經佛告善來鬚髮自落法服著身便成沙門）大傾財寶同脩淨福（維摩經憶所脩福念於淨命）大士熏禪所憩（婆娑論生彼天者要是進向舍身得四禪發盡無漏起熏禪）

業方是得生凡夫無此熏禪業故不得生也 獨在高巖，爰挺嘉木，是名檮樹。權本相對，似雙槐於夾門。〔晉潘岳詩〕綠槐夾門植 合幹成陰。類雙桐於空井。〔魏文帝詩〕雙桐生空井 厥體貞勁，無爽大年。〔莊子〕小年不及大年。 寘霜停雪，寒暑落翠。〔晉左思吳都賦〕綠葉翠莖，冒霜停雪。 信可以方諸堅固。〔梁元帝阿育王像碑〕云：始遊羅衛，便居堅固之林。 譬彼娑羅。〔涅槃經〕我於此娑羅雙樹大師子吼者，名大涅槃。兆寬印度僧載外國事〕阿育王起浮屠於佛泥洹處，雙樹及揄今無復有也。此樹名婆羅樹，其樹華名娑羅法也。此華色白如霜雪，香無比也。 既見守於神龍。〔括地圖〕龍池之五花樹，羣龍食之。也 多將爲疑於變鶴。〔神境記〕滎陽郡南有石室，室後有孤松千丈，常有雙鶴，晨必接翮，夕輒偶影。傳曰：昔有夫婦二人俱隱此室，年既數百，化成雙鶴。 乃於山根嶺下，創造伽藍。〔過去因果經〕諸僧伽藍中，竹園僧伽藍最爲其始〔釋氏要覽〕梵語題云僧伽藍摩此云衆園因此高柳故名雙林寺矣按〔傅大士傳〕云大士捨宅於松下建寺因以樹名雙林大士亦還其里舍貨貿妻見營締支提〔地持論〕菩薩供養如來略說十種二支提供養若菩薩爲如來故供養偸婆若窟若舍若故若新是名支提供養銳曰〔僧祇律〕云有舍利者名塔無舍利者名支提繕寫尊法〔隨願往生經〕歌贊三寶讀誦尊經常以聚沙畫地皆因圖果〔大威德陀羅尼經〕佛告阿難譬如有大沙聚將一滴水潤此沙聚可令徹過如一婦人以千數丈夫受欲果報不可令其知足也〔百緣經〕佛將比丘入城乞食逢一婆羅門以指畫地與我五百金錢爾乃聽過須達長者即與金錢五百乃聽佛過佛言過去善生太子路逢一人與其輔相子樗蒲搏戲時輔相子負彼戲人金錢五百太子語之我當代償彼太子者我是輔相子者須達是戲人者婆羅門是凡負債者不可不償乃至成佛不脫此難芥子菴羅無疑福隔〔大悲經〕世尊告阿難我滅度後若有人乃至供

養我之舍利如芥子等。恭敬尊重。謙下供養　有孝
曰。小未曾有經。佛般涅槃後。以如芥子舍利起掄大
如菴摩勒果。其刹如鍼。上施槃蓋。如酸棗葉。若佛形
像如趨麥。大功德滿足百倍。法顯記。菴婆羅女家爲
佛起掄。　樹敏日闡義云。菴羅是果樹之名。其果似
桃。此樹華開生一女。國人歎異。以園封之。園既屬女。
故言菴羅樹園。宿善冥熏。見佛歡
喜。以園奉佛。佛即受之。而爲所住。

乃起九層磚塔。華手

經。若是塔廟毀壞。當加
治。若泥若泥乃至一磚。

脩形相巍然。六時虔拜。龍樹十住

論。菩薩晝夜各有三時。於此六時禮
拜十方諸佛。懺悔勸請隨喜回向。

巡繞斯託。又以

大乘洛陽伽藍記。神龜四年。太后遣崇靈寺比丘慧
生向西域取經。凡得一百七十部。皆是大乘妙

典。方等靈藥寶珠。大志經。大志至年十七。爲衆生故。
發意入海。取明月寶珠。以濟衆生。

眷言山谷。希得傳寫。龍鄉思其燒照。後漢郡國志。泰
山郡有龍鄉城。

象駕之其流通。傳燈錄。水中龍力大。陸中象力
大。故負荷大法者。比之龍象。

復造

五時經典千有餘卷與夫鬻子而葬同其至誠〔家語〕孔子聞婦人哭聲謂顏淵曰此非獨喪哀又有離別之苦問之果然父死賣子以葬嫁妻而隱無殊高節〔晉書〕許邁遣婦孫氏還家後改名玄徧遊名山莫知所終若寄搏燮〔阿育王經〕佛在世時入王舍城乞食見二小兒一名德勝二名無勝以上爲麨著於倉中見佛相好德勝歡喜掬倉中土名爲麨者奉上世尊緣是善根佛般涅槃一百年後作轉輪王王閻浮提如因賣花〔過現因果經〕普光佛出興於世爾時善慧仙人欲訪花所忽過瞿夷持花七莖畏王制令藏著瓶中善慧至誠感花踊上追呼就買此女答言當送內宮欲以上佛善慧告言五百銀錢雇五莖花欲以獻佛瞿夷即曰我今當以此花相與願我生生常爲君妻善慧答言我脩梵行生無爲道不得相許生死之緣詳諫罷道書共指菩提〔阿育王經〕如來大覺於菩提樹下覺諸法方成親眷〔大藏一覽〕佛告諸比丘言然燈如來出興世時善慧仙人豈異人乎即我是今此人之中迦葉兄弟及其眷屬千比丘是

賣花女者今耶輸是至如有相無相之懷〔法苑珠林〕奘法師云依如西域釋迦一代說法總有三時第三時中為大行菩薩雙說有相無相法為破有相無相法令悟中道究竟圓教虛己虛心之德化雞在臂方推理於自然〔莊子〕子輿曰浸假而化予之左臂以為雞予因以求時夜樹穀曰按〔佛本行經〕爾時太子具報使人令王淡信因果不信自然毒蛇傷體終無擾於淡定〔佛本行經〕畢鉢羅耶童子與跋陀羅女為夫婦同脩梵行周歷年載終不同寢此女既睡一手垂地忽有一虵而夫畏彼蛇螫其手即衣裹手擎於婦臂安放牀上後同投佛出家〔道宣律師住持感應記〕佛告文殊汝取我法角黃金為釦至彼比丘所吹我出世曲及起淡定曲門徒肅肅學侶詵詵通彼慈悲〔觀佛三昧經〕如來功德慈悲無量義無偏黨〔書洪範〕無偏無黨大通元年縣中長宿〔雜寶藏經〕恭敬父母耆長宿老傳普通等一百人詣縣令范胥連名薦述

又以中大通四年縣中豪傑傅德宣等道俗三百人。詣縣令蕭誗具陳德業。夫以連城之寶。照廡之珍。野老怪而相捐。工人迷而不識。（魏文帝送玉玦書價越萬金。貴重連城。尹文子魏田父有耕於野者。得玉以告鄰人。鄰人許之曰此怪石也。田父置於廡下。光照一室。怖而棄之。鄰人以獻。魏王召玉工相之。工曰五城之都。僅可一觀。）胥等體有流俗。才無鑒真。亟欲騰問。終成虧怠。梁高祖武皇帝紹隆三寶。（大寶積經菩薩脩定後有十法。十脩定能與正法。紹隆三寶。）弘濟四生。（法苑珠林。廣興六度。接引四生。）迹冠優填。（觀佛三昧經。時優闐王遙慕世尊鑄金為像。是衆像之始也。）神高仙像。（毗曇說仙譽國王殺五百婆羅門生地獄中。發生信心生甘露國。）夫以陳蕃靜室。猶懷天下之心。（後漢陳蕃傳。蕃常處一室而庭宇蕪穢。曰大丈夫當埽除天下。）伊尹躬耕。

思弘聖王之道。（見與宗室書）況我有慧日明炬。（文選王巾頭陀寺碑注慧日喻明也。（法華經）世尊以智慧爲燈炬。）如風寶車。（華嚴經如風無所礙。）濟是沈舟。能升彼岸。（智度論）若能不退。成辦佛道。名到彼岸。（涅槃經）彼岸者。喻如來也。固宏光宣正法。（菩薩本行經）釋迦佛如來滅後。正法住世五百歲。像法住世亦五百歲。影響人王者乎。（新翻大般若經）擁護天王及人王等。令護正法久住世間。於是以中大通六年正月二十八日。遣弟子傅暀出都。致書高祖。其辭曰。雙林樹下。當來解脫。（法苑珠林）三乘名義。解脫體同。善慧大士白國主救世菩薩。今條上中下善。希能受持。其上善以虛懷爲本。不著爲宗。（法苑珠林）由上界樂行寂滅。不著不能發起麤貪恚瞋。故名無苦無樂。妄想爲因。涅槃爲果。其中善以治身爲本。

治國爲宗。天上人間果報安樂。〔雜寶藏經〕果報。豈可量也。況其其下善以護養衆生。勝殘去殺。普令百姓。俱稟六齋。〔涅槃經〕年常三長月。恆六齋。菜蔬節味。夫以四海之君。萬邦之主。預居王土。莫不祗肅。爾時國師智者法師。與名德諸衆僧等言辭謹敬。多乖釋迦之書。〔佛本行經〕太子復詣蜜多阿闍黎言。此書凡有六十四種。未審尊者欲教我何書。文牒卑恭。翻豫山公之啓。〔晉書〕山濤在典選甄拔人物。各有題目。奏之時稱山公啓事。大士年非長老。〔禪門規式〕西域人凡稱人道老。耆長呼爲須菩提。如中國凡具道眼有可尊之德者。號曰長老也。位匪沙門。〔後漢書〕佛慈心爲主。不殺生類。專務清靜。其精進者號爲沙門。漢言息心。蓋息意去欲。以歸無爲也。通疏乘輿。過無虔恪。京都道俗。莫不嗟疑。瞻至都投太樂令何昌并有弘誓。誓在御路。燒其左手。以此因緣。希當聞達。冒以此書呈同泰寺僧皓法師。師衆所知識。名稱普聞。見書隨喜。勸以呈奏。皇心歡悅。遽遣招迎。來詣宸闕。亟論經典。同泰寺前臨北闕。（漢書蕭何傳未央宮立東闕北闕前殿）密邇南宮。有孝曰（杜田正謬）云漢建尚書百官府名曰南宮。仍請安居。備請資給。（見長干寺碑）後徒居鍾山之下定林寺。遊巖倚樹。（見諫罷道書）宴坐經行。（百緣經鸚鵡王見佛比丘寂然宴坐甚懷喜悅樹敏曰付法藏經迦葉語婦我若眠息汝當經行汝若眠息我當經行）京洛名僧。（樂府有煌煌京洛行）學徒雲集。莫不提函負帙。問慧諮禪。居陰高松。臥依磐石。於是四徹之中。恆泫甘露。（穆天子傳天子北征至於羣玉之山河平無險四徹中繩）

先王所謂策府。〔普曜經〕太子滿十月，已臨產之時，先現瑞應三十有二。十三，諸天玉女持萬金鉼，盛甘露，住虛空中。六旬之內，常雨天酒。〔正法念經〕彼夜摩天男共天女中入池遊戲，同飲天酒。豈非神僊影響，不現禎祥者乎。帝於華林園重雲殿自開講三慧般若經，窮須真之所問。〔佛性論〕要須真實利益衆生。先調伏。自御法勝之高堂。〔起世經〕三十三天集會坐時，於中惟論微細善語淡義，稱量觀察，皆是世間諸勝妙法真實正理，是以諸天稱爲善法堂。兆宮日〔長阿含經〕一時忉利諸天集善法堂，有所講論。百千龍像。〔阿育王經〕昔阿恕伽王以金鑄作龍像及以王像，以秤稱之。尚環日〔道宣律師感應記〕又告婆竭龍王：汝可化身爲八萬四千黃金龍像，頭用七寶成，身以黃金作之。圍繞餐聽。〔增一阿含經〕千二百弟子前後圍繞，如來在中。黑貂朱紱。〔史記蘇秦傳〕黑貂之裘敝。〔易〕朱紱方來。王侯滿筵。國華民秀。〔國語〕季文子曰：吾聞以德榮爲國華。王制命卿論秀士升之司徒曰選士公卿連席乃令大士獨揚對揚天扆〔書說命〕敢對揚天子之休命并遣傳詔及宣傳左右四人接受言論爾時納揆之於臺內〔舜典〕納于百揆百揆時敘司隸之在殿中杜預還朝〔晉書〕平吳之後徵杜預為司隸校尉加位特進馬防親貴〔後漢馬防傳〕防貴寵最盛與九卿絕席舊儀縣席皆等庶僚以大士絕世通人故加其殊禮矣及玉輦升殿〔范蔚宗後漢輿服志〕天子五路以玉為飾雲蹕在階〔崔豹古今注〕秦制出警入蹕謂出軍者皆警戒入國者皆蹕止也〔謝朓詩〕十載朝雲陛文陶潛集聯句愔之曰雲駕庶可飭晏然箕坐〔漢書〕郭解出入人皆避一人獨箕踞視曾不山立〔樂記〕總干而山立憲司譏問愈見凝時但荅云法地若動則一切法不安應對言語皆為爽異昔漢皇愛道

欒大不臣。漢郊祀志封欒大天道將軍令衣羽衣立白茅上受印以示不臣魏祖優
賢。楊臾如客。魏志文帝引楊彪待以客禮河上之老。輕舉臨於孝
文。神仙傳河上公不知其姓氏結草為菴於河湄讀老子漢文帝駕往詣之嚴子之高。開
臥加於光武。後漢逸民傳太史奏客星犯帝座帝笑曰朕故人嚴子陵共臥耳於其
古烈。信可為儔。帝又於壽光殿獨延大士講論玄賾。
言無重頌。彌陀疏鈔梵語祇夜多此云重頌句備伽陀。祖庭事苑梵言伽陀此言
諷誦音會宮商。義兼華藻。豈惟寶積獻蓋。文成七言。維摩
經云寶積與五百長者子俱持七寶蓋來詣佛所佛之威力令諸寶蓋合成一蓋徧覆三千大千世界
釋子彈琴。歌為千偈而已。長阿含經父王聞四子端正曰此真釋子也雜阿含
經過去世時拘薩羅國有彈琴人名曰鹿牛有六廣大天宮天如來至拘薩羅國鹿牛彈琴人所語言為

我彈琴我當歌舞天女於歌頌須中自說所以生此因緣彼人即便彈琴彼六天女即便歌舞因非論經於白虎之殿後漢丁鴻傳鴻字孝公肅宗詔鴻論定五經同異於白虎觀時人語曰殿中無雙丁孝公應詔於金馬之門漢書東方朔待詔金馬門說義雲臺後漢逸民傳周黨伏而不謁博士范升奏曰臣願與坐雲臺之下考試圖國之道受釐宣室賈誼傳上方受釐坐宣室可同年而語哉自火運將終民無先覺雖復五胡內鼎蒼鵝之兆未萌晉五行志懷帝永嘉元年二月洛陽東北步廣里地陷有蒼白二色鵝出蒼者飛翔沖天白者止焉董養曰步廣周之狄泉盟會地也白者金色國之行也蒼爲胡象其後劉淵石勒相繼亂華四海橫流夷羊之牧匪現汲冢周書度邑解惟天不享於殷發之未生至於今六十年夷羊有牧飛鴻過野樹敷曰淮南子本經訓夷羊在牧許慎曰夷羊土神商之將亾見於商郊牧野之地大士天眼所照預覩未

來。〔雜寶藏經〕羅漢道人尋郎入定，以天眼觀。摩掌之明，夙鑒時禍。〔法苑珠林〕晉佛圖澄，西域人。時石勒與劉曜相拒，搆隙以問澄。澄曰：可禽耳。麻油塗掌，令視見之。曜被執，朱繩縛肘，後果獲之，如掌所見。哀羣生之板蕩，泣世道之崩淪，救苦爲懷，大悲爲病。誓欲虛中閉氣。〔法苑珠林〕晉長安有沙公者，西域人。虛靖服氣，不食五穀，日能行五百里。識食爲齋，非服名香。〔正法念經〕餓鬼大數有三十六種，十四食香鬼。〔法苑珠林〕宋釋慧益，廣陵人。憩竹林寺，積勤苦行，惟食香丸。但資禪悅，〔起世經〕閻浮提人等飯麨豆肉等名爲麤段食，按摩澡浴拭膏等名爲微細食。自外三州及六欲諸天等並以麤微細爲食。自此以上色界無色天，並以禪悅法喜爲食。方乃燒其苦器。〔涅槃經〕身爲苦器，器憂畏無量。製造華燈。〔摩耶經〕龍樹善設法要，滅邪見幢，然正法炬。願以此一光明，徧照十方佛土。〔因果經〕無量諸天作諸伎樂，燒衆名香，散天妙華，隨菩薩滿虛空中，放大光明。

普照十力。勸請調御。〔寶性論〕為六種人。故說三寶。一調御師。二調御師法。三調御師弟子。常住世間。救現在之兵災。〔劫中世界經〕二十小劫中中間有小三災。二曰兵刀災。除當來之苦集。〔長阿含經〕諸比丘欲求光明者。當求苦集滅道光明。於是學衆悲號。山門踊叫。弟子居士徐普拔、潘普成等九人。求輸己命。願代宗師。其中或馘耳而刋鼻。或焚臂而燒手。善財童子。重睹知識。〔華嚴經〕彌勒領無量諸大菩薩從他方來。彈指一聲。閣門遂開。善財即入。入已即閉。善財見一樓閣中。皆有彌勒。一一彌勒前。皆有善財。一一善財。皆悉合掌回顧。詳荅求官人書。忍辱仙人。是馮相輩。〔新婆娑論〕過去此賢劫中。有王名羯利。時有仙人號為忍辱。住一林中。勤修苦行。仙人便伸一臂。王以利劍斬之。王復命伸一臂。即復斬之。次斬兩足。復截兩耳。又割其鼻。〔史記傅靳傳〕陽陵侯傅寬。注引地理志云。馮相陽陵縣。大士乃延其敎化。更往閻浮。〔見長干寺碑〕弘訓門人。備行衆善。於是弟子居士范難陀弟子比丘法曠弟子優婆夷縱比丘各在山林。燒身現滅。次有比丘寶月等二人。窮身繫索挂錠爲燈。〔說文〕錠謂之燈。〔呂靜韻集〕無足曰燈。有足曰錠。次有比丘慧海菩提等八人。燒指供養。〔法華經〕能然手指乃至足一指供養佛塔。勝以國城妻子及三千大千國土珍寶而供養者。次有比丘尼曇展慧光法纖等四十九人。行不食齋法。次有比丘僧拔慧品等六十二人。割耳出血。用和名香。奉依師教。並載在碑陰。書其名品。夫二儀大德所貴曰生。〔繫辭〕易有太極是生兩儀。〔又〕天地之大德曰生。六趣含靈。所重惟命。〔婆娑論〕六趣之中能止息意故名爲人。雖復夢幻影嚮同歸摩滅。〔諫王經〕世間榮位。如幻如夢。不可久保。〔付法藏經〕縱使富貴如天。終歸磨滅。愛使迷情。惟貪長久。〔法苑珠林〕龍樹菩薩捨離欲愛。出定爲道。〔老子〕天長地久。自非善巧方便。漚和含羅。〔見長干寺碑〕照以慈燈。〔梁陸倕誌法師墓志銘曰。慧雲晝歇。慈燈夜昏。〕露其妙藥。〔付法藏經〕法是妙藥。能愈結病。豈或捨不貲之軀。而能行希有之事。〔大品經〕若我聲聞弟子之中。欲行第一希有之事者。當爲世間廣宣如是大乘經典。若令割身奉鬼。聞半偈於涅槃。〔涅槃經〕佛言我念過去作婆羅門。在雪山中脩菩薩行。時天帝釋即下試之。自變其身作羅刹像。住菩薩前。口說半偈云。諸行無常。是生滅法。菩薩即語羅刹。但能具足說是偈竟。我當以身奉施供養。賣髓祠天。能供養於般若。〔雜譬喻經〕噉人王曰。吾本捕人。當持祠天。已得四百九十九人。今得卿一人。其數已滿。殺以祠天。汝何不懼。國王對曰。旦出宮時。路逢道人。爲我說偈。即許施物。今未得與。以是爲恨。今王弘慈寛恕假日施詑還來不敢違要也。理當刲心靡吝。〔千佛因緣經〕雪山中有婆羅門。名牢度跋提自夜叉言我今不惜心之與血即持利劍破胷出心與之。擢骨無疑者乎。彌勒所問本願經〕往過世有王太子號日蓮華王見一人身體病癩日得王身髓以塗我身其病乃愈太子即破身骨以其髓持與病者。得大士小學之年。不遊黌舍。〔曲禮〕人生十年日幼學〔漢儒林傳序〕武帝時太學生徒動至數萬郡國黌舍悉皆充滿大成之德。自通墳典。〔學記〕九年知類通達強立而不反謂之大成〔左傳〕左史倚相趨過王曰是能讀三墳五典八索九丘安禪合掌。〔惟無三昧經〕人求道安禪先當斷念〔善現論〕禮佛時應繞三匝三拜四方作禮合十指掌。又手於項卻行而出說偈論經。〔三千威儀〕云出家人所作業務一者坐禪二者誦經法三者勸化衆事。滴海未盡其書。〔大悲經〕如來爾時知彼水滴在大海中見知住處不與餘水共相和雜不增不減平等如故〔又〕滴水者喻一發心微少善根大海者喻佛如來應正徧知懸河不窮其義。〔晉書〕王衍曰。郭象清言如懸河。久而不竭。前後講維摩思益經等。比丘智瓚傳習受持所應度者。化緣既畢。〔新翻大阿羅漢難提蜜多羅所說法住記〕化緣既畢。將歸涅槃。以大建元年朱明始獻。見爲陳武帝書。奄然右臥。〔法苑珠林經〕云。仰臥者是脩羅臥。伏地臥者是餓鬼臥。左脅臥者是貪欲人臥。若右脅臥者是出家人臥。鶴齡曰。〔中阿含經〕如來爾時將詣雙樹。四襞鬱多羅僧以爲施坐。僧伽梨爲枕。右脅而臥。足足相累而般涅槃。將歸大空。〔觀佛三昧經〕有王名曰雜寶華光。子名快見。和尚爲說甚深般若波羅蜜經大空之義。二句初滿。三心是滅。見長干寺碑。爾時隆暑。〔晉潘岳射雉賦〕時暑忽隆爀。便已赫曦。〔李顒悲四時賦〕悲炎節之赫曦。屈伸如常。溫暖無異。洗浴究竟。扶坐著衣。色貌敷渝。光彩鮮潔。爰經信次。〔詩疏〕一宿曰宿。再宿曰信。宛若平生。烏傷縣令陳鍾者卽往臨赴。猶復反手傳香。〔道宣律師住持感應記〕十方諸佛。各手捻香。付彼爐中。皆如疇昔。若此神變。無聞前古。雖復青牛道士。〔漢武內傳〕封君達號青牛道士。有病咳者以竹管中藥與服皆愈。白馬先生。未詳便遁形骸。本慙希企。若其滅定。無想彈指。而石壁已開。〔奘法師傳〕婆毗吠伽論師執金剛神所誦金剛咒。咒芥子擊於石壁。豁然洞開。將有百千萬衆觀覩驚歎。論師跨門再三顧命。衆人唯有六人從入。論師入已。當卽石門還合如壁。炯日〔華嚴經〕入法界品。爾時善財童子。敬繞彌勒菩薩合掌白言。惟願大聖開樓觀門。令我等入。彌勒菩薩卽彈右指。門自然開。善財卽入。入已還閉。法王在殯。申足而金棺猶啓。〔傳燈錄〕佛滅後有第一祖迦葉。至雙林樹間號泣。佛於金棺內現雙足。非斯矣。莫與爲儔。遺誡於雙林山頂。如法燒身。一分舍利。〔法苑珠林〕舍利者。西域梵語。此云骨身。舍利有三種一骨舍利色白二髮舍利色黑三肉舍利色赤若佛舍利椎打不破若弟子舍利椎擊便破起塔於家一分舍利起塔在山又造彌勒像二軀置此雙塔莫移我眠牀當取法猛上人織成彌勒像承安牀上寄此尊儀見諫罷道書以標形相也賢愚經此袈裟乃是三世聖人標相於是門徒巨痛遂爽遺言用震旦之常儀華嚴經震旦國有一住處名那羅延窟從昔已來諸菩薩衆於中止住法苑珠林東夏九州名西域爲天竺者是總名也或云身毒如梵稱此方爲脂那或云眞丹或作震旦此蓋承聲有楚夏耳邪闍維之舊法大悲經迦葉以己身火闍維其身闍維身已灰炭不現挺曰法苑珠林髮爪而塔衣影二臺皆是如來在世已見成輪自收迹河邊闍維林外王請分還國起塔及餅炭二所於是十剎與焉八四部皆集法苑珠林賓頭盧往西瞿耶尼敎化四衆廣宣佛法閻浮提四部弟子思見賓頭盧佛聽還國

悲同白車。傳燈錄法達念法華經三千部禮祖不投地六祖曰無念念即正有念念成邪有無
俱不計長御白牛車七眾攀號。圓覺經比丘比丘尼式叉摩那沙彌室羅末尼此出家五眾優
婆塞優婆夷此在家二眾此七眾也哀踰青樹。梁元帝集內典碑銘集林序曰白林將謝青樹
巳列弟子比丘法瑢菩提智讚等。以爲伯陽之德貞柘
紀於賴鄉。史記老子姓李名耳字伯陽楚國苦縣賴鄉人續漢書桓帝夢老子令中常侍左悺
於賴鄉祀之詔陳相邊韶立祠兼刻石金石錄苦縣老子銘舊傳蔡邕文并書仲尼之道高
碑書於魯縣。祀應記孔子廟列七碑無像檜柏猶茂亦有揚雄弟子。漢揚
雄傳雄卒侯芭爲起墳喪之三年鄭玄門人。後漢鄭玄傳玄卒門生相與撰玄答諸弟子問
五經依論語作鄭志八篇俱述清猷。載刊玄石。水經注杜預曰梁國蒙縣北有薄伐
城城中有成湯冢今城內有故冢方墳疑即杜元凱所謂湯冢者也而世謂之王子喬冢其後有人著大

冠絳單衣杖竹立冢前呼采薪孺子伊永昌曰我王喬也勿得取我墳上樹也忽然不見國相東萊王璋以爲神聖所興必有銘表乃與長史邊乾遂樹之玄石紀頌遺烈於是所聞兩觀何休曰天子外闕兩觀冒涉三江書禹貢三江既入爰降絲綸禮記王言如絲其出如綸克成豐琰陵雖不敏夙仰高風輕課庸音乃爲銘

曰

大矣權迹勞哉赴時或現商主佛本行經雜尸馬王即我身是五百人中商主者即舍利弗是五百商人即刪闍邪波離婆闍迦諸弟子等五百人是聊爲國師畢同巧匠增一阿含經優塡王敕國出巧匠會以牛頭栴檀作佛供養晨夕禮拜屈示良醫智度論菩薩不應遠離諸佛譬如病苦不離良醫猶與開士法苑珠林開士應眞導揚教味類此難思當來解脫克紹迦維普曜經佛兜率天降神於西域迦維

衛國淨梵王宮摩耶夫人剖右脅而生。兆騫曰：因果經太子身黃金色三十二相放大光明普照三千大千世界。迦維羅衛國三千日月萬二千天地之中央也。妙道猶祕。法苑珠林邪惑問方外。對曰。捨搢紳之容。亦何傷於妙道。機緣未適。智度論佛成道已。不即說法於五十七日。今檢括機緣。然後說法。弗降雞頭。法苑珠林昔天竺雞頭摩寺五通菩薩往安樂界。請阿彌陀佛娑婆衆生。願生淨土。無佛影像。願力莫即。請垂降許。佛言汝且往去。尋當現佛。寧開狼迹。摩耶經摩訶迦葉。於狼迹山中入滅盡定。北地爰從。東山攸宅。族貴泥陽。宗分蘭石。魏志傅嘏傳。嘏字蘭石北地泥陽人。傅介子之後也。莫測其本。徒觀其迹。邈有蒲塞。心冥世雄。明宣苦苦。法句喻經佛言天下之苦莫過有身。身者衆苦之本。離世苦本。當求寂滅。妙鑒空空。孔稚圭北山移文談空空於釋部。汲引三界。自誓三昧經三界。一欲界。二色界。三無色界。行藏六通。華嚴經六通。一天眼。二天耳。三

地心四宿命五神足六漏盡爰初隱遯宴處林叢（祖庭事苑梵語貧婆此云叢林
譬如大樹叢叢故僧聚處得名叢林食等餐露齋疑服風（求離牢獄經）此等梵志服
風食氣敬禮珍瑜見宋司徒寺碑歸依靈像（法苑珠林）故釋伽云吾今此身即是
法身由是法身所依特故如泥木靈像遠有所表敬誠殷禮獲福無量未若天尊躬臨
方丈（太玄眞一本際經）運道一切爲極尊而常處三淸出諸天上故稱天尊忠柱曰（法苑珠林）唐
顯慶中王玄策使西域有維摩詰石室以手板縱橫量之得十笏故名方丈室讀此碑則唐之前已有此
名矣慧炬常照慈燈斯朗（長阿含經）燈燭之明不如炬火釋梵天仙大悲
芬陀利經佛言我於此閻浮提爲轉輪王名日燈明即捨詣林求梵仙行晨昏來往濟濟
行法洗洗談講德秀臧丈（莊子）文王觀於臧見一丈人釣而其釣莫釣遂迎臧
丈人而授之政以爲太師風高廣成（莊子）黃帝聞廣成子在於空同之上故往見之來儀

上國。〔益稷〕鳳皇來儀。〔史記〕徐君好季札劍，爲使上國，未獻。抗禮承明。〔漢汲黯傳〕大將軍青既益尊，黯與亢禮。〔嚴助傳〕帝賜助書曰：君厭承明之廬，勞侍從之事。妙辯無相，淩言不生。〔楞嚴經〕除住昧，是名無生。三撞鐘比說，〔樂記〕善待問者如撞鐘。擊鼓慙英。樂論天口。〔漢劉歆七略〕齊田駢好談論，齊人語曰：天口駢。天口者，言不可窮。誰其與京。〔左傳〕懿氏卜妻敬仲，占之曰：八世之後，莫之與京。乍現仙掌，爰標神足。色豔沉檀。〔楞嚴經〕白栴檀塗身，自能除一切熱惱。香踰薝蔔。〔經〕云：如入薝蔔林中，聞薝蔔花香，不聞他香。〔華嚴經〕有世界名薝蔔華色樹所日。我有邊際。〔付法藏經〕流轉生死，無有邊際。隨機延促，誓毀身城。〔法句經心意品〕說偈曰：防意如城。當闢心獄。〔唯識論〕善惡熏心，令心異見，實無地獄，是故心外雖無地獄，惡業成時，強自妄見。忽示泡影。〔金剛經〕如夢幻泡影。俄如風燭。〔法苑珠林〕命如風燭，難可駐畱。嗷嗷門人，承師

窆悲面切取◯聲
說文葬下棺也

若親寧焚軟疊（涅槃經菩薩爲法因緣剜身爲燈氎纏皮肉酥油灌之燒以爲炷　尚瑗曰菩薩處胎經八大國王各持五百張白氎梅檀木蜜盡內金棺裏以五百張氎纏裹金棺復五百乘車載香酥油以灌白氎爾時世尊欲入金剛三昧碎身舍利於婆娑世界）弟燎香薪（新婆娑論是上座觀內是菩薩內共取香薪焚燒其肉收其餘骨起窣堵波禮拜供養如事佛墖）合窟爲窆（觀佛三昧經佛初留影石室在那乾呵羅國毒龍池則爾時世尊從石窟出時龍聞佛還國啼哭雨淚佛安慰龍我受汝請當坐汝窟中經千五百歲佛坐窟中作十八變踊身入石猶如明鏡在於石內映現於外諸天百千供養佛影影亦說法迄今猶現）方墳以塋（法苑珠林云所云墖者或云墖婆此云方墳）須彌撮海（起世經於須彌由佉提羅迦山二山之間有須彌海闊四萬四千由旬周圍無量）變灰揚塵（曹毗志怪漢武帝鑿昆明池極深悉見灰墨無復土以問東方朔朔曰試問西域胡至明帝時外國道人入洛時有憶朔言問之胡人云經云天地大劫將盡則劫燒此劫燒

之。餘詳與楊僕射書。淨土無壞。〔法苑珠林〕云：百力常清淨。自然無一切雜穢。故云淨土。靈儀自真。〔法苑珠林〕梁武帝捨道文曰：鑠靈儀於象外。何時涌塔。復睹全身。〔法苑珠林〕阿育王遣使浮海。壞撤諸塔。分取舍利。還值風潮。頗有遺落。故今海族之中時或遇者。〔智度論〕佛問阿難。吾在龍宮說法。龍子得道。留全身舍利高一百三十丈。汝知不。

天台山徐則法師碑

〔北史〕徐則。東海剡人也。杖策入縉雲山。不娶妻。常服巾褐。陳太建中。應召來憩於至真觀。朞月。又辭入天台山。太傅徐陵爲之刊山立頌。晉王廣鎮揚州。聞其名。手書召之。曰：夫道得眾妙。法體自然。包涵二儀。混成萬物。人能弘道。道不虛行。先生履德養空。玄宗齊物。深曉義理。頗味法門。悅性沖玄。恬神虛白。餐松餌朮。棲息煙霞。望赤城而待風雲。遊玉堂而駕龍鳳。雖復藏名台岳。猶且騰實江淮。籍甚嘉猷。有勞寤寐。欽承素道。久積虛襟。側夕幽人。夢想巖穴。霜風已冷。海氣將寒。偃息茂林。道體休愈。昔商山四皓。輕舉漢庭。淮南八公。來儀蕃邸。古今雖異。山谷不殊。市朝之隱。前賢已說。導凡述聖。令先生而詭故。遣使人往彼延請。想無勞。束帛賁然。來思不待。蒲輪去彼空谷。希能屈己。仿望披雲。遂詣揚州而死。年八十二。

夫海水揚塵。幾千年而可見。（見與楊僕射書）天衣拂石。幾萬歲而應平。（觀佛三昧經。諸佛化作八萬佛樹。師子之座。今釋迦樹最短。若干天衣而布其上。樹。敏曰。樓炭經有一大石。方四十里。百歲諸天來下。取羅縠衣拂石盡。劫猶未窮）至人者。譬彼晨昏。方乎晷刻。固非俗士之所能言。寰中之所能量者也。至如不死之草。猶稱南裔。（博物志。禹戮防風。防風二臣恐。以刃自貫其心而死。禹哀之。拔其刃。療以不死之草）長生之樹。尚挺西崑。（淮南子。崑崙山有層城九重。高萬一千里。上有不死樹在其西）百紀遊龜。皆登蓮葉。（史記龜策傳。神龜巢蓮上〔抱朴子〕千歲龜五色具焉解人言或浮於蓮葉之上或在叢著之下千齡。壽鶴。或舞松枝。見傳大士碑假矣生民。何其天脆。譬彼風電。〔隋願往生經〕四大假合形如芭蕉中無有實又如電光不得久停同諸泡沫。〔中阿含經〕譬如大雨滴泡一生一滅琢火之歎。聞諸往賢。〔劉勰新論〕人之短生猶如石火炯然以過逝水之悲。嗟乎前聖。〔論語〕逝者如斯夫不舍晝夜。樵人看博。信未始乎淹留。〔異苑〕昔有人乘馬山行遙岫裏有二老翁相對樗蒱遂下馬以策拄地而觀之自謂俄頃視其馬鞭漼然已爛顧瞻其馬鞍骸枯朽既還至家無復親屬仙客彈琴。固不移於俄頃。〔琴書〕琴高以琴養性初學於羅浮山後遊四海然而子孫皆其數世。〔幽明錄〕漢永平中劉晨阮肇采藥失故道行至溪澗二女迎歸食以胡麻飯求去指示之至家已七世矣鄉黨咸爲草萊。是以志士名賢。飄然長鶩。臊羶榮利。見苕周處士書歷穢風塵，服冕乘軒，其猶桎梏。朱庭紫闥，事甚樊籠。南史楊休之不樂煩職曰此官眞是樊籠隱淪巖洞。桓譚新論天下神人五一曰神仙二曰隱淪餐餌芝髓。忽矣身輕。見王臺新詠序俄然羽化。訓解故事道士匹曰羽化金繩玉版。受謁帝之符。見丹陽碑龍駕霓裳。處仙官之籙。晉郭璞華山贊誰其遊之龍駕雲裳法師蕭然。道氣卓矣。仙才。漢武內傳西王母云劉徹好道然形慢神穢雖語之以至道殆恐非仙才也千仞孤標。萬頃無度。見歐陽頠碑所以伊川控鶴。列仙傳王喬周靈王太子晉也好吹笙作鳳鳴遊伊洛之間浮丘公接以上嵩高山後於山上見桓良曰告我家七月七日待我於緱氏山頭至日果乘白鶴駐山巔葉縣乘鳧。風俗通孝明帝時尚書郎河東王喬遷爲葉縣令喬月朔常詣臺朝明帝怪其來朔而無車騎密令太史候望言其臨至時常有雙鳧從東南飛來因候何見鳧舉羅得一雙

烏使尚方識乃四年所賜尚書官履也靈化無方道還斯在銘曰

來去三島神仙傳海上有三神山曰蓬萊曰方丈曰瀛洲謂之三島賓遊二童見玉臺新詠序然香雨上擊磬雲中玉粒雖軟見長干寺碑金膏未銘穆天子傳河伯示汝黃金之膏方流道業濟彼昏蒙

頌

皇太子臨辟雍頌有序

臣聞天大王大詳於道德之言見勸進表天文人文顯於爻象之說見易是以大君革命黔首所以庇焉聖人創物文籍所以生焉或由此道制爲民極莫不對越上靈裁成庶類濟世育德昭彼昆蟲皇帝世膺下武體

茲上德（見勸進表）握天鏡而授河圖（見丹陽碑）執玉衡而運乾
象（見舜典）皇太子耀彼重離光茲七邑儀天以文化成
天下（俱見易）侍中國子祭酒新安王（南史新安王伯固文帝第五子天嘉
六年立爲新安郡王十年爲國子祭酒頗知玄理而墮業無所通至於摘句問難往往有奇意）宗室
羽儀（易其羽可用爲儀）衣冠準的（後漢馬援傳爲天下表的）惟善爲樂（後漢
書明帝問東平王處家何等最樂王曰爲善最樂）造次必儒（漢景十三王傳河間獻王德被
服儒術造次必於儒者）粤以十一年三月二十一日受詔弘宣
發論語題攝齊升堂（見論語）摳衣即席（曲禮將即席容毋怍）詳讓表
對揚天人開闡大訓清言既出精義入神（見繫辭）利德
爰動音辭鋒起問難泉涌（後漢馬援傳謀若涌泉）辨紛綸之異

見與宗室書定倫理之疑。玉振鏘鏘。孟子孔子之謂集大成集大成也者金聲

而玉振之也。秩臣曰後漢樊準傳詳覽羣言響如振玉。雲浮雨布。介王奉繫聖

蹤馳辨秀出。信令張禹甄其師法。漢張禹傳禹字子文河南軹人也蕭

望之奏禹經學精習有師法可試事。久之試為博士。詔令禹授太子論語。何晏恤其訓詁。

通考引隋經籍志。魯論語吏部尚書何晏為集解。梁陳之時。唯鄭玄何晏立於國學。穆穆焉洋

洋焉。此實虞朝之盛德。生民之壯觀者也。臣抑又聞

之。魯頌聿興。史克宣其懿。小序駉頌僖公也季孫行父請命於周而史克作是

頌。晉雍大啓。王廙逞其辭。晉王廙傳廙字世將為僕陽太守元帝作鎮江左廙

棄郡過江及帝即位廙奏中興賦所以述休平之風。揚君上之德。輕

以下才。敢為頌曰。

皇運勃起。膺圖受命。紫蓋東臨。黃旗南映。（吳志陳紀曰舊說黃旗紫蓋運在東南）積仁累德。重明疊聖。四海無浪。（見與王僧辯書）三階已平。（黃帝泰階六符經泰階者天之三階也三階平則陰陽和風雨時）儲駕戾止。和鑾有聲。弘風講肄。（北堂書鈔孔臧與子琳書講肄書傳）崇儒肅成。丹書貴道。（竹書紀年西伯發受丹書於呂尚）黃金賤籝。（漢韋賢傳遺子黃金滿籝不如教子一經）洙泗興業。闕里增榮。（孔子世家注伍緝之從征記闕里背洙面泗）

銘

太極殿銘 有序

夫紫蓋黃旗。揚都之王氣長久。（見辟雍頌）虎踞龍蟠。金陵之地體貞固。（見勸進表）天居爽塏。（左傳景公欲更晏子之宅曰請更諸爽塏者）

大寢尊嚴。〔注〕張衡西京賦：正殿路寢。〔注〕周曰路寢，漢曰正殿。高膺疑作應端門。〔天官書〕太微三光之廷。匡衛十二星，藩臣。中端門。左右掖門。門內六星，諸侯。其內五星，五帝座。倣模營室。〔天官書〕紫宮後六星絕漢抵營室，曰閣道。〔注〕正義曰：營室七星，天子之宮。歸於有德。譬彼河圖。見丹陽碑傳我休明。義同商鼎。〔左傳〕王孫滿對楚子曰：昔夏之方有德也，鑄鼎象物。桀有昏德，鼎遷於商。商紂暴虐，鼎遷於周。德之休明，雖小重也。太極殿者，法氏象亢。王者之位以尊。〔天官書〕云：亢爲疏廟。〔注〕元命包曰：亢四星爲廟廷。〔又〕氏爲天根。〔注〕星經云：氏四星爲路寢聽朝所居。左平右城，天子之堂爲貴。〔初學記〕歷代殿名，或沿或革，惟魏之太極，自晉以降，正殿皆因之。〔摯虞決疑要注〕云：其制有陛，右城左平。平以文磚相亞，次城者爲階級也。九錫之禮，納陛以登，謂受此陛以上殿。往朝煨燼，多歷年所。世道隆平，宏其休復。監軍鄒子度啓稱：卽日忽有一大梓柱從流來泊在後渚岸。（陳武帝紀：初，侯景之平也，太極殿被焚。承聖中議欲營之，獨闕一柱。永定二年秋七月，有樟木大十八圍，長四丈五尺，流泊陶家後渚。監軍鄒子度以聞。詔中書令沈衆兼起部尚書，構太極殿。）嵯峨容與，若漢水之仙槎。（荆楚歲時記：漢武帝令張騫使大夏，尋河源，乘槎經月而至。）搖漾波濤，似新亭之龍刹。（未詳）孤拔靈山，允昭天睨。昔梁氏承聖，將圖繕脩。東虜窺江，西胡犯蹕。定之方中，亟興師旅；揆之以日，輒有災故。（詩：定之方中，作于楚宮；揆之以日，作于楚室。）是知秦人所止，實漢祖而爲宮。（見與王僧辯書）吳都佳氣，乃元皇而斯宅。（晉陽秋：秦時望氣者曰：東南有天子氣，五百年有王者興。始皇遂東遊以厭之，改金陵爲秣陵。孫權又改爲建業。至晉元帝適逢其時。）千櫨赫奕，萬栱崎層。（晉何晏景福殿賦：欂櫨各落以相承，欒栱天蟜而交

結〔注〕欘櫨曲短梁也欒以承栱栱以承枓也植綠菱而動微風舒丹蓮而制

流火〔風俗通〕殿堂象東井形刻作荷菱荷菱水物也所以厭火甘泉遠望觀正殿

之崢嶸〔揚雄甘泉賦〕似紫宮之崢嶸函谷遙看美皇居之壯麗〔漢書〕

高祖七年至長安蕭何脩未央宮曰非令壯麗無以示威信乎齊三光而示宇宙

〔尸子〕上下四方曰宇往古來今曰宙〔詳勸進表〕會萬國而朝諸侯〔史記夏本紀〕禹會諸

侯於塗山執玉帛者萬國爰命微臣乃爲銘曰

雍時相望〔封禪書〕雍旁故有吳陽武時雍東有好時皆廢無祠故秦文公立時郊上帝諸神祠

皆聚云參差未央偃師回顧崔嵬德陽〔見與楊僕射書〕高閈太

乙〔揚雄甘泉賦〕配帝居之懸圃兮象太乙之威神〔注〕太乙天神也正睹瑤光〔張衡西京賦〕上

飛闥而仰眺正睹瑤光與玉繩峨峨靈柱赫赫流樟美哉宮室〔孟子〕爲宮

室美之嘉哉令疑作上一本作今日〔玉燭寶典〕正月一日爲元日亦云上日御扆垂旒〔禮記〕天子玉藻十有二旒詳爲貞陽侯書當朝靖蹕見傳士碑大樂備韶夏〔左傳〕韶箾舞樂大夏禹樂禮兼文質〔論語〕文質彬彬帝旅無喧王旗斯謐〔摯虞決疑要注〕晉制大會於太極殿其會則五時朝服庭設金石虎賁旄頭文衣繡毦肅肅卿士〔詩召南〕肅肅宵征邕邕承弼〔書冏命〕以旦夕承弼厥辟漢座雕屏〔謝承後漢書〕鄭弘爲太尉時舉第五倫爲司空班次在下每正朝朝見弘曲躬自卑上問知其故遂聽置雲母屏風分隔其間由此爲故事周人檻檽城隅有勒〔詩〕靜女其姝俟我于城隅殿省皆銘況復皇寢空昭國經方流典訓永樹天庭〔揚雄甘泉賦〕開天庭兮延羣神

報德寺刹下銘

昔者明王大孝感動神祇助月致景星之祥〔見孝義寺碑〕非煙流慶雲之色〔史記〕若煙非煙若雲非雲郁郁紛紛蕭索輪囷是謂慶雲然而嚴敬之道惟事盡於配天明發之懷誠不過於饗帝〔禮記祭法注〕祀天以始祖配〔祭義〕莊敬則嚴威〔又〕惟聖人爲能饗帝孝子爲能饗親〔又〕祭之日明發不寐饗而致之又從而思之豈如以梵宮之樂資乎廟堂淨土之因〔見長干寺碑〕歸於園寢雖復青雲譙郡之境〔魏志〕文帝生於沛國譙郡時有雲氣青色而圓如車蓋當其上終日望氣者以爲至貴之證於碧泉〔疑作白水〕春陵之鄉〔東觀漢記〕光武出自長沙定王定王生春陵節侯至孫孝侯改封白水鄉因故國名曰春陵上幼懷凝重未曾遊陟年將志學即事登庸宣力淮潯屬有嘉夢其夢也畢陌弘敞〔後漢郡國志〕右扶風高帝改安陵〔注〕皇覽曰縣

西北畢陌泰武王家橋山屈盤。帝王世紀黃帝葬於上郡陽周之橋山。氣象靈長。風煙騰薄。使疑作便隊雙表。續搜神記有鶴集遼東城門華表柱。兆宮曰漢書音義便房。藏中便坐也。其高百尋。左則青龍蟠蜿。右則白虎蹲踞。曲禮左青龍而右白虎。軒轅之駕。譬蜿蜿而多態。漢郊祀歌上曰吾聞黃帝不死有家何也或對曰黃帝以仙上天群臣葬其衣冠。吳王之墳。狀耽耽而非擬。史記孫堅墓上數有光怪雲氣五色上屬天。下蔓延數里。有人指其地云。此是國陵。自爾迄永定初。其間二十有餘年。至歲紀頻移。祟塋乃作。觀其山川形勢。王相徵圖。後漢趙岐孟子天時注謂五行旺相孤虛之屬。瞻拜高巒。宛如前夢。大矣哉。孝悌之至。通於神明者。與。銘曰。

壯矣金表。見傅大士碑傍依壖垣。漢鼂錯傳內史府居太上廟堧中門東出不便。
錯乃穿門南出鑿廟堧垣高連彩霓。班固西都賦虹霓迴帶於棼楣。極聯翔鷗。疑作
鯤。莊子北溟有魚其名為鯤化而為鳥其名為鵬怒而飛其翼若垂天之雲。鵬之徙於南溟也水擊三千
里摶扶搖而上者九萬里。梵偈宵唱。異苑陳思王植常登魚山忽聞嵒岫裏有誦經聲清遒深
亮遠谷流響。不覺斂襟祇敬便效而則之。今梵唱皆植依擬所造雲花晝翻。未詳。按崔豹古
今注黃帝與蚩尤戰常有五色雲氣金枝玉葉止於帝上有花葩之象因而作華蓋三心斷縛。
六道除怨。見與李那書趙夢天樂。見讓表秦遊帝闕。張衡西京賦昔
者大帝悅秦穆公而覲之饗以鈞天廣樂。王璽在上。巨勝奚論。未詳福彼羣
品。俱排大昏。皇家七百。於萬維孫。左傳王孫滿對楚子曰成王定鼎於
郟鄏。卜世三十。卜年七百。天所命也。詩於萬斯年。

麈尾銘

秦頌曰漢書地理志儋耳珠崖郡山多麈麖注師古曰麈似鹿而大麖似鹿而小麈音主麖音京

爰有妙物。繫辭神也者妙萬物而為言者也窮茲巧制。員上天形。繫辭乾為天為圜平下地勢。易地勢坤靡靡絲垂。緜緜縷細。入貢宏吳。出先陪楚。未詳璧懸石拜。晉陽秋石勒偽事王浚浚遺勒麈尾勒為不執置之於壁朝拜之曰見王公所賜如見公也帳中玉舉。晉書王衍美貌每捉玉柄麈尾與手同色既落天花。維摩詰經天女以天花散諸菩薩即皆墮落至大弟子便著不墮天女曰結習未盡故花著身結習盡者花不著身亦通神語。未詳用動舍默。出處隨時。繫辭君子之道或出或處或默或語揚斯雅論。釋此繁疑。拂靜麈暑。晉王導麈尾銘勿謂質卑御於君子拂穢清暑虛心以俟原日秦嘉婦與嘉書曰今奉毛牛尾拂一枚可拂塵垢

引飾妙辭。漢李尤麈尾銘揮飾成德柄言爲訓辭。誰云質賤。左右宜之。詩左之右之。無不宜之

哀策文

陳文帝哀策文後漢書禮儀志太常上啓奠。太祝令跪讀謚策。太尉再拜稽首治禮告事畢。太尉奉謚策。還詣殿端門。太常上祖奠。東園武士載大行。司徒卻行道。立車前。治禮引太尉入。就位大行。車西少。南東面奉策。太史令奉哀策立後。太常跪曰。進。皇帝進。太尉讀謚策。藏金匱。皇帝次科藏於廟。太史奉哀策葦篋詣陵。司徒跪曰。大駕請舍。太史令自車南北面讀哀策。掌故在後。司徒跪曰。請就下位。東園武士奉下車。司徒跪曰。請就下房。都導。東園武士奉車入房。司徒太史令奉謚哀策。東園武士執事下明器。詩孝義寺碑

維大康元年太歲丙戌四月丁未朔二十七日癸酉。大行皇帝崩於有覺殿。〔漢霍光傳〕行璽大行前〔注〕韋昭曰大行不反之辭也殯於太極之西階。粵六月丙寅。將遷於永寧陵。禮也。宮車晚出。〔江淹恨賦〕宮車晚出〔注〕宮車晚出猶云晏駕也。幄殿晨張。〔後漢禮儀志〕司徒跪曰請就幄。導登。旌帷具列。〔檀弓〕銘明旌也以亦者爲不可別已。故以其旗識之。〔又〕曾子曰尸未設飾。故帷堂。小斂而徹帷。綍翿成行。〔雜記〕升正柩諸侯執綍五百人。匠人執羽葆御柩。〔檀弓〕顔柳曰。天子龍輴而椁幬。哀子嗣皇帝諱。〔雜記〕祭稱哀子孝孫。喪稱哀子哀孫。擗蜃輅於丹陛。〔謝朓齊敬皇后哀策文〕懷蜃衛而延首。〔注〕蜃車也。四輪迫地而行。有似蜃。因名。攀龍帷於紫庭。〔檀弓〕天子之殯也。菆塗龍輴以椁〔注〕菆木以周龍輴如椁而塗之。天子殯以輴車。畫轅爲龍。趨過窮於屏闈。〔論語〕鯉趨而過庭。拜慟感於明靈。東京飛其瑞露。〔後漢明帝紀〕永平十七年。甘露降於甘陵。按〔安帝紀注〕甘陵孝德皇后之陵。因以爲縣。北陸賓其祥星。乃詺雲臺之史。〔見傅大士碑〕稽采咸池之曲。〔樂汁圖經〕黃帝樂曰咸池。叶大雅於鳴金。〔見歐陽頠碑〕同藏書於羣玉。〔穆天子傳〕穆天子西登昆侖見王母曰。登巳至於羣玉之上。先王所謂策府也。其辭曰。

若水傳帝。〔帝王世紀〕少昊帝名摯。字青陽。姬姓。降居若水。有聖德。邑於窮桑。與登帝位。熏風御民。〔帝王世紀〕舜作五弦之琴以歌南風之詩曰。南風之熏兮。可以解吾民之慍兮。重光所集。〔崔豹古今注〕漢明帝爲太子。樂人作歌詩四章。一曰日重光。世載於陳。〔班彪王命論〕奕世載德。赫矣高祖。悠哉上旻。蟬聯寶胄。〔梁沈約曰〕爵位蟬聯。暉煥郊禋。〔見與楊僕射書〕我皇誕聖。膺此家慶。〔易〕積善之必有餘慶虞道主衡鐔〔淮南子〕聖人之道猶中衡而設鐔神凝懸鏡〔莊子〕聖人之用心也若鏡不將不迎應而不藏故勝物以無傷洛書天表河紀靈命〔尚書中候〕堯沈璧於洛玄龜負書出背甲赤文成字止壇又沈璧於河黑龜出文題納揆馳芳賓門流詠〔舜典〕納于百揆百揆時序賓於四門四門穆穆稽陰克伐〔易〕高宗伐鬼方三年克之稽陰會稽山陰也震野勤王〔禹貢〕震澤底定〔南史章昭達傳〕文帝為吳興太守武帝謀討王僧辯令文帝還長城招聚兵衆以備杜龕僧辯誅後昭達因從文帝進軍以討龕龕平又從討張彪於會稽克之〔杜龕傳〕龕為震州刺史亳道增構〔殷本紀〕湯始居亳從先王居〔注〕孔安國曰契父帝嚳都亳湯自商丘遷焉故曰從先王居豳風會昌〔詩〕有豳風　樹屏曰左思蜀都賦天帝運期而會昌言瞻少昊實仗高陽〔帝王世紀〕顓頊高陽氏生十年而佐少昊二十年而登帝位駕彼軨葛見與王太尉書清宮未央見侯安都碑歡覃兆庶德洎遐荒穆

齋高寢。〔漢宣帝紀〕神爵集高寢。上膳長樂。〔漢高祖紀〕五年後九月治長樂宮。肅肅承顏。哀哀薦酌。悼園恭儉。〔漢戾太子傳〕納史良娣。產子男進。號曰史皇孫。史皇孫子。是為孝宣帝。宣帝有司奏親謚曰悼皇。母曰悼后。比諸侯王園。置奉邑三百家。章陵謙約。〔後漢地理志〕章陵故春陵。世祖更名。大寶崇名。〔繫辭〕聖人之大寶曰位。無間改作。纂武升歷。〔禮記〕孔悝鼎銘。獻公乃命成叔纂乃祖服。遺愛實繁。〔左傳〕子產卒。仲尼出涕曰。古之遺愛也。〔仲虺之誥〕實繁有徒。三湘九派。〔水經〕江至潯陽分為九道。詳與王僧孺書。沴氣雲昏。〔後漢五行志〕氣之相傷謂之沴。力折天柱。才傾地門。見侯安都碑。甘泉夜照。〔漢文帝紀〕烽火及甘泉宮。細柳朝屯。見為陳武帝書。谷魅山鬼。〔左傳〕王孫滿曰。魑魅罔兩。莫能逢之。鍔曰〔秦本紀〕始皇曰。山鬼固不過知一歲事也。橫流塞源。〔賈帝兵法〕云。涓涓不壅。將為江河。詳丹陽碑。赫赫英謩。赳赳雄斷。

徧行天討。無遺神筭。鬱埽江淮。長驅巴漢。九夷百越。
〔書旅獒〕惟克商。遂通道于九夷八蠻。啓源曰。〔漢高帝紀〕詔曰。故衡山王吳芮從百越之兵。以佐諸侯誅
暴秦。雷隨風渙。北俘昆邪。〔漢匈奴傳〕昆邪王殺休屠王。并將其衆降漢。西戡
伊吾。〔後漢西域傳〕明帝取伊吾盧通西域。秩臣曰。〔漢西域傳〕武帝遣人使安息。安息王遣使以犛
軒眩人獻於漢。負荷皇極。〔書洪範〕皇建其有極。勅勞庶幾。〔後漢章帝紀〕孝明皇帝聖
德淳茂。勅勞日昃。〔注〕日昃。目昳也。〔詩〕庶幾夙夜。勤民聽政。旰食宵衣。〔書無逸〕文王自
朝至于日中昃。不遑暇食。用咸和萬民。〔左傳〕伍奢曰。楚君大夫其旰食乎。〔漢鄒陽傳〕孝文皇帝據關入立。
寒心銷志。不明求衣。服貴綈皁。〔漢書〕孝文皇帝。身衣弋綈。風移闓闉。〔漢書〕孝文皇帝
所幸愼夫人。衣不曳地。唐山罷奏。〔漢禮樂志〕房中祠樂。高祖唐山夫人所作也。濮水
韶徵。〔樂記注〕濮上紂臣[redacted]延靡靡之樂。訪采狂狷。〔孟子〕孔子曰。不得中行而與之。必也

狂狷平搜敭側微〔堯典〕明明揚側陋世感中孚民維大畜見易外戶無閑見歐陽頠碑高垣奚築降情儒雅〔漢章帝紀〕詔曰朕諮訪儒雅凝懷庠塾〔王制〕有虞氏養國老於上庠養庶老於下庠學記古之教者家有塾御廡爲歡臨雍爾齒〔後漢明帝紀〕永平三年帝幸辟雍初行養老禮十五年幸孔子宅祠仲尼及七十二弟子親御講堂命皇太子諸王說經禮兼三代樂備九成〔書益稷〕簫韶九成天資武德地照文明曌履斯在〔初學記〕賈子曰天子黑方履幪巾自清連珠合璧〔漢律歷志〕日月如連珠五星如合璧曜爽流精〔左傳〕子產曰是以有精爽獸舞時豫〔書益稷〕夔曰於予擊石拊石百獸率舞〔易〕豫之時義大矣哉禽歌頌平〔漢王莽傳〕策羣司曰赤煒頌平考聲以律帝載維遠王靈維大占雨占風〔論衡〕太平瑞應風不鳴條雨不破塊五日一風十日一雨荒中海外懔彼鞮

譯〔王制〕東方曰寄南方曰象西方曰狄鞮北方曰譯咸承冠帶〔魏世家〕唐睢曰魏所以稱
東藩受冠帶祠春秋者以秦之彊足以爲與也是曰君臨斯爲交泰見易白環
巳貢〔世本〕西王母慕舜之德乃獻白環及玦玄圭克禎見勸進表東河佇楬
〔漢武帝紀〕元封四年幸河東祠后土詔賜三縣及楊氏皆無出今年租賦〔注〕師古曰楊氏河東聚邑名
北狄思征〔仲虺之誥〕南征北狄怨鉞斧將戒〔王制〕諸侯賜弓矢然後征賜鈇鉞然
後殺璁珩未鳴〔詩〕服其命服朱芾斯皇有瑲蔥珩星淫去楚日沴悲荆
〔左傳〕魯梓慎曰今茲宋鄭其饑乎歲在星紀而淫於玄枵〔又〕楚有雲如衆赤鳥夾日以飛三日億兆
何夢穹旻遽傾〔爾雅〕穹蒼蒼天也〔又〕秋爲旻天大禹胼胝〔帝王世紀〕禹治水勞
身涉勤手足胼胝故世傳禹病偏枯足不相過今巫稱禹步是也重華腒腊〔說文〕此方謂鳥
腊曰腒按舜名重華鋭曰韻書引傳曰堯如腊舜如腒仰惟勞務同斯違懌〔書〕顧

命王發不懌夢無徵〔文王世子〕文王謂武王曰汝何夢矣武王對曰夢帝與我九齡文王曰古
者謂年齡齒亦齡也我百爾九十我與爾三焉昭祈奚益見爲貞陽侯書聽茂陵之
鐘鼓〔漢武帝紀〕葬茂陵〔古今注〕云光武原陵垣四出司馬門寢殿鐘虡皆在周垣內抱橋陽
之劍舄〔列仙傳〕軒轅自擇亾日與羣臣辭還葬橋山山崩棺空惟有劍舄在焉詎髣髴
於宸儀〔潘岳悼亾詩〕髣髴覩爾容終纏緜於號擗嗚呼哀哉三占
以吉〔書洪範〕三人占則從二人之言四海同奔列䀉天宇〔穀梁傳〕乘馬曰䀉
崩號帝閽〔喪大記〕復小臣復復者朝服君以衮升東榮中屋履危北面三號卷衣投於前司服
受之降自西北榮〔注〕復招魂也屈原離騷〕吾令帝閽開關兮千門啓於閶闔〔後漢張衡
西京賦〔注〕閶闔天門也詳玉臺新詠序萬乘警於靈轀〔秦本紀〕始皇崩於平臺棺載轀
涼車中槐風悲於輦道松雨思於郊原〔爾雅〕守宮槐葉晝聶宵炕兆

寬曰〔謝莊宋宣貴之誄〕鏘楚挽於槐風，喝邊簫於松霧。鸞旗動而虛蹕。〔漢霍光傳〕法駕，駕皮軒鸞旗。詳傅大士碑。宿衛靜而空尊。〔漢書霍光傳〕大將軍光宿衛忠正。〔叔孫通傳〕高帝曰：吾乃今知皇帝之貴也。光騫曰：〔後漢禮儀志云〕登遐，皇后詔虎賁羽林中郎署皆嚴宿衛。嗚呼哀哉。甲陌平夷，流山蟠回。〔後漢光武紀〕帝初作壽陵，令所制地不過二三頃，無爲山陵陂池，裁令流水而已。紀無遷市。〔帝王世紀〕舜葬於蒼梧九疑山之陽，是爲零陵，謂之紀市。唐有通樹。〔帝王世紀〕堯葬於濟陰之成陽西北，號爲穀林。經白社之修塗，回青門之廣路。〔史記〕邵平，故秦東陵侯，秦滅，種瓜長安城東，故世謂之東陵瓜。又云青門瓜。青門，東陵也。疑用夏侯嬰事，見章昭達碑。思沛邑以東臨，〔漢高祖紀〕謂沛父兄曰：遊子悲故鄉，吾雖都關中，萬歲之後，吾魂魄猶思樂沛。懷周京以西顧。〔詩〕迺眷西顧，此維與宅。嗚呼哀哉。機神不測，性道難稱。見論語。允窮靡寄。

檀弓〕始死充充如有窮。孺慕奚憑。〔檀弓〕有子與子游立。見孺子慕者。惟封云與

禪肅。遺玉牒之與金繩。〔漢郊祀志〕管仲曰。黃帝封泰山禪云亭。武帝封泰山下東

加。其下則有玉牒書。禮畢。禪泰山下阯東北肅然。〔白虎通〕封禪金泥銀繩。詳與陳司空書。揚英聲

而永久。〔司馬相如封禪文〕蜚英聲。共日月而俱升。〔詩〕如月之恆。如日之升。嗚

呼哀哉。

墓志

司空章昭達墓志

周原膴膴。見詩。佳氣葱葱。〔後漢書〕王伯阿望春陵城曰。氣佳哉。鬱鬱葱葱。王業

攸興。帝圖斯盛。昔光武佐命。鄰縣者鄧侯。〔後漢書〕光武南陽蔡

陽人。鄧禹南陽新野人。高祖元臣。同郡者蕭相。〔漢書〕蕭何沛人。詳與楊僕射書。

台輔之量。便著綺紈。見為始興王表瑚璉之資。見論語無待雕琢。起家為東宮直。前所奉之君。則梁簡文皇帝。既而黑山巨盜。憑陵上國。見與王僧辯書白水強胡。虔劉中夏。見後齊文公側其產業。募是驍雄。思報皇儲。累殲鯨寇。本傳昭達字伯通。吳興武康人也。性倜儻。輕財尚氣。梁大同中。昭達為東宮直。侯景之亂。昭達率鄉人援臺屬豳風有象。見詩代邸方隆。見勸進表搜荊楚之英才。漢李陵傳陵曰臣所將屯邊者。皆荊楚勇士奇才劍客也。資班輸之妙略。墨子公輸般為雲梯以攻宋。墨子解帶為城。以牒為械。輸般九攻。墨子九距。百樓忽起。登雲霄而俯臨。後漢公孫瓚傳。兵法百樓不攻。萬弩齊張。隨雷霆而並震。孫臏傳馬陵道狹而旁多阻隘。可伏兵。乃斫大樹白而書之曰。龐涓死於此樹之下。龐涓果夜至斫木下。齊軍萬弩俱發。涓乃自剄

甌閩 非甄閩

揚兵於九天之上〔玄女九宮戰法〕行兵之道天地之寳九天九地各有表裏九天之上六甲子也九地之下六癸酉也子能慎之萬全可保決勝於千里之中見與楊僕射書殪彼羣兇皆無旋踵〔漢書霍光傳〕延年曰今日之議不得旋踵〔本傳〕臺城陷昭達還鄉里與陳文帝遊因結君臣分侯景平文帝爲吳興太守昭達杖策來謁文帝委以將帥陳武帝謀討王僧辯令文帝還長城招聚兵衆以備杜龕頻使昭達往京口稟承計畫僧辯誅後杜龕遣其將杜泰來攻長城昭達因從文帝進軍吳興以討龕龕平又從討張彪於會稽克之天嘉九年追論長城功封欣樂縣侯二年改封邵武縣侯廢帝即位改封邵陵郡公陳寳應志懷反叛客引周迪資其食加更事窺窬見爲貞陽侯書公奉詔崇朝〔詩〕曾不崇朝飲氷將力〔莊子〕朝受命而夕飲氷前茅後勁步驟奔馳〔左傳〕楚人遂疾進師車馳卒奔乘晉軍〔又〕隨武子曰前茅慮無中權後勁仍同甌閩〔漢書〕漢五年立無諸爲閩

粵王閩中故地孝惠三年立搖爲東海王都東甌殄其巢窟若夫鳴蛇之洞
湀谷隱於蒼天〔水經注〕漢水又東合洛谷其地有神埒成左右山溪多五色蛇性馴良不
爲害鳴蛇柜臣曰〔山海經〕鮮山多鳴蛇四翼音如磬見則大旱飛猨之嶺喬木參於
雲卬〔一統志〕福建延平府府城南有閩猿洞吳權曰〔建安記〕飛猿嶺喬木造天猿嶺之所飛越故
日飛猿嶺宏越艇而登嶠〔淮南子〕越舲蜀艇不能無水而浮蒙燕犀而涉
江〔晉〕庾翼與慕容皝鎧書鄧百川昔送此犀皮兩當鎧一領後是異物故復致之威武紛紜
見爲貞陽侯書震山風海於是咸停僞帥悉據高墉〔易〕公用射隼于
高墉之上爰洎洽溟莫不懲艾〔宋本傳〕陳寶應納周迪共寇臨川又以昭達爲都督討
迪迪走昭達乃踰嶺討陳寶應與戰不利因據上流爲後施拍其上褱其水柵又出兵攻其步軍方大合
戰會文帝遣余孝頃出自海道適至因并力乘之遂定閩中盡禽留異寶應以功授鎮軍將軍開府儀同

引三既而齊人無信將謀郢落鬭艦戈船漢書有戈船將軍窺
江淹漢公綫開羽檄見歐陽頠碑遽稟師期馳襲荆郢應
時燒蕩本傳尋隨侯安都拒王琳乘平虜大艦中流而進先鋒發拍中賊艦王琳平昭達策動第
一方欲宣威隴汧大討梁華屬上將之韜光遁中台
之掩耀天官書斗魁帶匡六星一曰上將魁下六星兩兩相比者名曰三能注蘇林曰音三台
大建三年薨於軍幕本傳大建二年征江陵時梁明帝與周軍大蓄舟艦於青泥中
昭達分遣偏將錢道戢程文季乘輕舟焚之周又於峽口南岸築壘名安蜀城於江上横引大索編葦為
橋以渡軍糧昭達乃命軍士為長戟施樓船上仰割其索索斷糧絕因縱兵攻其城降之三年於軍中病
薨贈大將軍配享文帝廟廷子大寶襲劭陵郡公爾乃青烏相墓藝文類聚相冢書有
青烏子白鶴標墳幽明錄孫鍾以種瓜為業有三少年詣鍾乞瓜曰此山下善可作冢鍾隨

下山。三人悉化成白鶴飛入空中。郎孫堅所葬地。林有逃車。〔左傳〕趙旃棄樹車而走林。
向華蓋。〔蜀志〕先主舍東南角籬上有桑樹生高五丈餘遙望幢幢如小車蓋先主少時與宗中諸見於樹下戲言吾必當乘此羽葆蓋車前於熊軾。〔後漢輿服志〕公列侯安車朱班輪倚鹿較伏熊軾皁繒蓋黑轓右騑。後乘龍轜。〔潘岳寡婦賦〕龍轜儼其星駕兮〔注〕畫轜爲龍轜喪車也。
介士發三河之民。〔漢霍光傳〕光薨發三河卒穿復土起家祠堂。哀鐃同駟馬之曲。〔博物志〕公卿送夏侯嬰葬至東都門外馬不行掊地悲鳴得石槨銘曰佳城鬱鬱三千年見白日。吁嗟滕公居此室。乃葬之。長安傳疑作專坐恩禮盛於西京。〔初學記〕漢初並用士人爲尚書令僕二千石。〔又〕東漢與司隸校尉御史中丞皆專席坐京師號曰三獨坐也。
襄陽墮淚悲慟喧於南北。見侯安都碑

河東康簡王墓志〔南史〕河東康簡王叔獻字子恭宣帝第九子。性恭謹聰敏

好學太建五年立位南徐州刺史薨贈司空謚康簡〔隋書〕冀州河東郡河東縣〔注〕舊曰蒲坂縣置河東郡

夫聖人至德，天道福謙。見易 大哉堯舜，貽慶長遠。明兩之盛，〔易〕明兩作 中陽纂於豢龍。見與楊僕射及宗室書 百世之祀，皇家兆於鳴鳳。〔左傳〕楚公子棄疾帥師滅陳，晉侯問於史趙曰：陳其遂亡乎？對曰：未也。臣聞盛德必百世祀。〔又〕陳公子完奔齊，懿氏卜妻完，其妻占之曰：吉。是謂鳳皇于飛，和鳴鏘鏘，有嬀之後，將育于姜。 遼青丘於海北，〔漢武內傳〕長州一名青丘，仙廛紫草，靈藥甘液，玉英靡所不有。 蓋於江南。見太極殿銘 帝系王基，重光累葉。東都賦重熙而累洽 高祖之建天柱，列聖之補地維。見侯安都碑 蕩蕩乎民無得而名焉者也。見論語 王資神昴緯，〔帝王世紀〕脩己見流星貫昴，感而生禹。

託曜房靈〔春秋元命包〕姬昌蒼帝之精位在房心體斯孝德不由師保月生之對何用於擬議〔後漢黃琬傳〕漢建和初正月日食京師不見黃瓊爲魏郡太守以狀聞詔問所食多少瓊不能對瓊孫琬時七歲在旁曰何不言日食之餘如月之初瓊大驚琬後累官光祿大夫日近之言無階於等級〔楚語〕申叔時曰明等級以道之禮詳與李那書封河東王加侍中淑貌與金燧相宜〔莊子〕陽燧見日則然爲火〔注〕陽燧鑑也摩拭令熱便置日中以艾就之火生清顏與玉壺同照〔鮑照樂府〕清如玉壺冰授使持節南徐州刺史武羌旅拒見移文亭障還移〔漢西域傳〕漢列亭障至玉門漢草非長廣之東〔隋書〕青州東萊郡膠水縣〔注〕舊日長廣湖萊近荊門之北〔後漢郡國志〕夷陵有荊門玉常識庾翼使白面之非才〔南史沈慶之傳〕慶之曰陛下今欲伐國而與白面書生謀之事何由濟淥

慕曹彰歎黃鬚之爲可見爲始與王表火精不退熒應善言呂氏春秋宋景公時熒惑守心子韋曰君有至德之言三天必三賞君是夜熒惑退三舍水蛭難消徒持陰德賈誼書楚惠王食寒菹而得蛭因遽吞之腹有疾而不能食令尹入問疾王曰吾食菹而得蛭不行其罪是法廢而威不立也譴而誅之恐監食者皆死遂吞之令尹曰天道無親惟德是輔王有仁德疾不爲傷王果疾愈薨於沙鎮時年一十有七追贈司空加鼓吹班劍謚曰康簡至洛北占墳河南除道葭悲煙殿之聲後漢律曆志候氣之法室中以木爲案每律各一內庳外高從其方位加律其上以葭莩灰抑其內端按律而候之氣至者灰去其爲氣所動者其灰散人及風所動者其灰聚殿中候用玉律十二惟二至乃候劍動豐城之氣見與李那書豈惟晉皇寵悼重琅邪之贈官晉書琅邪悼王煥字耀祖初繼帝弟長樂亭侯渾後封顯義亭侯及煥疾

殤帝爲之徹膳及下詔封爲琅邪王嗣恭王後俄而
薨年二歲帝悼念無已將葬以煥既封列國加以成
人之禮詔立凶門柏歷
備吉凶儀服營起陵園
魏后高文制蒼舒之哀誄魏志
鄧哀王沖字蒼舒年十三疾病太祖親爲請命及亾
哀甚贈騎都尉印綬黃初二年追贈謚沖日鄧哀侯
又追加號爲公注魏書載策曰朕承天序享有四海
竝建親親以藩王室惟爾不逮斯榮且葬禮未備追
悼之懷愴然攸傷太和
五年加沖號日鄧哀王

裴使君墓志

（南史）裴之横字如岳少好賓游重
氣俠不事產業歎曰大丈夫富貴
必作百幅被梁簡文在東宮遷直閤將軍臺
城陷之横與兄之高歸元帝位廷尉卿河東
内史隨王僧辯拒侯景景退遷東徐州刺史
封豫寧侯又隨僧辯破景景東奔僧辯命之
横與杜崱入守臺城魏克江陵齊遣上黨王
高渙挾貞陽侯明攻東關晉安王承制以之
横爲徐州刺史都督衆軍出守蘄城之横營
壘未周而齊軍大至兵盡矢窮遂於陣殁贈

撓讀乃巧切屈也趙岐孟子注謂撓叶逃朝讀平聲非是

司空諮日壯

君五音之候兼其方牧疑作技〔抱朴子〕黃帝攻戰則納五音之策審八陣之圖窮其巧變〔晉桓溫傳〕諸葛亮造八陣圖於魚復平沙上溫見之曰此常山蛇勢也用能戰必勝攻必取督稱無難兵號解煩〔吳志宗室傳〕孫皎弟儀為無難督、樹屏曰〔胡綜傳〕權使綜料諸縣得六千人立解煩兩部朝飛火箭夜聳雲梯〔史記〕公輸班作陵雲之梯以攻宋城燧象從奔〔左傳〕鍼尹固與王同舟王使執燧象以奔吳師聯狼巳合未詳按〔戰國策〕秦惠王謂寒泉子曰諸侯之不可一猶連雞之不能俱上於棲也於是嚴顏不撓極咍諸戎〔蜀志〕張飛生獲巴郡太守嚴顏顏曰我州但有斷頭將軍無降將軍也龐德高聲肆言羣逆〔魏志〕龐德為關羽所得立而不跪罵曰我寧為國家鬼不為賊將也遂為羽所殺胡夷總至猶持子路之纓左傳蒯聵攻出公劫孔悝以登臺子路曰太子無勇若燔臺半必舍孔叔太子聞之懼下石乞孟黶敵子路以戈擊之斷纓子路曰君子死冠不免結纓而死鋒刃相交終荷溫生之節殺漢書溫序護羌校尉行部至襄武爲隗囂別將苟宇所拘劫序素有氣力大怒叱宇等曰虜何敢迫脅漢將因以節檛殺數人宇曰此義士死節可賜以劒序受劒銜鬚於口顧左右曰既爲賊所迫殺無令鬚汙血遂伏劒而死每以財輕簞籥義重嵩衡割宅宇貧乏之孤孔叢子郈成子自魯聘晉過於衛右宰穀臣止而觴之行三十里而聞衛亂穀臣死之成子迎其妻子隔宅而居之開門延故人之殯見論語篤好朋遊居常滿席每至鮮雲靄靄披玉女之衣未詳明月團團佩班姬之扇班婕妤怨歌行新製齊紈素鮮潔如霜雪裁爲合歡扇團團似明月日帶花以如笑樹敏日劉勰新論春葩含日似笑風鳴條而若歌傍列絲桐對揚文

酒一石之後，逾能斷獄；（漢書：于定國飲酒至數石不亂，治獄益精明。）五斗之量，猶未解酲。（世說：劉伶跪而祝曰：天生劉伶，以酒爲名，一飲一石，五斗解酲。）嗟乎！潘岳之詩，致哀周密；（文選注：晉惠帝元康六年，氐賊齊萬年與楊茂陷關中，既定，帝命諸臣作關中詩。潘岳詩曰：周狗師令，身膏氐斧，人之云凶，臣貞節克舉。按周處別傳：氐賊齊萬年爲亂，處仰天歎曰：我爲大臣，以身殉國，不亦可乎！遂戰歿。）莊公之誅，用愍相遺。（檀弓：魯莊公及宋人戰于乘丘，縣賁父御，卜國爲右，馬驚敗績。公隊，佐車授綏。公曰：末之卜也。縣賁父曰：他日不敗績，而今敗績，是無勇也。遂歿之。圉人浴馬，有流矢在白肉。公曰：非其罪也。遂誅之。）

補（南史顏延之傳：釋慧琳上每引見，常升獨榻。傳大士碑）

（高僧傳：慧受夢青龍從南方來，化爲剎柱。受至新亭江，見一長木隨流來，因立爲剎。太極殿銘）

徐孝穆全集卷之五終

徐孝穆全集卷之六

陳東海徐陵孝穆撰

詔

陳武帝即位詔

五德更運。帝王所以御天。三正相因。夏殷所以宰世。雖色分辭翰。時異文質。揖讓征伐。迄用參差。而育德振民。義同一揆。朕以寡昧。時屬艱危。國步屢屯。天維三絕。肆勤先后。拯厥橫流。藉將帥之功。兼猛士之力。一匡天下。再造黔黎。梁氏以天祿永終。曆數攸在。遵與能之典。集大命於朕躬。顧惟菲薄。辭不獲亮。式從天聰。俯協民心。受終文祖。升禋上帝。繼迹百王。君臨萬宇。若涉川水。罔知攸濟。寶業初建。皇祚維新。思俾惠澤。覃被億兆。可大赦天下。改梁太平二年爲永定元年。賜民爵二級。文武二等。鰥寡孤獨。不能自存者。人穀五斛。逋租宿債。皆勿復收。其有犯鄉里清議。贓汙淫盜者。皆洗除先注。與之更始。長徒敕繫。特皆原之。亾官失爵。禁錮奪勞。一依舊典。

梁禪陳詔

五運更始。三正迭代。司牧黎庶。是屬聖賢。用能經緯乾坤。彌綸區宇。大庇黔首。闡揚鴻烈。革晦以明。積代

同軌百王踵武咸由此則梁德湮微禍亂薦發太清
云始見困長蛇承聖之季又懼封豕爰立天成重竊
神器三光亟沈七廟乏祀含生已泯鼎命斯墜我武
元之祚有如綴旒靜惟屯剝夕惕載懷相國陳王有
命自天降神維嶽天地合德晷曜齊明拯社稷之横
流提億兆之塗炭東誅逆叛北殲獯醜威加四海仁
漸萬國復張崩樂重興絶禮儒館聿脩戎亭虛候大
功在舜盛績惟禹巍巍蕩蕩無得而稱來獻白環豈
直皇虞之世入貢素雉非止隆周之日固以效珍川
陸表瑞煙雲甘露醴泉旦夕凝涌嘉禾芝草孳植郊

命道昭於悠代勳格於皇穹明明上天光華日月革故著於玄象代德彰於圖讖獄訟有歸謳歌爰適天之曆數實有攸在朕惟庸藐闇於古昔永稽崇替爲日已久敢忘列代之遺典人祇之至願乎今便遜位別宮敬禪於陳一依唐虞宋齊故事

陳公九錫詔

肇昔元胎剖判太素氤氳崇建人皇必憑洪宰故賢哲之后牧伯征於四方神武之君大監治乎萬國又有一匡九合渠門之賜以隆戮帶圍溫行宮之寵斯茂時危所以貞固運泰所以光熙斯乃千載同風百

王不刊之道也太傅義興公允文允武乃聖乃神固天生德康濟黔首昔在休期早隆朝寄遠踰滄海大拯交越皇運不造書契未聞中國其亾兵凶總至哀哀憔類譬彼窮牢悠悠上天莫云斯極否終則泰元輔應期救此將崩援茲巳溺乘舟履華架險浮淡經略中塗畢殲羣醜洎乎石頭姑熟流髓履腸一朝指撝六合清晏是用光昭下武翼亮中都雪三后之勃鄰夷三靈之巨慝堯治禹佐未始能階殷相周師固非云擬重之以屯剝餘象荆楚大崩天地無心乘輿委御五湖薦食競謀諸夏八方棊跱莫有匡救強臣

致命黜我沖人顧影於荼孺之魂甘心於甯卿之辱却案下髫求哀之路莫從竊鈇逃責容身之地無所公神兵奄至不日清澄惟是孱蒙再膺天祿斯又巍巍蕩蕩無得而稱焉加以仗茲忠義屠彼妖逆震部夷氛稽山罷祲番禺蠢澤北鄙西郊殲厥凶徒罄無遺種斯則兆民之命修短所縣率土之基興亡是賴於是刑禮兼訓沿革有章中外咸平遐邇寧一用能使陽光合魄曜象呈暉棲閣遊庭抱仁含信宏勳誕於厚地大道格於玄天羲農炎昊以來卷領垂衣之世聖人濟物未有如斯者也夫備物典策桓文是膺

助理陰陽，蕭曹不讓，未有功高於寓縣，而賞薄於伊周。凡厥人祇，固懷延佇。實由公謙撝自牧，降損為懷，嘉數遲回，永言增歎。豈可申茲雅尚，久廢朝猷，宜戒可動，敬申鴻典。宜重華大聖，嬀汭惟賢，盛德之祀無忘，公侯之門必復。是以殷嘉亶父，繼后稷之官；堯命羲和，纂重黎之位。況其本支仍建，宏誓山河，都乎其進公位相國，總百揆，封十郡為陳公，備九錫之禮，加璽紱遠遊冠，綠綟綬，位在諸侯王上。其鎮衛大將軍、揚州牧如故。

進武帝為長城公詔

德懋懋官功懋懋賞皇王盛則所謂元龜司空公南徐州刺史長城縣開國侯諱志華寅亮風度弘遠體文經武明允篤誠曩者率五嶺之強兵誅四海之讎敵固以勒功彝鼎書勳太常克定京師勤勞自重自鎮撫枌榆永寧豐沛東涼既息北蔡無歸代馬燕犀氣雄天下裹糧坐甲固敵是求方欲大計於秦嶠敦脩於輿睦協謀上相爰納朕躬思所以敬荅忠勳用申朝典可進爵爲長城縣公

陳文帝登祚尊皇太后詔

朕以虛薄才非弘濟竊守藩維常懷盈滿豈圖蒼昊

不弔國步艱難皇嗣元良藐在峭滑二臣奉迎川塗靡從六傳還朝淹留永已今國圖無主家業事隆上奉父母之嚴規下遏羣公之廷諍遂以庸質升纂帝基對揚大化彌增號懼今宜式遵舊則奉上皇后尊號爲皇太后御慈訓宮一依前典若中流靜晏皇嗣歸來輒當解紱於箕山之陽歸老於瑯邪之國復子明辟還承寶圖若問與夷無媿圖寢

封始興王詔

漢祖天倫伯叔追封晉元世系瑯邪傳國仰惟二后重光率由前典朕昔因藩次蒙繼本宗分在要荒久

離寒煥天嘉紹祚別命皇枝歸自崤函禮隔登獻每至霜庭可履矚垣寢而懷悲風樹鳴條望章陵而增感今嗣王乖德獲罪慈訓承言主鬯空自朕躬但國步時艱皇基務切復奉家業升纂帝圖重違情禮言深哽慟可以第二皇子升陵爲始興王

文

爲陳武帝即位告天文

皇帝臣諱敢用玄牡昭告於皇皇后帝梁氏以圮剝薦臻歷運有極欽若天應以命於諱夫肇有烝民乃樹司牧選賢與能未常厥姓放勳重華之世咸無意

於受終當塗典午之君雖有心於揖讓皆以英才處萬乘高勛御四海故能大庇黔首光宅區縣有梁末運仍葉遘屯獯醜憑陵久稽神器承聖在外非能祀夏天未悔禍復罹寇逆嫡嗣廢黜宗支僭詐天地蕩覆紀綱泯絕諱爰初投袂大拯橫流重舉義兵實甚多難廢王立帝實有厥功安國定社用盡其力是謂小康方期大道既而煙雲表色日月呈瑞緯聚東井龍見譙邦除舊布新既彰玄象遷虞事夏且協謳訟九域八荒同布款百神羣祀皆有誠願梁帝高謝萬邦授以大寶諱自惟菲薄讓德不嗣至於再三辭

勿獲許僉以百姓須主萬幾難曠皇靈眷命非可謙拒畏天之威用膺嘉祚永言夙志能無慙德敬簡元辰升壇告禪告類上帝用荅民心永保於我有陳惟明靈是饗

梁禪陳策文

咨爾陳王惟昔上古厥初生民驪連栗陸之前容成大庭之代並結繩寫鳥杳冥慌忽故靡得而詳焉自羲皇軒昊之君陶唐有虞之主或垂衣而御四海或無爲而子萬姓居之如馭朽索去之如脫敝屣裁遇許由便能捨帝暫逢善卷即以讓王故知玄扈璇璣

非闢尊貴，金根玉輅，示表君臨，及南覲河洛，東沉刻璧，精華既竭，耄勤已倦，則抗首而笑，惟賢是與，謗然作歌，簡能斯授，遺風餘烈，昭晰圖書，漢魏因循，是爲故實，宋齊授受，又弘斯義。我高祖應期撫運，握樞御宇，三后重光，祖宗齊聖，及時屬陽九，封豕薦食，西都失馭，夷狄交侵，乃臬天成，輕弄龜鼎，偞偞黔首，若崩厥角，微微皇極，將甚綴旒。惟王乃聖乃神，欽明文思，二儀茲運，四時合序，天錫智勇，人挺雄傑，珠庭日角，龍行虎步，爰初投袂，日乃勤王，電掃番禺，雲撤彭蠡，揃其元惡，定我京畿，及王賀帝，弘貿茲冠履，既行伊萑。用保沖人。震澤稽陰。竝懷叛逆。獯厥醜虜。三亂皇都。裁命偏師。二邦自殄。薄伐玁狁。六戎盡殪。嶺南叛換。湘郢結連。賊帥既擒。兇渠傳首。用能百揆時序。四門允穆。無思不服。無遠不屆。上達穹昊。下漏深泉。蛟魚竝見。謳歌攸屬。況乎長彗橫天。已徵布新之兆。璧日斯既。實表更姓之符。是以始創義師。紫雲耀彩。肇惟尊主。黃龍負舟。楛矢素翬。橋山以至。白環玉玦。慕德而臻。若夫安國字甿。本因萬物之志。時乘御宇。良會樂推之心。七百無常期。皇王非一族。昔木德既季。而傳祚於我有梁。天之曆數。允集明哲。式遵前典。廣詢羣議王公卿尹莫不攸屬敬從人祇之願授帝位於爾躬四海困窮天祿永終王其允執厥中軌儀前式以副溥天之望禋祀上帝時膺大禮永固洪業豈不盛歟

陳公九錫文

大哉乾元資日月以貞觀至哉坤元憑山川以載物故惟天爲大陟配者欽明惟王建國翼輔者齊聖是以文武之佐磻谿蘊其玉璜堯舜之臣湀河鏤其金版況乎體得一之鴻姿寧陽九之危厄拯橫流於碣石撲燎火於崑岑驅馭於韋彭跨躡於秦晉神功行

而靡用聖道運而無名者乎。今將授公典策，其敬聽
朕命。曰：者昊天不弔，鍾亂於我國家，綱漏吞舟，強胡
内鼠，兹兹宇宙，慄慄黎元，方足圓顱，萬不遺一。太清
否亢，橋山之痛已深；太寶屯如，平陽之禍相繼。上宰
膺運，康救兆民，鞠旅於湞池之南，揚旌於桂嶺之北，
懸三光於已墜，謐四海於羣飛，屠獯獫於中原，斮鯨
鯢於濛汜，蕩寧上國，光啓中興，此則公之大造於皇
家者也。既而天未悔禍，夷醜薦臻，南夏崩騰，西京蕩
覆，羣胡孔熾，藉亂乘間，推納藩枝，盜假神器。冢司昏
撓，刎引寇讎，既見貶於桐宮，今謀危於漢閣，皇運已

殆何殊贅旒中國搖然非徒如綫公赫然投袂匡救
本朝復茸齊都平戎王室朕所以還膺寶歷重履宸
居挹建武之風猷歌宣王之雅頌此又公之再造於
皇家者也公應務之初登庸惟始三川五嶺莫不窺
臨銀洞珠官所在寧謐孫盧肇釁越貊爲災番部阽
危勢將淪殄公赤旗所指妖壘洞開白羽纔撝兇徒
紛潰非其神武久喪南藩此又公之功也大同之末
邊政不脩李賁狂迸竊我交愛敢稱大號驕恣甚於
尉佗據有連州雄豪熾於梁碩公英謨雄算電埽風
行馳御樓船直跨滄海新昌典澈備歷艱難蘇歷嘉

寧盡爲京觀三山獠洞八角蠻陬逖矣水寓之鄉悠
哉火山之國馬援之所不届陶璜之所未開莫不懼
我王靈爭朝邊候歸琛天府獻狀鴻臚此又公之功
也自寇虜陵江宮闈幽辱公枕戈嘗膽提劍撫心氣
涌青霄神飛紫闥而番禺連率本自諸夷言得其朋
是懷同惡公仗此忠誠乘機勦定執沛令而釁鼓平
新野而據鞍此又公之功也世道初艱方隅多難勳
門桀黠作亂衡疑兵圳池陛衆兼夷獠公以國盜邊
警知無不爲恤是同盟誅其醜類莫不魚驚鳥散面
縛頭懸南土黔黎重保蘇息此又公之功也長驅嶺

嶠。夢想京畿。緣道酋豪。遞爲榛梗。路養渠率。全據大都。蓄聚逋逃。方謀阻亂。百樓不戰。雲梯之所未窺。萬弩齊張。高鞆之所非敵。公龍驤虎步。嘯吒風雲。山靡堅城。野無強陣。清妖氛於灨石。滅沴氣於雩都。此又公之功也。遷仕凶慝。屯據大皐。乞活類馬騰之軍。流民多杜弢之衆。推鋒轉鬬。自北徂南。頻歲稽誅。實惟勍虜。公坐揮三略。遥御六奇。義勇同心。貔貅騁力。雷奔電擊。谷靜山空。列郡無犬吠之驚。叢祠罷狐鳴之盜。此又公之功也。王師討虜。次屆淪波。兵乏兼儲。士有飢色。公回麾蠡澤。積穀巴丘。億庾之詠斯豐。壺漿之迎是衆軍民轉漕曾無砥柱之難舳艫相望如運敖倉之府犀渠貝冑顧蔑雷霆高艦層樓仰捫霄漢故使三軍勇銳百戰無前承此兵糧遂殄兇逆此又公之功也若夫英圖邁俗義旅如雲盜壘猜攜用掩戎略公志唯同獎師克在和鵲塞非虞鴻門是會若晉侯之誓白水如蕭王之推赤心屈體交盟人祇感咽故使舟師茲路遠邇同心此又公之功也姑熟襟要崤函阻憑寇虜據其關梁大盜負其扃鐍公一校裁撝二雄茲奮左賢右角沙潰土崩木甲殪於中原逭裘赴於江水他他藉藉萬計千羣鄂坂之監斯開

戛庚之道無塞此又公之功也義軍大衆俱集帝京逆豎兇徒猶屯皇邑若夫表裏山河金湯險固疏龍首以抗殿揃華岳以爲城雜虜憑焉弥兵自若公回兹地軸抗此天羅曾不崇朝俾無遺噍軍容甚穆國政方脩物重覩於衣冠民還瞻於禮樂楚人滿道爭覩於葉公漢老銜悲俱觀於司隸此又公之功也內難初靖諸侯出關外郡傳烽鮮卑犯塞莫非且渠當戶中貴名王冀馬列於淮南胡笳動於徐兆公舟師赤甲亘野橫江殲厥羣兇遂殫封豨莫不絓木而止戎車靡遺遇渟而還歸驂盡殪此又公之功也公克

黜禍難劬勞皇家而孫甯之黨翻啓狄心伊洛之間咸爲虜戍雖金陵佳氣石壘天嚴朔暗戎塵夜讙胡鼓公三籌既畫六陣斯張裁畢靈鈇亦抽金僕咸俘醜類悉反高墉異李廣之皆誅同龐元之盡赦此又公之功也任約叛換梟聲不悛戎羯貪婪狼心無斁穹廬氊幕抵北闕而爲營烏孫天馬指東都而成陣公左甄右落箕張翼舒埽是欃槍驅其獫狁長狄之種埋於國門椎髻之凶亰於軍市投秦坑而盡沸豈濰水而不流此又公之功也相居中自折彝鼎五湖小守妄懷同惡公夙駕兼道秉羽杖戈玉斧將揮

金鉦目戒。妖酋震慴。遠請灰釘。蕪櫬以表其含弘。焚書以安其反側。此又公之功也。賊龕兇横。陵虐其區。阻兵安忍。憑災怙亂。自古蟲言鳥迹。混沌洪荒。凡或虔劉。未此殘酷。公雖宗居汝潁。世寓東南。育聖誕賢之鄉。含章挺生之地。眷言桑梓。公私憤切。卓爾英拔。承規奉算。戮此大憝。如烹小鮮。此又公之功也。亂離永久。萑盜孔多。浙左兇渠。連兵構逆。豈止千兵五校。白雀黄龍而已哉。公以中軍無率。選是親賢。奸寇途窮。灌然冰泮。刑溏之所。文命動其大威。雷門之間。句踐行其嚴戮。英規聖迹。異代同風。此又公之功也。同

姓有扈頑凶不賓憑藉宗盟圖危社稷觀兵匯澤勢
震京師驅率南蠻巳爲東帝公論兵於廟堂之上決
勝於尊俎之間寇賈樊滕浮江下瀨一朝揃撲無待
旬師萬里澄清弗勞新息此又公之功也豫章妖寇
依憑山澤繕甲完聚各歷歲時結從連橫爰洎交廣
呂嘉既獲吳濞巳誅命我還師征其不恪連營盡拔
僞黨斯擒曜聖武於匡山回神旌於蠡派此又公之
功也自八紘九野瓜剖豆分竊帝偷王連州比縣公
武靈巳暢文德又宣折簡馳書風猷斯遠至於蒼蒼
浴日杳杳無雷北洎丈夫之鄉南踰女子之國莫不

屈膝膜拜。求吏款關。此又公之功也。京師禍亂。亟積寒暄。雙闕低昂。九門寥豁。寧秦宮之可覩。豈魯殿之猶存。五都簪弁。百僚卿士。胡服縵纓。咸爲戎俗。高冠厚履。希復華風。宋微子麥穗之歌。周大夫黍離之歎。方之於斯。未足爲悲矣。公求衣昧旦。旰食高春。興構宮闕。具瞻遐邇。膠庠宗稷之典。六符十等之章。還聞泰始之風流。重覩永平之遺事。此又公之功也。公有濟天下之動。重之以明德。凝神體道。合德符天。用百姓以爲心。隨萬幾而成務。恥一物非唐虞之民。歸含靈於仁壽之域。上德不德。無爲以爲。夏長春生。顯仁

藏用忠信爲寶風雨弗傺仁惠爲基牛羊勿踐功成
治定樂奏咸雲安上治民禮兼文質物色丘園衣裾
里巷朝多君子野無遺賢菽粟同水火之饒工商富
猗頓之旅是以天無蘊寶地有呈祥滴露卿雲朝團
曉映山車澤馬服御登閑既景煥於圖書方葳蕤於
史牒高勳踰於象緯積德冠於嵩華固無得而稱者
矣朕又聞之前王宰世茂賞尊賢式樹蕃長總征羣
伯二南崇絶四履遐曠泱泱表海胙土惟齊巖巖泰
山俾侯於魯抑又勤王反鄭夾輔遷周召伯之命斯
隆河陽之禮咸備况復經營宇宙豈惟斷鼇足之功

弘濟蒼生。非直鑿龍門之險。而酬庸報德。寂爾無聞。朕所以垂拱當宁。載懷慙悸者也。今授公相國。以南豫州之陳留。南丹陽宣城。揚州之吳興東陽新安新寧。南徐州之義興。江州之鄱陽臨川十郡。封公爲陳公。錫茲青土。苴以白茅。爰定爾邦。用建冢社。昔旦奭分陝。俱爲保師。晉鄭諸侯。咸作卿士。兼其内外。禮實攸宜。今命使持節兼太尉王通。授相國印綬。陳公璽紱。使持節兼司空王瑒。授陳公茅土。金獸符第一至第五。左竹使符第一至第十。相國秩踰三鉉。任總百司。位絶朝班。禮由事革。其以相國總百揆。除錄尚書之號。上所假節侍中貂蟬中書監印章。中外都督太傅印綬義興公印策。其鎮衞大將軍揚州牧如故。又加公九錫。其敬聽後命。以公禮爲楨幹。律等衡策。四維皆舉。八柄有章。是用錫公大輅戎輅各一。玄牡二駟。以公賤寶崇穀。疏爵待農。室富京坻。民知榮辱。是用錫公袞冕之服。赤舄副焉。以公調理陰陽。燮諧風雅。三靈允降。萬國同和。是用錫公軒縣之樂。六佾之舞。以公宣導王猷。弘闡風教。光景所照。鞮象必通。是用錫公朱戶以居。以公抑揚清濁。褒德進賢。髦士盈朝。幽人虛谷。是用錫公納陛以登。以公嶷然廊廟。爲世銘範。折衝四表。臨御八荒。是用錫公武賁之士三百人。以公執茲明罰。期在刑措。象恭無赦。于紀必誅。是用錫公斧鉞各一。以公英猷遠量。跨厲嵩溟。混一車書。括囊寰宇。是用錫公彤弓一彤矢百玈弓十玈矢千。以公天經地義。貫徹幽明。春露秋霜。允恭柔盛。是用錫公秬鬯一卣。圭瓚副焉。陳國置丞相以下一遵舊式。往欽哉。其恭循朕命。克相皇天。弘建邦家。允興洪業。以光我高祖之休命。

郡璽書

陳武帝下州郡璽書

夫三正革代商周所以應天五勝相推軒義所以當運梁德不造喪亂積年東夏奔騰西都蕩覆蕭勃于紀非惟趙倫侯景滔天踰於劉載貞陽反篡賊約連兵江左累屈於鮮卑金陵久非於梁國自有氤氳混沌之世龍圖鳳紀之前東漢興平之初西朝永嘉之亂天下分崩未有若於梁朝者也秋以虛薄屬當興運自昔登科首清諸越徐開浪泊靡不征行浮海乘山所在戡定冒延風塵驅馳師旅六延梁祀十翦強寇豈曰人謀皆田天啟梁氏以天祿斯改期運永終欽若唐虞推其鼎玉朕東西退讓拜手陳辭避舜子

於箕山之陽求支伯於滄洲之野而公卿敦逼率土
翹惶天命難稽遂享嘉祚今月乙亥升禮大壇言念
遷桐但有慚德自梁氏將末頻月亢陽火運斯終秋
霖奄降翌日成禮圓丘宿設埃雲晚霽星象夜張朝
景重輪滋三危之膏露晨光合璧帶五色之卿雲顧
惟寡薄彌慙休祉昧旦丕顯方思致治卿等擁旄方
岳相任股肱剖符名守方寄恤隱王曆維新念有欣
慶想淡求民瘼務在廉平愛惠以撫孤貧威刑以禦
強猾若有萑蒲之盜或犯戎商山谷之酋擅強幽險
皆從肆赦咸使聞知如或逃逸俾在無貸今遣使人

具宣往旨。念思善政。副此虛懷。

梁禪陳璽書

君子者自暗明德。達人者先天弗違。故能進退咸亨。動靜元吉。朕雖蒙寡。庶乎景行。何則。三才剖判。九有區分。情性相乖。亂離云起。是以建彼司牧。推乎聖賢。授受者任其時。求皇王者本非一族。人謀是與。屈己從萬物之心。天意斯歸。鞠躬奉百靈之命。謳歌所往則攘袂以膺之。菁華已竭。乃褰裳而去之。昔在唐虞。鑒於天道。畢其黎獻。授彼明哲。雖復質文殊軌。沿革不同。歷代因循。斯世靡替。我大梁所以考庸太室。揆禮貳宮。月正元日。受終文祖。但運不常。夷道無恆。泰山岳傾僵。河海沸騰。電目雷聲之禽。鉤爪鋸牙之獸。咀齧含生。不知紀極。二后英聖。相仍在天。六夷貪狡。爭侵中國。縣王都帝。人懷干紀。一民尺土。皆非梁地。朕以不造。幼罹閔凶。仰憑衡佐。亟移年序。周成漢惠。邈矣無階。惟是童蒙。必貽顛蹶。若使時無聖哲。以靡艱難。猶當高蹈於滄洲。自求於支伯者矣。惟王應期誕秀。開籙握圖。性道故其難聞。嘉庸已其被物。乾行同其燾覆。日御比其貞明。登承聖於復禹之功。樹鞠子於興周之業。滅陸渾於伊洛。殲驪戎於鎬京。大小

二震之驍徒東南兩越之勍寇遠行天討無遺神策
於是祖述堯舜憲章文武大樂與天地同和大禮與
天地同節鼓之以雷霆潤之以風雨仁霑葭葦信及
豚魚殷牖斯空夏臺虛設民惟大畜野有同人升平
頌平無偏無黨固以雲飛紫蓋水躍黃龍東伐西征
車轍馬迹誰不率從蟠木流沙誰不懷德祥圖遠至
晻映川陸榮光曖曖巳冒郊廛甘露瀼瀼亟流庭苑
非惟赤伏之符靈命昭然何止黃星之氣海口河目
聖賢之表既彰握旄執鉞君人之狀斯偉且自攝提
無紀孟陬殄滅枉矢宵飛天弧曉映久矣夷羊之在

牧。時哉蛟龍之出。泉。革運之兆咸徵。惟新之符並集。朕以欽若勛華。屢廻星琯。昔者木運斯盡。予高祖受焉。今歷去炎精。神歸樞紐。敬以火德傳於爾陳。遠鑒前王。近謀羣辟。明靈有悦。率土同心。今遣使持節兼太保侍中尚書左僕射平樂亭侯王通兼太尉司徒左長史王瑒奉皇帝璽綬受終之禮。一依唐虞故事。王其時陟元后。寧育兆民。光闡洪猷。以承昊天之休命。

徐孝穆全集卷之六終

徐箋卷六

徐孝穆備考附卷六後

吳江徐文炳大文補解

陳武帝即位詔

〔漢律歷志〕土生金故爲金德金生水故爲水德水生木故爲木德木生火故爲火德火生土故爲土德〔漢劉向傳〕三統〔注〕張晏曰一曰天統謂周建子爲正二曰地統謂殷建丑爲正三曰人統謂夏建寅爲正〔晉王尼傳〕尼常歎曰滄海橫流處處不安也〔任昉表〕千載一逢再造難荅〔禮記〕大道之行也天下爲公選賢與能〔書大誥〕若涉淵水予惟往求朕攸濟

梁禪陳詔

〔班固典引〕經緯乾坤出入三光〔注〕三光日月星也〔史岑出師頌〕渾一區宇〔秦始皇本紀〕更名民曰黔首應劭曰黔亦黎黑也〔左傳〕申包胥曰吳爲封豕長蛇洊食上國〔陳武帝紀〕貞陽侯明即位改元天

成〔老子〕天下神器不可以有爲爲者敗之〔書〕七世之廟可以觀德〔左傳〕師曠對曰匱神乏祀〔易〕鼎〔疏〕君子以正位凝命〔公羊傳〕君若贅旒然〔詩〕維嶽降神生甫及申〔書〕民墜塗炭〔後漢曹褒傳〕詔曰漢遭秦餘禮壞樂崩〔世本〕西王母慕舜之德乃獻白環及玦〔韓詩外傳〕周公居攝二年制禮作樂天下和平越裳氏以三象重譯而獻白雉〔史記〕若煙非煙若雲非雲郁郁紛紛蕭索輪囷是謂慶雲〔魏文帝紀〕〔注〕甘露醴泉衆瑞並出〔陳書武帝紀〕梁紹泰二年三月自去冬至是甘露頻降於鍾山梅岡南澗及京口江寧縣境或至三數升大如奕棊子〔漢公孫弘策〕嘉禾興朱草生此和之至也〔呂氏春秋〕虞舜卿雲歌曰卿雲爛兮糺縵縵兮日月光華旦復旦兮〔左傳〕晉文公請隧弗許曰王章也未有代德而有二王亦叔父之所惡也〔後漢竇融傳〕臣融有子年十五不得令觀天文見讖記

陳公九錫詔〔漢王莽傳〕張純等曰謹以六藝通義經文所見周官禮記宜於今者爲九命之

錫。臣請錫
命。奏可。

後漢張衡靈憲賦元氣剖判剛柔始分清濁異位天
成於外地定於內〔又〕太素之前寂莫冥默不可爲象
班固典引太極之原兩儀始分煙煙熅熅〔管子〕桓
公九合諸侯一匡天下天子賞以渠門赤旂〔左傳〕
云天王出居于鄭信公二十五年晉侯辭秦師而下
三月甲辰次於陽樊右師圍溫左師逆王夏四月丁
巳王入于王城取大叔于溫殺之於隰城戊午晉侯
朝王王饗醴命之宥與之陽樊溫原攢茅之田晉於
是始啓南陽〔陳武帝紀〕太平元年九月帝進封義
與郡公二年八月帝進位太傅隋書揚州毗陵郡義
興縣〔注〕舊曰陽羨置義興郡〔書〕乃聖乃神乃武乃
文〔論語〕固天縱之將聖〔又〕天生德於予〔漢書〕項
羽嘗攻襄城襄城無噍類〔注〕窮牢未詳按〔董卓傳〕縱
放兵士剽虜資物謂之搜牢〔注〕言牢固者皆搜索取
之〔魏略〕侍中陳羣尚書桓階奏曰諸明圖緯者皆
言漢行氣盡黃家當興殿下應期十分天下而有其
九以服事虞〔木華海賦〕戲廣浮湙叶〔劉向新序〕扶
傷舉姣履陽涉血〔陳武帝紀〕江寧今陳嗣等據姑孰
不從帝命侯安都等討平之聚其首爲京觀〔漢陳
平傳〕天下指揮即定〔家語冠頌〕六合是式〔詩〕下

武維周。〔文選注〕三靈。天地人也。〔左傳〕衛太叔文
子曰。今甯子視君不如弈棋。〔張協賦〕綦布星羅。〔梁
敬帝紀〕僧辯納貞陽侯明。僞位以帝為皇太子。〔書
金縢〕惟予沖人弗及知。〔左傳〕齊陳乞弒其君荼。鮑
子曰。女忘君之為孺子牛而折其齒乎。而背之也。
〔左傳〕衛子鮮以公命與甯喜言。公曰。苟反。政由甯氏
祭則寡人。〔班固諸侯王表〕有逃責之臺。被竊鈇之
言。然天下謂之共主。強大弗之敵。傾。〔陸機辯亡論〕
神兵東驅。奮寡犯衆。〔梁敬帝紀〕司空陳霸先襲殺
王僧辯。黜蕭明而奉帝。〔南史〕杜龕傳。貞陽侯明以
龕為震州刺史。吳興太守。龕。僧辯婿也。僧辯敗。龕乃
據吳興以拒之。部將杜泰降陳文帝。龕尚醉不覺。文
帝斬之。〔南史〕張彪少亡命為盜。頗有部曲。王僧辯
遇之甚厚。引為爪牙。與杜龕相似。世謂張杜。為東揚
州刺史。會僧辯見害。時陳文帝已據震澤。將及會稽。
彪將沈泰吳寶真等叛迎文帝。彪遂敗走。文帝遣劫
殺之。〔隋書〕揚州南海郡南海縣。〔注〕舊分置番禺縣。
荊州九江郡湓城縣。〔注〕有彭蠡湖。〔左傳〕邾子曰。命
在養民。死之長短。時也。〔尚書中候〕黃帝時鳳皇巢
阿閣。麒麟在囿。〔蔡邕琴操〕周成王琴歌曰。鳳皇翔兮

紫庭抱朴子鳳頭上青戴仁足下黃踏信呂氏春
秋北方曰玄天淮南子古有鍪頭而卷領以王天
下繫辭黃帝堯舜垂衣裳而天下治齊世家會諸
侯於葵丘周襄王使宰孔賜桓公文武胙彤弓矢大
輅命無拜左傳天王狩于河陽晉侯獻楚俘于王王
策命晉侯爲侯伯賜之大輅之服戎輅之服彤弓一
彤矢百旅弓矢千秬鬯一卣虎賁三百人漢王陵
傳平謝曰宰相者上佐天子理陰陽順四時蕭曹傳
贊二人同心遂安海內謝朓詩翊功興寓縣周
禮司勳掌六卿賞地之法以等其功舜典若稽古
帝舜曰重華堯典釐降二女于嬀汭嬪于虞左傳
史趙曰盛德必百世祀又卜偃曰公侯之子孫必復
其始周本紀古公亶父復脩后稷公劉之業積德
行義國人皆戴之堯典乃命羲和欽若昊天大史公
自序重黎氏世序天地魏志天子使魏公位在諸
侯王上改授金璽赤紱遠遊冠後漢輿服志遠遊冠
制如通天有展筩橫之於前無山述諸王所服也漢
書諸侯王高帝初置金璽盭綬如淳曰盭綠也晉灼
曰盭草名也似艾可染綠因以爲綬名盭音戾宋
宋州郡志順帝昇明元年改揚州刺史曰牧

進武帝爲長城公詔

陳武帝紀元帝承制授帝征北大將軍開府儀同三司南徐州刺史進封長城縣公承聖三年三月進帝位司空隋書揚州吳郡領長城縣詳九錫文左傳高陽氏有才子八人明允篤誠漢張耳傳南有五嶺之戍注大庾始安臨賀桂陽揭陽也陳武帝紀太清二年冬侯景寇逼帝將赴援遣杜僧明胡款將二千人頓於嶺上并厚結始興豪傑同謀義舉祭統衛孔悝之鼎銘悝拜稽首曰對揚以辟之勤大命施於蒸彝鼎周禮司勳凡有功者銘書於王之大常漢書高祖初起禱豐枌榆社樊噲傳噲曰始陛下與臣等起豐沛定天下何其壯也後漢班超傳疏曰代馬依風左傳趙穿怒曰裹糧坐甲固敵是求敵至不擊將何俟焉晉漢春秋氏池縣大柳谷口有蒼石立水中其文曰大討曹

陳文帝登祚尊皇太后詔

陳后妃傳武宣章皇后諱要兒吳興烏程人本姓鈕父景明爲章氏所養因改姓武帝先娶同郡錢仲方女早卒後乃聘后永定元年立爲皇后武帝崩

后與中書舍人蔡景歷定訃召文帝及即位尊
后爲皇太后宮曰慈訓崩大建二年崩謚曰宣
後漢明帝紀制曰朕以虛薄何以享斯南史衡陽
獻王昌字敬業武帝第六子也景平拜長城國世子
吳與太宗魏克荊州與宣帝俱還長安武帝即位頻
遣使請宣帝及昌周人許而未遣及武帝崩乃遣之
時王琳作梗中流昌不得還居於安陸天嘉元年封
衡陽郡王入境濟江於中流殞之使以溺告論曰獻
漢書代王令張武等六人乘六乘傳詣長安魏
隸高士傳許由字仲武堯舜致天下而讓焉乃退而
遯耕於中岳潁水之陽箕山之下晉書晉僚稱上
尊號中宗慨然流涕曰吾本琅邪王諸賢見逼不已
乃呼私奴命駕將返國書洛誥周公拜手稽首曰
朕腹子明辟左傳宋穆公疾召大司馬而屬殤公
焉曰先君舍與夷而立寡人寡人弗敢忘若以大夫
之靈得保首領以沒先君若問與夷其將何辭以對
封始興王詔南史始興王伯茂字鬱之文帝第二子也文帝即位封伯茂爲始興王
穀梁傳兄弟天倫也漢高帝紀六年以碭郡薛郡郯
郡三十六縣立弟文信君交爲楚王交高祖同父少

巨

弟也以雲中鴈門代郡五十三縣立兄子信侯喜爲
代王喜卽仲也〔周禮疏〕天子謂之帝系諸侯謂之
世本詳瑩祚詔〔國語〕蠻夷要服戎狄荒服〔祭義〕
霜露既降君子慶之必有悽愴之心〔商頌〕寢成孔
安〔說苑〕吾丘子擁鐮戴索而哭對孔子曰樹欲靜
而風不定子欲養而親不在往而不來者年直子可
得再見者賢也〔後漢〕地理志章陵故春陵世祖更
名明帝紀車駕從皇太后幸章陵觀舊廬〔陳宣帝
紀〕光大二年十一月慈訓太后黜廢帝爲臨海王以
帝入纘皇統〔隋書〕南海郡曲江縣〔注〕舊置始興郡

爲陳武帝卽位告天文

湯誥敢用玄牡敢昭告于上天神后〔詩〕皇皇后帝
〔左傳〕云天生民而立之君使司牧之〔蜀志〕譙周問
杜瓊曰昔周徵君羣以爲當塗高者魏也其義何也
瓊曰魏闕名也當塗言高聖人取類言爾〔文〕周書
版示文王曰典午忽兮月酉沒兮典午者謂司馬也
月酉者謂八月也至八月而司馬文王崩詳策文
〔左傳〕伍員諫吳子曰少康使女艾諜澆使季杼誘豷
遂滅過戈復禹之績祀夏配天不失舊物〔左傳〕楚

亍撥秩而起〔易坤靈圖〕至德之萌日月若連璧也〔漢天文志〕漢元年十月五星聚於東井此高皇帝受命之符也〔纂要云〕五星謂之五緯〔魏文帝紀〕初漢熹平五年黃龍見譙太史令單颺曰其國後當有王者興不及五十年亦當復見〔陳武帝紀〕太平元年九月丁未中散大夫王彭賤稱今月五日平旦於御路見龍迹自大社至象闕亘三四里〔張衡靈憲賦〕地有九域山川〔賈誼過秦論〕有并吞八荒之心〔左傳〕襄公十一年同盟於亳載書曰羣神羣祀〔繫辭〕聖人之大寶曰位〔皐陶謨〕一日二日萬幾〔陳武帝紀〕梁帝遜於別宮帝謙讓再三羣臣固請乃許之〔書〕成湯放桀于南巢惟有慙德

梁禪陳策文

〔三皇本紀〕自人皇已後有五龍氏燧人氏大庭氏柏皇氏中央氏卷須氏栗陸氏驪連氏赫胥氏尊盧氏混沌氏昊英氏有巢氏朱襄氏葛天氏陰康氏無懷氏蓋三皇已來有天下者之號〔莊子〕容成氏大庭氏結繩而用之〔晉衛恆書勢〕黃帝之史沮誦蒼頡眺彼鳥迹始作書契〔古逸詩〕伯牙水僊操〔序〕山林窅

冥。　〔書五子之歌〕凜乎若朽索之馭六馬　〔孟子〕舜視棄天下猶棄敝屣也　〔逸士傳〕堯之讓許由也由以告巢父巢父曰汝何不隱汝形。藏汝光。非吾友也。乃擊其膺而下之。許由悵然不自得。乃過清冷之水洗其耳。拭其目曰向者聞言負吾友。遂去。終身不相見　〔高士傳〕善卷者舜以天下讓之。卷遂入深山。

黃錄〕黃帝坐玄扈洛上。與大司馬容。光左右輔周昌等百二十人。臨觀鳳皇銜圖置帝前。圖以黃金爲柙。

〔書〕在璇璣玉衡以齊七政　〔徐廣輿服志〕天子幹。金根車。

〔竹書紀年〕舜設壇於河　依堯故事至於下昃榮光休至黃龍負圖出於壇畔　〔帝王世紀〕後年二月堯率羣臣刻璧爲書東沈洛水　〔竹書紀年〕帝載歌曰蘉乎鼓之軒乎舞之菁華已竭褰裳去之　〔書大禹謨〕帝曰格汝禹朕宅帝位三十有三載耄期倦于勤汝惟不怠總朕師　〔尚書大傳〕十有四祀鐘石笙筦變聲樂未罷疾風發屋天大雷雨帝沈首而笑曰明哉一人天下也乃見於鐘石　〔尚書大傳〕謗然作大唐之歌按南史本作讃非　〔司馬相如封禪文〕晻昧昭晰　〔後漢獻帝紀〕建安二十五年三月改元延康冬十月皇帝遜位魏王丕稱天子奉帝爲山陽

公〔魏志〕陳留王咸熙二年二月使使者奉皇帝璽綬冊禪位於晉嗣王如漢魏故事〔宋武帝紀〕晉琅邪王元熙二年六月禪位於宋改元永初封晉帝爲零陵王〔齊高帝紀〕宋順帝昇明三年四月帝禪位於齊改元建元封宋帝爲汝陰王〔梁武帝紀〕齊和帝中興二年四月下詔禪位改元天監封齊帝爲巴陵王〔吳志賀齊傳〕齊曰殿下以神武應期廓開王業〔漢匈奴傳〕王室遂衰戎狄交侵臮古暨字〔後漢宦者傳論〕魏武因之遂遷龜鼎〔老子〕聖人在天下慄慄爲天下渾其心〔注〕慄慄常恐怖也〔後漢寒朗傳贊〕慄慄楚黎詳梁禪陳詔〔書〕百姓懍懍若崩厥角〔書〕次五曰建用皇極〔東觀漢記〕日角偃月相之極貴〔晉書載記〕慕容德額有日角偃月重文〔洛書〕黑帝子暘長八尺一寸珠庭〔宋武帝紀〕桓玄妻劉氏謂玄曰劉裕龍行虎步必不爲人下〔漢書宣帝紀〕昭帝崩毋嗣大將軍霍光請皇后徵昌邑王賀王受皇帝璽綬光奏王賀淫亂請廢〔高后紀〕立恆山王弘爲皇帝大臣相與陰謀以爲少帝及三弟爲王者皆非孝惠子復共誅之尊立文帝〔賈誼疏〕冠雖敝不以苴履〔漢書〕項氏畔換師古曰畔換猶言跋扈也〔書

無遠弗届（尚書大傳）舜時蛟魚躍踊子其淵遷虞而事夏也（左傳）申須曰彗所以除舊布新也漢五行志董仲舒以爲比食又既象陽將絕夷狄主上國之象也（陳武帝紀）侯景登石頭城密謂左右曰此軍上有紫氣不易可當（又）帝進軍頓西昌有黃龍見水濱（家語）武王克商肅愼氏貢楛矢石砮詳梁禪陳詔（老子）聖人處上而民不重處前而民不害是以天下樂推而不厭（左傳）王孫滿曰周卜世三十卜年七百（漢劉向疏）王者必通三統明天命所授者博非獨一姓也（南史阮孝緒傳）齊爲木行

陳公九錫文

（尚書中候）王至磻溪之水呂尚釣於崖王下拜尚答曰得玉璜刻曰姬受命呂佐檢德來昌來提撰爾雒鈐報在齊及佐周克殷封於齊（吳越春秋）禹案黃帝中經曰在九疑山東南天柱號曰委宛其書金簡青玉爲字禹乃求之夢赤繡文衣男子自稱玄夷蒼水使者候禹令齊三日禹乃得書言治水之要（老子）侯王得一而天下正（漢書）陽九厄曰初入百六陽九（禹貢）至于碣石入于海（孟子）洪水橫流（書

火炎昆岡玉石俱焚〔漢書注〕師古曰豕韋國彭姓
〔左傳〕秦伯西戎晉主東夏〔齊王融曲水詩序〕跨躡
呂姬〔漢酷吏傳序〕網漏於吞舟之魚〔詩〕內奰于
中國覃及鬼方〔晉陸機功臣頌〕茫茫宇宙上墋下
黷〔莊子〕圓臚方趾〔南史〕梁武帝太清三年崩〔列
仙傳〕軒轅自擇亡日與羣臣辭還葬橋山山崩棺空
惟有劍舄在焉〔南史〕簡文帝大寶二年崩〔晉書〕
漢主劉聰陷洛陽遷懷帝於洛陽太子業即位於長
安是為愍帝劉曜陷長安送帝於平陽皆遇害〔華
陽國志〕滇池縣有澤水周回二百里似如倒流故俗
曰滇池〔山海經〕桂林有八樹在番禺東〔隋書〕熙平
郡桂嶺縣〔注〕舊曰興安開皇十八年改名恐非〔揚
雄劇秦美新〕海水羣飛〔注〕喻大亂也〔淮南子〕堯之
并殺窫窳斷修蛇擒封豨萬民大悅〔左傳〕楚子曰
古者明王伐不敬取其鯨鯢而封之於是乎有京觀
〔淮南子〕日曙於蒙谷之浦〔注〕蒙谷蒙汜之水也〔南
史〕湘東王繹承制授霸先交州刺史尋改南江州刺
史與王僧辯擊斬侯景〔殷本紀〕伊尹放太甲于桐
宮〔漢金日磾傳〕莽何羅褏白刃從東廂上見日磾
色變行觸寶瑟僵日磾捽胡投何羅殿下得擒縛之

〔公羊傳〕中國不絕若綫也〔戰國策〕王孫賈入市呼曰淖齒亂齊國殺湣王欲與我誅之者袒右乃攻淖齒殺之求湣王子法章共立以爲齊王保莒城以拒燕軍〔左傳〕齊侯使管夷吾平戎於王王以上卿之禮饗管仲〔南史〕西魏遣于謹入江陵執元帝朝先與王僧辯迎元帝子方智至建業承制齊遣高渙送淵明來王梁嗣僧辯納之以方智爲太子霸先殺僧辯廢淵明復立方智是爲敬帝〔南史〕孫同盧子雄討李賁衆潰而歸武林侯諮誣奏同等逗留賜死子雄弟子略及杜僧佑周文育等率衆攻廣州參軍陳霸先帥精甲三千擊破之釋僧佑文育爲主帥〔國語〕吳晉會於黃池吳王赤旗赤羽之矰望之如火〔陸機漢高祖功臣頌〕胡馬洞開〔家語〕子路曰願得白羽若月赤羽若日〔左傳〕民逃其上曰潰〔魏〕王粲從軍詩所從神且武焉得久勞師〔南史〕武帝大同十年李賁自稱越帝置百官以霸先爲交州司馬與交州刺史楊瞟討賁賁敗奔嘉寧城復率衆出屯典澈湖霸先乘流先進賁衆大潰竄入屈獠洞屈獠斬賁賁兄天寶收餘兵開愛州霸先討平之〔陳書〕〔武帝紀〕十一年六月軍至交州賁衆數萬於蘇歷江

口立城柵以拒官軍。驃推高祖爲前鋒。所向摧陷。貢
走典澈湖於屈獠界立砦。【隋書】揚州交阯郡。【注】舊
日交州九真郡。【注】梁置愛州。【漢書】南海尉任囂病
且死。召龍川令趙佗行南海尉事。高祖定天下。遣陸
賈立佗爲南粤王。其後佗乃自尊號南武帝。【陳】琳
徼吳文。跨州連郡。有威有名。十有餘載。未詳。按通
鑑。黃門郎史淑自長安犇涼州。稱愍帝出降前一日
使淑齎詔賜張寔。拜涼州牧。承制行事。先是長安謠
日。秦川中。血沒腕。惟有涼州倚柱觀。及漢兵復關中。
氐羌掠隴右。雍秦之民死者什八九。獨涼州安全。
榷曰【晉王諒傳】初。新昌太守梁碩自領交阯。【晉】地
理志。新昌郡吳置。【宋州郡志】越巂太守領蘇利長。
隋書交阯郡領嘉寧縣。【左思魏都賦】蠻陬夷落。【注】
陬聚也。【後漢南匈奴傳】其大臣貴者左賢王。次左谷
蠡王。次右賢王。次右谷蠡王。謂之四角。次左右日逐
王。次左右溫禺鞮王。次左右斬將王。是爲六角。皆單
于子弟次第當爲單于者也。【陸機詩】余固水鄉士。
【東方朔神異經】南荒之外有火山。晝夜火然。廣
州記。馬援討平交阯。於嶠南立銅柱以表漢之極界。
【晉書】交州牧陶璜上言。交廣東西數千里。不賓屬

者六萬餘戶服官役纔五千餘家二州唇齒惟兵是鎮〔後漢竇融傳贊〕王霸以宜〔王〕巾頭陀寺碑炎區九譚沙場一便〔注〕一侯者言少邊患〔周禮〕天府掌祖廟之守藏與其禁令〔後漢〕百官志大鴻臚掌諸侯及四方歸義蠻夷〔晉〕劉琨傳琨枕戈待旦〔吳越春秋〕句踐反國飲食必嘗膽〔漢〕高帝紀吾以布衣提三尺劍取天下〔酷吏傳〕大將軍光因舉手自撫心臣使我至今病悸〔淮南子〕鴻鵠背負青天膺摩赤霄〔陸機辨亡論〕反帝座於紫闥〔陳武帝紀〕侯景寇逼帝將赴援廣州刺史元景仲陰將圖帝帝與成州刺史王懷明等馳檄以討景仲景仲縊於閤下帝迎蕭勃鎮廣州〔易〕西南得朋〔左傳〕韓宣子曰同惡相求如市賈焉〔漢書〕父老帥子弟殺沛令立高祖為沛公祠黃帝祭蚩尤於沛庭而釁鼓〔後漢光武紀〕光武初騎牛殺新野尉乃得馬〔漢書貨殖傳〕桀黠奴人之所患〔隋書〕永安郡〔注〕後齊置衡州澧陽郡崇義縣〔注〕後周置衡州零陵郡營道縣〔注〕有九疑山〔南史〕臨賀內史歐陽頠監衡州蘭裕蘭京禮扇誘始興等十郡共攻頠霸先救之悉擒裕等仍監始興郡事并厚結豪傑共謀義舉〔丘遲書〕魚遊於沸

鼎之中〔漢李陵傳〕陵曰各鳥獸散猶有得脫歸報天子者〔左傳〕晉州綽射殖綽中肩弛弓而自後縛之其右具丙亦舍兵而縛郭最皆衿甲而縛坐於中軍之鼓下〔後漢鄭弘傳〕政有仁惠民稱蘇息〔陳武帝紀〕蔡路養起兵據南康時蕭勃鎮廣州遣腹心譚世遠爲曲江令與路養相結同遏義軍大寶元年帝發始興次大庾嶺路養破路養軍進頓南康發南康灨石舊有二十四灘灘多巨石行旅以爲難帝之發水暴起數丈三百里閒巨石皆沒〔隋書〕揚州南康郡雩都縣〔注〕舊廢平陳置南康縣〔注〕舊曰贛〔書〕武成爲天下逋逃主萃淵藪〔後漢公孫瓚傳〕兵法百樓不攻吾樓櫓千重食此谷足知天下事矣〔墨子〕公輸般爲雲梯以攻宋墨子解帶爲城以牒爲械輸般九攻墨子九拒〔孫臏傳〕馬陵道狹而旁多阻隘可伏兵乃斫大樹白而書之曰龐涓死於此樹之下龐涓果夜至斫木下齊軍萬弩俱發涓乃自剄曰遂成孺子之名〔漢書〕淮南王安使陳喜枚赫作輣車〔後漢何進傳〕主簿陳琳曰今將軍龍驤虎步高下在心此猶鼓洪爐燎毛髮耳〔陳書武帝紀〕高州刺史李遷仕據大臯遣主帥杜平虜帥千人入灨石魚梁又〔南

史〕李遷仕遣主帥杜平虜將兵逼南康陳霸先遣周文育擊走之據其城遷仕復擊南康霸先遣杜僧明等擒斬之〔蜀志〕馬騰子超率諸戎以擊隴上郡縣據冀城吏民梁寬等閉城門乃奔漢中依張魯聞先主圍成都密書請降〔晉書〕流民四五萬家一時俱反以醴陵令杜弢爲湘州刺史〔李康運命論〕張良受黃石之符誦三略之說〔注〕上中下三計〔漢書〕陳平六出奇計〔後漢段熲傳〕張奐又言羌一氣所生不可誅盡山谷廣大不可空靜〔漢王溫舒傳〕溫舒爲河內太守捕郡中豪猾相連坐千餘家盡十二月郡中無犬吠之盜〔漢書〕陳勝吳廣聚叢祠中夜搆火狐鳴呼曰大楚興陳勝王〔爾雅〕大波爲瀾小波爲淪〔左思吳都賦〕器械兼儲〔注〕兼儲蓄積也〔南史〕王僧辯乘勝下湓城霸先引兵三萬人發南康進頓西昌會僧辯於湓城霸先有糧五十萬石分三十萬以資僧辯于慶等皆棄城走〔詩〕我庾維億〔孟子〕篳食壺漿以迎王師〔漢書宣帝紀〕大司農中丞耿壽昌奏設常平倉以給北邊省轉漕〔溝洫志〕漕從山東西歲百餘萬石吏砥柱之艱敗亾甚多〔漢武帝紀〕舳艫千里〔注〕其船多前後相銜不絕〔又〕鄺食其

〔左傳〕逢丑父與公易位將及華泉驂絓於木而止
〔左傳〕戰於韓原晉戎馬還濘而止〔左傳〕襄十四年
衞孫林父甯殖出其君二十六年甯喜弒其君剽
〔左傳〕疆埸無主則啓戎心〔南史〕廣陵喬人朱盛
等潛聚黨謀襲殺齊刺史温仲邕遣使求援霸先因
進軍圍廣陵齊主來告曰請釋廣陵之圍必歸廣陵
歷陽兩城霸先引兵還京口江北之民從之濟江者
萬餘口〔孫盛晉陽秋〕秦始皇時望氣者言五百年
後金陵之地有天子氣於是改金陵曰秣陵〔晉書〕
諸葛亮造八陣圖〔左傳〕齊惠欒高之難公使王黑
以靈姑銔率請斷三尺焉而用之〔左傳〕秉丘之役
公以金僕姑射南宮長萬〔漢書〕李廣曰吾爲隴西
守羌常反吾誘降者八百餘人許而同日殺之〔南
史〕譙秦刺史徐嗣徽南豫州刺史任約襲建康不克
入於石頭以叛十一月齊遣兵援之霸先及齊人戰
敗之嗣徽約奔齊〔說苑談叢篇〕梟逢鳩梟曰我將
東徙鳩曰何故梟曰鄉人皆惡我鳴以故東徙鳩曰
子能更鳴可矣不能更鳴東徙猶惡子聲〔左傳〕富
辰曰狄固貪惏〔左傳〕楚子文曰諺曰狼子野心
〔漢西域傳〕公主歌曰穹廬爲室兮旃爲牆〔漢高帝

紀〕蕭何治未央宮立東闕北闕前殿〔漢書〕帝得烏
孫馬好名曰天馬〔晉書〕周訪討杜曾使李恒督左
甄許朝督右甄〔東京賦〕鶤鶴魚麗箕張翼舒〔爾
雅〕彗星爲欃槍〔詩〕薄伐獫狁〔左傳〕獲長狄僑如
埋其首於子駒之門〔漢書〕李陵衞律皆胡服椎結
〔白起傳〕趙括軍敗卒四十萬人降起乃挾許盡阬
殺之〔漢高帝紀〕羽敗漢兵睢水上水爲之不流
〔易〕鼎折足〔左傳〕公尹路請曰君王命剝圭以爲鏚
柲敢請命〔詩〕鉦人伐鼓〔說文〕云鉦鐃也似鈴柄中
上下通所以止鼓〔魏略〕王淩自知罪重試索棺釘
以觀太傅意太傅給之遂自殺〔左傳〕許男面縛銜
璧大夫衰絰士輿櫬楚子焚其櫬禮而命之〔後漢
光武紀〕課王郎收文書得吏人與郎交關謗毀者數
千章光武燒之曰令反側子自安〔南史〕前青州刺
史程靈洗率兵救僧辯力戰軍敗久之乃降霸先義
之〔左傳〕隱公四年衆仲曰州吁阻兵而安忍〔左
傳〕子桑曰史佚有言曰無始禍無怙亂無重怒〔揚
子〕洪荒之世詳〔梁禪陳文〕〔左傳〕呂相絕秦曰虔劉
我邊垂〔南史〕霸先吳興長城下若里人負云漢太
丘長寔之後〔左思蜀都賦〕揚雄含章而挺生〔詩

日大敖倉天下轉輸久矣臣聞其下藏粟甚多〔吳
都賦〕戶有畢弩〔注〕盾名〔詩〕貝胄朱綅〔左傳〕王子虎
盟諸侯於王庭要言曰皆獎王室亥師克在和不在
衆〔梁元帝玄覽賦〕浴鵠塞於潯陽〔漢書〕沛公從
百餘騎至鴻門謝羽〔左傳〕公子曰所不與舅氏同
心者有如白水〔後漢書〕銅馬降蕭王輕騎入其營
渠帥曰王推赤心置人腹中安得不投死乎〔南史〕
湘東王命僧辯等東擊侯景舳艫數百里霸先率甲
士三萬舟艦二千自南江出湓口會僧辯築壇歃血
共讀盟文流涕慷慨〔漢外戚傳注〕師古曰伺短闕
也〔漢書〕匈奴有左賢王右賢王〔左傳〕晉中行穆子
敗無終及羣狄於太原為五陳以相離兩於前伍於
後專為右角參為左角偏為前拒以誘之〔漢晁錯
傳〕匈奴之革笥木薦弗能支孟康曰木薦以木版作
如盾〔漢匈奴傳〕自君王以下咸被旃裘〔司馬相
如上林賦〕他他藉藉填阬滿谷〔晉惠帝紀〕永寧元
年趙王倫篡位齊王冏起兵討倫成都王穎河間王
顒常山王乂新野公歆皆舉兵應之倫遣其將孫輔
出鄂坂以拒冏〔左傳〕西鉏吾曰今將崇諸侯之姦
而披其地以塞夷庚〔注〕夷庚吳晉往來之道也〔南

史侯子鑒據姑孰南洲以拒西師僧辯等至子鑒帥
步騎挑戰又以鵃䑴千艘載戰士僧辯麾細船皆退
留大艦夾泊兩岸子鑒之衆謂水軍欲退徑出趨之
大艦斷其歸路鼓譟大呼合戰江中子鑒大敗僅以
身免　左傳子犯曰表裏山河必無害也　漢蒯通
傳金城湯池不可攻也　西京賦疏龍首以抗殿注
龍節山名　過秦論斬華為城　博物志地有三千
六百軸　禮記軍容不入國　後漢光武紀司隸官
屬衣冠制度皆如舊儀故老舊吏見之莫不垂涕悲
喜　左傳自公勝作亂葉公至北門或遇之曰君胡
不胄盜賊之矢若傷君是絕民望也乃胄而進又遇
一人曰君胡胄國人若見君面是得艾也乃免胄而
進　南史景兵敗入柵其將盧暉略以石頭降僧辯
入據之景與霸先殊死戰衛陣不動景衆大潰　南
史齊將潘樂侵梁圍秦郡霸先與戰破之斬首萬餘
級晉書鮮卑東胡種名齊神武帝紀神武既累世北
邊故習其俗遂同鮮卑　漢書注且渠當戶匈奴官
名　漢李廣傳上使中貴人從廣服虔曰內臣之貴
幸者魏志梁習傳名王稽顙　左傳司馬侯曰冀之
北土馬之所生晉劉琨傳中夜奏胡笳賊皆流涕

維桑與梓必恭敬止共〔尚書〕元惡大憝〔老子〕治大
國如烹小鮮〔南史〕杜龕據吳興以叛霸先表自東
討仍還都命周文育進討龕龕以城降誅之〔後漢
光武紀〕五校賊帥高扈〔袁紹傳〕紹擊賊劉石青牛角
黃龍左校郭大賢李大目于氐根爭魏陳琳檄吳
文〕七國之兵瓦解水泮〔水經注〕會稽山東有硎去
禹廟七里深不見底謂之禹井〔劉歆〕定軍禮吳王
夫差啓蛇門以厭越人越爲雷門以禳之擊大鼓於
雷門之下而蛇門聞焉〔南史〕東揚州刺史張彪圍
臨海太守王懷振於剡巖霸先遣兄子蒨周文育襲
會稽討彪若邪村人斬彪傳首建業〔漢吳王濞傳〕
以袁盎爲泰常使吳吳王聞袁盎來笑而應曰我已爲
東帝尚誰拜〔晏子春秋〕不出尊俎之間折衝千里
之外漢寇恂賈復光武功臣樊噲滕公夏侯嬰高帝
功臣〔漢書〕武帝有下瀨將軍〔說文〕撇撤也書盤
庚〕其猶可撲滅〔周禮甸師〕王之同姓有罪則刑
焉〔後漢馬援傳〕交阯女子徵側徵貳反拜援爲伏
波將軍大破之封新息侯〔南史〕蕭勃起兵於廣州
遣歐陽頠及其將傅泰蕭孜爲前軍南江州刺史余
孝頃以兵會之霸先命周文育出間道兼行據頠及

孜泰孝頃之閒築城饗士頠等大駭文育遣周鐵虎
等襲頠擒之文育盛陳兵甲與頠乘舟而宴巡蹠戶
城下使其徒丁法洪攻泰擒之孜孝頃退走勃軍聞
之恂權遂殺勃 〔隋書〕揚州豫章郡豫章縣〔注〕舊置
豫章郡 〔左傳〕太叔完聚繕甲兵 〔隋書〕揚州南海
郡〔注〕舊置廣州梁陳並置督府 〔漢書〕武帝時南粵
相呂嘉反秋命衛尉路博德爲伏波將軍討之得嘉
爲臨蔡侯〔又〕吳王濞兵敗亾走東越東越鏦殺吳王
盛其頭馳傳以聞 〔魏文帝紀〕帝聞備兵東下與權
交戰樹柵連營七百餘里謂羣臣曰豈有七百里營
可以拒敵者乎孫權上事今至矣後七日破備書到
 〔南史〕周文育送頠等於建康霸先釋而厚待之孜
孝頃猶據石頭多設船艦夾水而陣霸先遣侯安都
助文育擊之安都潛師燒其船艦水陸攻之孜出降
孝頃逃歸霸先以頠聲著南土復以爲衡州刺史使
討頠南未至其子紀已克始興頠至諸郡皆降遂克
寅州 〔淮南子〕九州之外有八埏八埏之外有八紘
八紘之外有八極 〔鮑昭蕪城賦〕出入三代五百餘
載竟瓜剖而豆分 〔魏志注〕令曰設使國家無有孤
不知當幾人稱帝幾人稱王 〔魏略〕王凌面縛水次

曰卿時折簡召我我何敢不至而乃引兵來平司馬宣王曰以卿非折簡可呼故也〔晉陽秋〕劉弘爲荆州刺史咸曰得劉公一紙書賢於十部從事也〔淮南子〕日出於陽谷浴於咸池〔西域傳〕無雷國王治盧城去長安九千九百五十里〔淮南子〕凡海外三十六國自西北至西南方有女子民丈夫民〔山海經〕丈夫國在維鳥北其爲人衣冠帶劍〔南史〕齊永元元年扶桑國有沙門慧深來云扶桑東千餘里有女國二三月競入水則任娠六七月產子女人胷前無乳項後生毛根白毛中有汁以乳子百日能行三四年則成人〔漢〕司馬相如傳匈奴單于怖駭屈膝受之交臂請和〔穆天子傳〕乃膜拜而受〔注〕今之胡人禮佛舉手加額稱南膜者即此也〔漢書〕宣帝甘露二年匈奴呼韓邪款五原塞願奉國珍朝〔南史〕敬帝太平二年領軍將軍徐度燒齊船舶三千艘夏四月齊遣使通和〔漢〕張良傳沛公入秦宮殿帷帳狗馬重寶婦女以千數欲留居之〔晉〕王延壽魯靈光殿賦序靈光巋然獨存〔趙世家〕武靈王召樓緩謀曰吾欲胡服〔莊子〕趙太子悝謂莊周曰吾王所見劍士皆縵胡之嬰〔漢〕王莽傳莽好厚履高冠以氂裝衣〔尚

書大傳微子朝周過殷故墟見麥秀之蘄蘄兮禾黍
之蜩蜩也曰此故父母之國乃爲麥秀之歌詩彼黍
黍離離南史侯景東奔王克開臺城門引裴之橫入
宮是夜遺燼燒太極殿及東西堂延閣祕署皆盡羽
儀輦輅莫有孑遺 書太甲先王昧爽丕顯坐以待
旦淮南子日經於泉隅是謂高舂書無逸文王自朝
至于日中昃不遑暇食用咸和萬民漢鄒陽傳孝文
皇帝據關人立寒心銷志不明求衣 秦始皇武帝
年號永平後漢明帝年號 南史敬帝太平元年起
雲龍神武門二年繕廟堂供備祀典 漢王吉傳毆
一世之民躋之仁壽之域 老子上德不德是以有
德 詩敦彼行葦牛羊勿踐履 蔡邕獨斷黃帝樂
曰雲門堯樂曰咸池 漢書猗頓用盬鹽起與王者
埒富 揚雄太玄紫霓商雲 晉張華傳妙達緯象
左傳楚子使與師言管仲對曰賜我先君履東至
於海西至於河南至於穆陵北至於無棣 又吳公子
札來聘爲之歌齊曰美哉泱泱乎大風也哉表東海
者其太公乎 又衆仲曰胙之土而命之氏 又子犯曰
求諸侯莫如勤王 又晏嬰對曰昔周公太公股肱周
室夾輔成王 詩王命召虎式辟四方 三皇本紀

女媧鍊五色石以補天斷鼇足以立四極聚蘆灰以止滔水（淮南子）禹鑿龍門平水土民乃得而陸處（後漢謝弼傳）爵賞之設必酬庸勳（後漢章帝八王傳）卬恃明士垂拱受成（隋書）揚州淮南郡（注）舊曰豫州梁曰南豫州廬江郡（注）梁置南豫州宣城郡（注）舊置南豫州淮南郡安豐縣（注）梁置陳留安豐二郡丹陽郡江寧縣（注）梁置丹陽郡及南丹陽郡陳省南丹陽郡宣城郡宣城縣（注）舊曰宛陵置宣城郡丹陽郡（注）自東晉已後置宋曰揚州吳郡烏程縣（注）舊置吳興郡會稽郡（注）梁置東揚州陳初省遂安郡雉山縣（注）舊置新安郡信都郡新興縣（注）梁置新州新寧郡（宋書州郡志）晉安帝始分淮北爲北徐淮南猶爲徐州後又以幽冀合徐青并合兗武帝永初二年加徐州曰南徐州而淮北但曰徐文帝元嘉八年更以江北爲南兗州江南爲南徐州治京口割揚州之晉陵兗州之九郡僑在江南者屬焉故南徐州備有徐兗幽冀青并揚七州郡邑（隋書）荆州九江郡（注）舊置江州揚州鄱陽郡鄱陽縣（注）舊置鄱陽郡臨川郡臨川縣（注）舊置臨川郡（漢齊懷王傳）小子閎受茲青社張晏曰王者以五色土爲大社封四方諸侯各以

其方色。土。與之。苴以白茅歸以立社。〔燕世家〕成王
時召公為三公自陝以西召公主之自陝以東周
公旦主之〔左傳〕鄭武公莊公為平王卿士桓公曰
我周之東遷晉鄭焉依〔南史〕王瑒字子璵梁元帝
踐。位太子中庶子。陳武帝入輔以為司徒左長史。
漢文帝紀與郡守為銅虎符竹使符。應劭曰銅虎符
第一至第五。國家當發兵遣使者至郡合符符合乃
聽受之。竹使符皆以竹箭五枚長五寸。鐫刻篆書第
一至第十。〔管子〕禮義廉恥。國之四維。〔周禮〕天官
冢宰以八柄詔王馭羣臣。〔漢王莽傳〕鸞路乘馬戎
路乘馬。〔注〕師古曰。鸞路路車之施鸞者也。四馬曰乘。
戎路戎車也。〔漢王莽傳〕衮冕衣裳句履也。〔注〕孟康曰。
今齋祀履舃頭飾也。出履二寸。〔漢丙吉傳〕古曰三
公調和陰陽。〔文選潘勗〕魏公九錫文〔注〕軒縣。諸侯
樂也。〔左傳〕隱公始用六佾。〔周禮〕鞮鞻氏掌四夷
之樂。〔又〕象胥氏掌蠻夷閩貉戎狄之國。〔漢王莽傳〕
朱戶納陛。〔注〕師古曰。尊者不欲露而升陛。故納之於
霤下也。〔文選注〕朱戶。天子禮也。〔史記蔡澤傳〕不出
廊廟。〔書〕光被四表。〔文選注〕虎賁言其猛也。皆百夫
長。〔堯典〕象恭滔天。〔左傳〕無或如臧孫紇干國之

紀〔漢王莽傳〕左建朱鉞。右建金戚。〔注〕師古曰。鉞戚皆斧屬。〔漢王莽傳〕彤弓矢。盧弓矢。〔注〕師古曰。彤赤色。盧黑色。旅。音盧。〔孝經〕夫孝天之經也。地之義也。〔祭義〕春雨露既濡。君子履之。必有怵惕之心。如將見之。詳封始興王詔。〔漢王莽傳〕秬鬯二卣。圭瓚二。〔注〕師古曰。秬鬯香酒也。卣中尊也。以圭為勺柄。〔書說命〕格于皇天。

陳武帝下州郡璽書

〔詩〕天降喪亂。〔晉佛圖澄傳〕劉載已死。載從弟曜篡襲偽位。〔後漢書〕獻帝興平二年三月。李傕脅帝幸其營。焚宮室。郭汜攻李傕。矢及御前。明年正月改元建安。〔晉書〕懷帝永嘉五年。劉聰使呼延晏等陷洛陽。遷帝於平陽。遇害。〔周本紀〕命南宮括史佚展九鼎寶玉。〔周禮〕冬日至。祀天於圓丘。〔晉王濟傳〕設宿部分。行有次第。〔陳武帝紀〕永定元年冬十月乙亥。皇帝即位於南郊。柴燎告天。先是氛霧。雨雪。晝夜晦冥。至是日景氣清晏。〔管子〕盛魄重輪。六合俱照。非日月能乎。〔呂氏春秋〕水之美者。有三危之露。〔漢書〕太

初歷晦朔弦望皆最密日月如合璧詳梁禪陳詔
〔左傳〕鄭國多盜取人於萑蒲之澤 〔書〕戊商必克

梁禪陳璽書

〔書〕萬邦黎獻共惟帝臣 未詳 按〔帝王世紀〕黃帝於
東海流波山得奇獸狀如牛蒼身無角能走出入水
則風雨目光如日月其音如雷黃帝殺之以其皮爲
鼓聞五百里 〔神異經〕窮奇鋸牙鉤爪遇忠信之人
則噬而食之 〔魏略〕侍中陳羣尚書桓階奏曰只士
一民皆非漢有 〔佐助期〕漢以蒙孫亡 說者以蒙孫
漢二十四帝童蒙昏愚以弱亡 〔高士傳〕舜以天下
讓支伯支伯遂不知所之 〔張衡東京賦〕高祖膺籙
受圖 〔左傳〕僖公二十五年秋秦晉遷陸渾之戎於
伊川 左傳〕晉伐驪戎 〔注〕杜預曰驪戎在京兆新豐
縣 〔漢書〕日也王勝對曰文王拘於牖里 〔張衡東
京賦〕洽致升平之德 〔漢王莽傳〕策羣司曰赤煒頌平
考聲以律 〔詩〕零露瀼瀼 〔論衡〕甘露味如蜜王者太
平之應 〔左傳〕楚子革曰昔穆王欲肆其心周行天
下皆將必有車轍馬迹焉 〔史記顓頊紀〕北至幽陵
南至交阯西至流沙東至蟠木動靜之物小大之神

莫不砥。厲。後漢光武紀同舍生彊華奉赤伏符至。
曰劉秀發兵捕不道。〔魏志〕太祖武皇帝。沛國譙人。諱
操字孟。德初桓帝時有黃星見於楚宋之分。遼東殷
馗善天文。言後五十年當有眞人起於梁沛之間。至
是而公始起。〔孝經援神契〕孔子海口含海。〔劉峻〕辨
命論河目龜文。公侯之相。〔屈原離騷〕攝提貞於孟
陬。〔注〕攝提星名。隨斗柄以指十二辰者也。正月爲陬。
〔天官書〕項羽拔鉅鹿。枉矢西流。天狼下有四星曰弧。
合誠圖曰。弧主司兵。兵弩象也。〔淮南子本經訓〕夷
羊在牧。〔注〕許愼曰。夷羊。土神。商之將亡。見於商郊牧
野之地。〔孝經援神契〕德至淵泉。則黃龍見。〔袁宏
漢紀〕獻帝詔曰。炎精之數旣終。行運在乎曹氏。〔通
考〕自魏以後。始有九品之制。以辨官位之高卑。北魏
以九品分正從。梁分十八班。諸亭侯十班。詳九錫文。

徐孝穆備考終

徐箋卷六

詩